Elisabeth Escher

Der letzte Akt vom Puppenspiel

ELV

Elisabeth Escher

Der letzte Akt vom Puppenspiel

ROMAN

Eifeler Literaturverlag 2023

Impressum

1. Auflage 2023

In der Verlagsgruppe Mainz

Printed in Germany

Eifeler Literaturverlag
Verlagsgruppe Mainz
Süsterfeldstraße 83
52072 Aachen
www.eifeler-literaturverlag.de

Gestaltung, Druck und Vertrieb:
Druck & Verlagshaus Mainz
Süsterfeldstraße 83
52072 Aachen
www.verlag-mainz.de

Umschlaggestaltung:
Dietrich Betcher

Lektorat:
Christoph Swiontek

Abbildungsnachweis:
© Hurca! – stock.adobe.com

ISBN-10: 3-96123-078-1
ISBN-13: 978-3-96123-078-5

Es geht mir gut. Es geht mir sogar sehr gut, weil ich es nämlich sehr gut habe. Vergleichsweise. Den Umständen entsprechend. Mehr kann man nicht verlangen. Mit fast vierundneunzig. »Was willst du mehr, Mutti«, sagt Wieland freitags, dem Tag, an dem er mich alle zwei Wochen besuchen kommt.

»Wer wird schon vierundneunzig?«, sagt er auch und lässt dabei seinen Blick vom Foto neben dem Fernseher auf mich und wieder zurück schweifen.

Die an den Außenrändern leicht abfallenden Lider, die den Augapfel halb bedecken, hat er von Viktor. Das fällt mir eigentlich erst auf, seit mein Mann nur mehr als Fotografie im Haus anwesend ist. Überhaupt kommt es mir vor, dass Wieland nun, besonders, seit sein Haaransatz erheblich über die Stirn nach hinten gewandert ist, immer mehr dem Mann auf dem Foto gleicht. Einzig die Gestalt hat er nicht von Viktor, der war zeitlebens ein Strich in der Landschaft. Wieland hat meinen Knochenbau: robust und stämmig.

Ich bin dankbar für meine starken Knochen, sonst hätte ich den Oberschenkelhalsbruch vor nunmehr fünf Jahren nicht mehr so weggesteckt. Natürlich sitze ich seither die meiste Zeit im Rollstuhl, aber mit dem Rollator kann ich, wenn es sein muss, in der Wohnung herumgehen. Anyana übt das Herumgehen täglich mehrmals mit mir.

»Müssen mobil bleiben, Frau Hilde«, sagt sie, um mich anzuspornen.

»Papa«, sage ich auf Wielands Frage, wer denn schon so alt werden würde. »Papa ist auch vierundneunzig geworden.«

» Ja, eh«, sagt Wieland. Dabei lächelt er mich an. Auch Viktor lächelt. Ich lächle zurück.

»Weißt du, Mutti, über neunzig und kaum dement, allein das ist ein Gottesgeschenk«, meint Wieland.

»Hast ja recht«, sage ich und tue so, als ob ich das ›kaum‹ überhört hätte und als ob ich nicht bemerken würde, dass Wieland gerade auf seinem Handy herumfingert. Ich weiß ja, dass in diesen Geräten ganze Parallelwelten zur Verfügung stehen, auch wenn ich so ein Ding nicht bedienen kann.

»Ich soll dir herzliche Grüße von Sophie ausrichten«, sagt Wieland, »das nächste Mal kommt sie wieder mit, du weißt ja, sie hat Dienst heute.«

»Ja, ich weiß«, sage ich, »lass sie auch schön grüßen von mir.« Natürlich weiß ich das nicht, ich kenne doch Sophies Dienstplan nicht, aber das tut nichts zur Sache. Und ehrlich gesagt ist es mir auch lieber, wenn Wieland allein kommt, beide zusammen sind dann doch etwas anstrengend. Sophie meint es gut mit mir, über ihre Krankenschwester-Ratschläge kann man sich auch nicht so einfach hinwegsetzen, schließlich ist sie vom Fach. Du denkst eh daran, genug zu trinken, ermahnt sie mich jedes Mal, das hält den Blutdruck stabil, schwemmt die Organe durch, und überhaupt. Während sie auf mich einredet, schaut sie aber Anyana streng an, denn Anyana ist es, die für mein Trinken und Weiterleben verantwortlich ist. Dafür ist sie da und dafür wird sie bezahlt.

Das Babyphon, das neben mir am Wohnzimmertisch steht, bleibt an Wieland-Freitagnachmittagen abgeschaltet, bis wir Kaffee trinken und Kuchen essen. Kaffetrinken und Kuchenessen gehören zum Ritual. Und ich bin im Spiel.

»Das Babyphon ist ein wahrer Segen«, sagt Wieland, »besonders für alte Leute. Die Pflegerin hat dich unter Kontrolle und kann beim kleinsten Mucks von dir reagieren und ist in wenigen Sekunden vom ersten Stock bei dir im Erdgeschoss. Du schaltest es hoffentlich nie eigenständig ab, wenn ich nicht da bin?«, fragt er, und natürlich verneine ich. Gottesgeschenk und Segen, ich möchte nur wissen, ob sich Wieland meinetwegen immer öfter eines religiösen Wortschatzes bedient, oder ob es eine Alterserscheinung seinerseits ist. Seit er im Ruhestand ist, kommt er mir manchmal recht wunderlich vor.

Die Pendeluhr bimmelt zweimal. Die akustische Mahnung, das Babyphon einzuschalten. »Sagst du Anyana jetzt Bescheid«, sagt Wieland. Ich tue, was er sagt und drücke den Tonknopf. Die Taste für die Sicht kann nur die Pflegerin auf ihrem Gerät oben betätigen, ob sie es tut, weiß ich nicht, wahrscheinlich schon. Ich kann sie ohnehin nicht sehen, hätte ja auch keinen Sinn, aber sie hat auf ihrem Apparat einen Bildschirm eingebaut, auf dem überblickt sie das Wohnzimmer. »So haben alles im Blick, Frau Hilde«, sagt sie, »auch wenn nicht im Zimmer«. Sie spricht ausschließlich in der Nennform oder überhaupt ohne Zeitwort.

Ach ja, für Anyana bin ich nicht Frau Glas, sondern Frau Hilde. Dass die Pflegerinnen ihre Schutzbefohlenen mit dem Vor- und nicht dem Familiennamen anreden sollen, wird ihnen vermutlich in ihrer Ausbildungszeit nahegelegt, denn auch die paar Rumäninnen, die vor Anyana bei mir waren, haben mich ganz selbstverständlich und ohne vorher mein Einverständnis einzuholen, ›Frau Hilde‹ genannt. Egal. Vielleicht passt der Vorname tatsächlich besser zum notgedrungen intimen Verhältnis der Betreuerinnen zu ihren Pfleglingen. Wenigstens ›Frau‹ vor ›Hilde‹. Ich nenne sie nur beim Vornamen, ohne ›Frau‹ davor, dieser Unterschied muss sein. Wieland hingegen spricht auch meine Pflegerin immer mit ›Frau‹ an, Frau plus Vorname, also ›Frau Anyana‹. Den Nachnamen kennt er vermutlich gar nicht.

Seit anstelle von Viktor die Pflegerin bei mir im Haus wohnt, ist ohnehin vieles anders geworden. Aber, wie gesagt, es geht mir gut. Besser kann man es nicht haben. In meinem Alter. Wieland wird nicht müde, für mein Glück Gründe zu finden. »Stell dir vor, du wärst im Heim«, sagt er zum Beispiel, »da wäre niemand exklusiv für dich da. Da hat eine einzige Schwester viele Insassen zu betreuen.«

Insassen nennt er die Alten, wie Häftlinge. Aber er meint das nicht so. Deshalb korrigiere ich ihn auch nicht, sondern nicke zustimmend.

»Und hier bist du in deiner vertrauten Umgebung, sagt er und lässt den Blick kreisen, über die Wände, an denen neben den wertvollen Malereien auch gerahmte Fotos von ihm, Sophie und Jenni hängen. Jenni ist meine Enkelin. Es sind Fotos von früher, viel früher, als Jenni noch klein war und regelmäßig die Ferien bei mir in Salzburg verbracht hat. Das ist lange her, jetzt kommt sie nur noch selten. Das verstehe ich auch, schließlich lebt sie in Rom, und während der vergangenen Jahre der Pandemie war das Herumreisen auch nicht so einfach.

»Zeit für Kaffee«, sage ich also ins Babyphon. Wieland sagt, ich muss das Babyphon nicht wie einen Telefonhörer zum Mund halten, ich tue es trotzdem.

»Kommen gleich, Frau Hilde«, tönt es aus dem Gerät.

»Ich bin Ihnen so dankbar, Frau Anyana, so dankbar dafür, wie Sie das mit meiner Mutter schaukeln«, begrüßt Wieland Anyana.

»Wie geht es ihr denn nun?«, fragt er dann die Pflegerin, er fragt das die Pflegerin und nicht mich, obwohl ich daneben sitze. Das finde ich schon recht eigenartig, aber ich sage nichts dazu, sondern höre mir Anyanas Antwort an.

»Gehen gut«, sagt die, »keine Sorge, Herr Doktor Glas, Frau Hilde essen gut, schlafen gut und machen regelmäßig Bewegung.« Sie zeigt auf den Rollator in der Ecke.

Alles ist gut. Wir trinken zweierlei Kaffee, denn ich bekomme einen ohne Koffein. Koffein verträgt sich nicht mit meinen blutdrucksenkenden Mitteln, meinen Wieland, Anyana und Sophie. Also muss es stimmen. Jedoch essen wir dasselbe: Doboschtorte.

»Sehr gut«, lobt Wieland das Tortenungetüm, eine rumänische Spezialität. Ich muss beim Essen nicht reden, denn Wieland und Anyana führen die Konversation, in der es in der Regel um mich geht. Das finde ich recht interessant.

»Wie verträgt sie denn die Antibiotika?«, fragt Wieland, und ich freue mich, dass ich damit kein Problem habe.

»Wichtig, dass Frau Hilde nehmen, wegen Blasenentzündung«, erklärt Anyana.

Blasenentzündung hätte ich demnach ohne Antibiotika ohne Unterlass, schließe ich aus dem Gespräch.

»Anfällig dafür wegen Inkontinenz«, sagt die Pflegerin erklärend mit verschämtem Seitenblick auf die Decke auf meinem Schoß. »Aber haben kein Problem damit, oder, Frau Hilde?«, spricht sie mich nun direkt an und ich esse ruhig weiter, weil ich weiß, dass keine Antwort von mir erwartet wird. Inkontinenz ist dann auch das Stichwort für Wieland, auf die Uhr zu schauen.

»So spät schon«, sagt er dabei, »ich geh dann mal auf den Friedhof, zu Papas Grab. Eine Kerze anzünden,«

»Tu das, sage ich, Papa würde sich freuen.« Viktor hat sich nie über Kerzenlicht gefreut, er war nicht der romantische Typ.

Dass Wieland eine Pause von Essen und Reden braucht, verstehe ich, er benötigt Frischluft und Bewegung, besonders nach der Doboschtorte, einer Zucker-Butter-Attacke. Der Friedhofsgang kommt da gerade recht, außerdem gehört er zum Ritual. Bis Wieland zurück ist, sind Anyana und ich dann auch mit der Prozedur auf der Toilette fertig. Anyana erledigt ihre Aufgabe vorbildlich, sie verabsäumt auch nie, meine sensiblen Stellen einzucremen und zu pudern.

»Jetzt duften gut«, sagt sie dann, tätschelt meine Wangen, und schiebt mich vom Badezimmer zurück ins Wohnzimmer, wo sie den Rollstuhl direkt an der Heizung am Fenster abstellt.

»So haben warm und sehen hinaus«, sagt sie.

»Kalt ist es draußen«, sagt Wieland nach seiner Rückkehr vom Friedhof. »Hier im Haus hast du es schön warm«, redet er weiter und umfängt als Beweis dafür meine warmen Hände mit seinen kalten.

»Es beginnt schon zu dämmern«, fügt er mit Blick zum Fenster hinzu, um mich auf seine baldige Abfahrt einzustimmen.

»Ja, die dunkle Jahreszeit«, sage ich, »du solltest wirklich losfahren.«

»Noch Tee vor Abreise?«, fragt Anyana.

»Gerne«, sagt Wieland, ich suche inzwischen mit der Fernbedienung im Fernsehen ein beliebiges Programm aus, das macht Wieland den Abschied leichter, er hat dann nicht das Gefühl, mich in einer Leere zurückzulassen, sondern quasi in Gesellschaft, nicht allein mit der Betreuerin.

»Der Fernseher ist ein Segen«, sagt er und schaut gebannt auf den Bildschirm. Ich bin sicher, er würde sich freiwillig dieses Spätnachmittagsprogramm niemals anschauen.

Wielands Handy läutet, es ist Sophie. Wieland drückt die Lauttaste, ich darf mithören. Sie lässt mich herzlich grüßen und möchte wissen, ob alles in Ordnung ist.

»Alles gut, ich bin bestens versorgt«, sage ich und schenke dabei Anyana ein dankbares Lächeln. Das sieht Sophie nicht, aber Wieland. Für ihn ist es auch bestimmt.

»Bis dann, Sophie«, sagt er, »ich bin in etwa drei Stunden in Wien.« Dabei schlüpft er schon in Mantel und Schuhe.

»Pass auf dich auf, Mutti«, meint er zum Abschied.

Zum Aufpassen hab ich Anyana, denk ich mir, zu Wieland sage ich: »Mach ich.« Er soll beruhigt fahren.

*

Wieland fühlte, wie Engegefühl und Anspannung von ihm abfielen, sobald er die Haustüre hinter sich geschlossen hatte. Für zwei Wochen würde er nun wieder Ruhe haben, der Nachmittag war gut verlaufen, die Mutter hatte sich gefreut über seinen Besuch, seine Zuwendung, und auch über die Azaleen, die er ihr mitgebracht hatte. Er vergaß nie, ihr Blumen mitzubringen. Die Mutter hatte Anyana aufgetragen, sie ans Fenster ins Vorhaus zu stellen, Azaleen mögen es nämlich hell und kühl, hatte sie gemeint. Nun ja, so konnte sie die Blumen vom Wohnzimmer aus zwar nicht sehen, aber sie wusste um Wielands Wunsch, ihr eine Freude zu bereiten.

Die Sitzheizung löste nun auch die Verspannung im Rücken. Zum Glück hatte er sich von Sophie nicht davon abhalten lassen, sich anlässlich seiner Pensionierung vor nunmehr einem Jahr den Audi zuzulegen. Genauer: den A7. So einen Luxusschlitten brauchen wir nicht, hatte sie gemeint, wir haben ja auch noch den Volvo, und in der Stadt nehmen wir doch kaum den Wagen. Aber in diesem Punkt hatte sich Wieland durchgesetzt. Ohne weitere Diskussion.

Mit jedem Kilometer, den er sich der Seenplatte näherte, verdichtete sich der Nebel. Bald konnte er die Rücklichter der Autos vor ihm nur noch erahnen. Wieland ging vom Gas und schaltete die Nebelscheinwerfer ein. Das monoton langsame Fahren führte seine Gedanken noch einmal zurück zu seinem ehemaligen Zuhause. Vieles lag auch dort im Nebel der Vergangenheit. So waren es eher Gefühle als Fakten, die ihm in der Erinnerung an seine Kindheit und Jugend im Elternhaus geblieben waren.

Dieser Novemberabend mit eingeschränkter Sicht hier im Seengebiet war der Empfindung, die er beim Gedanken an seine Kindheit hegte, nicht unähnlich. Trotz der Größe des Hauses fühlte er sich dort beengt, vielleicht auch durch die senkrecht aufsteigende Felswand des Rainbergs, die den Blick nach Osten hin zumauerte. In diese Richtung zeigte das Fenster seines ehemaligen Kinderzimmers. Sowie dieser Berg überhaupt nicht vom Elternhaus wegzudenken war: Denn selbst um in die Innenstadt zu gelangen, musste man es mit diesem Ungetüm aufnehmen und unter ihm durchkommen. Irgendwie. Zu Fuß, mit dem Bus oder mit dem Fahrrad. Das Neutor war Wieland trotz der zahlreichen beleuchteten Schaufenster im Tunnel nie ganz geheuer gewesen, die Vorstellung, sich unter unzähligen Tonnen von Fels und Gestein zu bewegen, löste immer wieder Beklemmung aus.

Voralpenkreuz, las Wieland, und stellte fest, dass sich der Nebel aufgelöst hatte. Er legte eine Blues-CD ein, Rory Gallagher, aus den frühen 70ern. Der vertraute Rhythmus des Blues verfehlte auch diesmal nicht die erwünschte Wirkung, Takt um Takt fühlte er sich befreiter, abgehoben von den Realitäten, die sein Leben zu bestimmen trachteten: die pflegebedürftige Mutter, und dann dieses Haus, das sie ihm partout nicht überschreiben wollte, sooft er das Gespräch auch schon darauf gebracht hatte. Mehr noch, er hatte ihr vor mehr als zehn Jahren schon notariell beglaubigte Formulare vorgelegt, die sie nur mehr hätte unterschreiben müssen. Er hatte ihr dabei versichert, dass sich nach dem Überschreiben des Hauses für sie nichts ändern würde, absolut nichts, er würde sie doch niemals in ein Heim stecken, diesen Zusatz konnten sie auch noch an den Überschreibungsvertrag anhängen, wenn sie das so wolle. Aber wozu denn dann das Ganze, hatte sie nur gesagt. Und: Du bist mir einer, da schlägt jetzt der Jurist in dir durch. Nein, Wieland, sowas brauchen wir nicht.

Es hatte auch nichts genützt, sie damals auf die Erbschaftssteuer aufmerksam zu machen, die er im Fall der Fälle womöglich würde zahlen müssen. Nein, Wieland, komm mir damit nicht mehr. Du wirst schon noch mein Ende abwarten können, oder? Hatte sie hinzugefügt und ihn dabei angelächelt. Das war dann auch das definitive Ende der Hausüberschreibungsgeschichte gewesen.

Sophie, die erst vehement auf die Überschreibung gedrängt hatte, meinte schließlich, als Sohn würde er die alte Burg ohnehin erben, und die Erbschaftssteuer, wenn zum gegebenen Zeitpunkt überhaupt noch eine zu entrichten wäre, würde er auch noch packen.

Der Verkehr wurde nun um die Auf- und Abfahrten in der Linzer Gegend so dicht, dass Wieland die Musik wieder abstellte, um sich voll auf das Fahren konzentrieren zu können. Die Strecke zog sich, und nach Linz, als die Lichter der Stadt schnell in unsichtbare Ferne rückten, sich der Abstand zwischen den Autos wieder verlängerte und die Fahrt auf der Autobahn nicht mehr die volle Aufmerksamkeit erforderte, beschlich Wieland eine gewisse Fadesse. Ein Gefühl, das ihm nicht unbekannt war und das ihn automatisch Sophies Nummer eintippen ließ. Ein Gespräch mit ihr würde die aufkeimende Langeweile zumindest für einige Kilometer in Schach halten. Ihre Stimme übertönte auch dann gleich darauf das Motorengeräusch, hoch und spitz, so als würde sie sich im nächsten Augenblick überschlagen. Er sollte unbedingt beim nächsten Werkstatttermin die Freisprechanlage überprüfen lassen, nahm sich Wieland vor, die Tonqualität war das Einzige nicht ganz perfekte an diesem Auto.

»Wo bist du, Nähe Amstetten?«, mutmaßte Sophie.

»Du weißt wohl immer alles«, scherzte Wieland.

»Du rufst meistens um diese Zeit an. Und da bist du gewöhnlich vor Amstetten. Viel Verkehr heute?«

»Wie immer«, sagte Wieland.

»Und, bei deiner Mutter? Wie war der Nachmittag dann noch?«

»Normal«, sagte Wieland, mehr Erklärung empfand er nicht als nötig, weil Sophie ohnehin die Routine der Salzburg-Besuche kannte.

»Und dein Tag?« fragte er.

Seit Sophie ihre Arbeit im Krankenhaus gegen einen Teilzeitjob in einer Arztpraxis in der Nähe ihrer Wohnung im 18. Bezirk eingetauscht hatte, war sie viel entspannter. Nur noch drei Tage in der Woche ging sie vormittags zur Arbeit, Montag, Mittwoch und Donnerstag, von 9 Uhr bis 13 Uhr. Der Freitag war frei. Was Wielands Mutter natürlich nicht wissen konnte.

»Auch nichts Besonderes«, sagte Sophie, Wieland hatte auch nichts Besonderes erwartet. »Ach ja, Jenni hat angerufen, sie hat für übernächstes Wochenende einen Flug nach Wien gebucht, sie hat vor, ein paar Tage bei uns zu bleiben«.

»Schön«, sagte Wieland, in Gedanken rechnete er nach, welches Datum in zwei Wochen war, was ohnehin egal war, weil er und Sophie in nächster Zeit nichts geplant hatten und zu Hause sein würden. Jedenfalls waren es noch zwei Wochen bis zu Sophies Besuch, Zeit genug, sich darauf einzustellen. Für Wieland wurden die Tage zu dritt im Haus immer mühsamer, was er natürlich so gut es ging zu verbergen suchte. Die Selbsterkenntnis, mit zunehmendem Alter immer eigenbrötlerischer zu werden, starr in der eigenen Tagesroutine verhaftet zu sein, und unfähig, sich problemlos auf andere Menschen, selbst auf die eigene Tochter, einzustellen, beunruhigte ihn. Er liebte seine Tochter. Klar, sie war gemeinsam mit Sophie das Wichtigste in seinem Leben, und seit sie in Rom lebte, verging kaum ein Tag, an dem er ihr nicht irgendwelche WhatsApp-Nachrichten gespickt mit allerlei Fotos schickte. Auch Sophie postete fleißig Fotos, die ihr Leben dokumentierten. Zum Glück gab es diese Art der Kommunikation, die so viel einfacher war als das direkte Zusammenleben.

»Bist du noch da?«, hörte er Sophies Stimme, die in ihrer Schrillheit nun fast weh tat.

»Wo sollte ich sonst sein?«, gab Wieland umso leiser zurück, als könne er durch das Zurücknehmen seiner Lautstärke den Lärmpegel der beiden Stimmen ausgleichen. Die Fernsprechanlage muss wirklich schnellstens geprüft werden, dachte Wieland erneut, so machte das Telefonieren keinen Spaß.

»Weil du nichts sagst«, kam es diesmal allerdings wie wattiert aus dem Telefonlautsprecher. Vielleicht redete Sophie sonst immer zu laut beim Telefonieren und die Fernsprechanlage war eigentlich in Ordnung.

»So war es gut«, lobte Wieland, »du musst beim Telefonieren nicht von Wien bis nach St. Valentin schreien.«

»Ich rede ganz normal«, sagte Sophie, weiterhin leise, aber nun vermeinte Wieland einen pikierten Tonfall in ihrer Stimme wahrzunehmen. Er hatte sich nicht geirrt.

»Bis dann«, sagte sie, offenbar nicht mehr gewillt, das Telefonat fortzusetzen. »Ich warte mit dem Abendessen nicht auf dich, du wirst vermutlich sowieso nichts mehr hinunterbringen. Also, bis später.«

Sophie hatte recht. Die Doboschtorte lag Wieland noch immer schwer im Magen, an Abendessen war nicht zu denken. Der Mutterbesuch hatte unvermeidliche Nachwirkungen, er musste verdaut werden, eine Farce zu glauben, es wäre mit der Abfahrt von Salzburg getan.

Der Heizkessel kam ihm in den Sinn, der dringend ausgetauscht werden müsste, das Dach hatte diverse schadhafte Stellen, die prophylaktisch abgedichtet werden sollten und so weiter und so fort, aber Wieland wollte sich mit diesen Dingen nicht auch noch belasten, zumal es noch gar nicht sein Haus war. »Kurzsichtig«, hatte Sophie schon wiederholt gemeint, denn de facto ist es dein Haus, so ihre Rede. Das wäre nur eine Frage der Zeit, hatte sie noch hinzugefügt. Sie hatte ja recht, aber Wieland war diesmal vorsichtshalber gar nicht in den Keller gegangen, um die Heizung zu überprüfen, und in die Mansarde, in der Sophie, Jenni und er früher gewohnt hatten, wenn sie für mehrere Tage nach Salzburg kamen, war er auch nicht hinaufgestiegen, wozu auch. Im Erdgeschoß, wo die Mutter wohnte, waren ihm keine Mängel aufgefallen, das war das Entscheidende, und im ersten Stock, wo die Pflegerin ihren eigenen Wohnbereich hatte, schien auch alles zu passen. Anyana jedenfalls hatte nichts zu bemängeln gehabt.

Das Haus. Eigentlich wollte er nichts mehr damit zu tun haben. Vieles wäre zu renovieren, würde man längerfristig darin wohnen wollen. Für die nächste Zeit ging es noch ohne größere Reparaturen, die Wohnräume im Erdgeschoss und im ersten Stock befanden sich in einwandfreiem Zustand, und alles andere sollten dann die neuen Besitzer in Angriff nehmen, wenn es so weit sein würde. Wieland hatte sich jedenfalls fest vorgenommen, das Haus schnellstmöglich zu verkaufen. Es waren auch nicht nur die Umstände und der finanzielle Aufwand, den eine Generalüberholung des Gebäudes mit sich bringen würden, die Wielands Wunsch, das Haus so schnell wie nur möglich loszuwerden, anheizten: Es waren vor allem die Erinnerungen, die zwischen den dicken Mauern des beinahe hundert Jahre alten Baus noch immer herumgeisterten. Es war Zeit, sie loszuwerden.

*

Sophies Sicht auf die Kindheitsjahre ihres Mannes war eine mehrschichtige, sie war das Ergebnis jener Eindrücke, die sie auf Grund der Darstellungen der einzelnen Familienmitglieder gewonnen hatte, und die waren nicht unbedingt deckungsgleich. Während Sophies Schwiegermutter Wielands Kindheitsjahre in lichten und bunten Details zu schildern pflegte, schien Wieland selten einen hellen Weg aus den nebelhaften Erinnerungen zu finden. Nur wenn er auf Rosi zu sprechen kam, flogen seine Gedanken unbeschwert in die Vergangenheit, er erzählte Sophie von Montagnachmittagen, an denen Rosi eine Pause beim Hausputz einlegte, um sich mit ihm zu beschäftigen.

Wielands Mutter berichtete von Familienurlauben, lustigen Kindergeburtstagen, Faschingsfeiern oder Nikolausbesuchen in der Felsengasse, von Kinderträumen, die sie als Eltern erfüllen konnten, weil sie Gott sei Dank wirtschaftlich besser gestellt waren als der Großteil der Bevölkerung in diesen Nachkriegsjahren. Dank der Tüchtigkeit und des Fleißes ihres Mannes konnten sie sich leisten, wovon andere nur träumten nach den Jahren der Besatzung. Und auch sie selbst hatte zum wirtschaftlichen Wohlstand der Familie beigetragen, das vergaß sie nie zu erwähnen, besonders in den ersten Ehejahren, als sie als Hauptschullehrerin ein beachtliches Monatseinkommen zum Lebensunterhalt beisteuern konnte. Dann, nach Wielands Geburt, hatte sie selbstverständlich das Unterrichten an den Nagel gehängt, um ganz für die Familie und ihr Kind da zu sein.

Wielands Gedanken blieben beim Stöbern in der Vergangenheit an ganz anderen Erlebnissen hängen. Sophie erfuhr etwa vom sonntäglichen Ministrieren in der Kirche des Stadtteils, wo dem Volksschulkind Wieland vom Weihrauchdunst regelmäßig übel wurde und er gegen heftiges Schwindelgefühl ankämpfen musste, sobald er aus der Sakristei zum Altar getreten war. An den Ablauf der Gottesdienste sowie an die anderen Ministranten fehle ihm jede Erinnerung, sagte er. Auch hatte er ihr von Heimstunden der Jungschar erzählt, die er allwöchentlich besucht hatte, ganz und gar nicht freiwillig, sondern nur, weil seine Mutter es für wichtig hielt, dass das Einzelkind Wieland regelmäßig Kinder um sich hatte, und das unter kontrollierten Bedingungen. Er wollte diese Kinder nicht um sich haben, er hasste die Spiele, das verordnete Singen in der Gruppe, die Wettkämpfe. Das war nicht Freiheit, hatte er zu Sophie gesagt, das war Zwang. Laut Wieland waren selten andere Kinder zu Besuch, obwohl das Haus in seiner Größe ohne Weiteres Platz dafür geboten hätte. Ob er selbst keinen Wert auf Besuche von Freunden gelegt hatte oder ob seine Eltern dagegen gewesen waren, hatte Wieland nie erwähnt, nur, dass er sich oft alleine in seinem Kinderzimmer im ersten Stock aufhielt, dessen Fenster auf die Wand des Rainbergs ging. Besonders am Abend, gleich nachdem der Vater nach Hause gekommen war und oft auch an den Wochenenden, wenn der Vater daheim war, sah sich Wieland in der Erinnerung in seinem Zimmer auf dem Fußboden sitzen, umgeben von Spielzeugautos und Matador-Bausteinen. »Papa braucht seine Ruhe«, hatte laut Wieland die Mutter immer wieder betont.

Nur was die biographischen Eckdaten der Familie Glas betraf, hatte Sophie übereinstimmende Informationen erhalten, die sich allerdings allesamt erst auf die Jahre nach Kriegsende bezogen.

»Lasst doch die Vergangenheit endlich ruhen. Diese dunkle Zeit ist Gott sei Dank vorbei. Man muss auch einmal einen Schlussstrich ziehen können«, hatten Sophies Schwiegereltern unisono auf alle weiter zurückreichenden Fragen geantwortet.

Was Sophie in Erfahrung gebracht hatte, war, dass Viktor Glas schon in den ersten Nachkriegsjahren vom Hauptschullehrer zum Bezirksschulinspektor befördert wurde, er der Volkspartei beitrat und fortan die Funktion des Landesrates ausübte. Was beide, ihr Schwiegervater wie auch ihre Schwiegermutter, immer wieder gerne erzählt hatten, war die Geschichte ihres Kennenlernens, und die erschien Sophie wie eine Episode aus einem Arztroman, nur dass Viktor Glas kein Gott in Weiß, wohl aber in seiner gehobenen Funktion für Hildegard nicht weniger attraktiv war. Nun, der Bezirksschulinspektor sollte den Unterricht der Junglehrerin Hildegard Ruttner unter die Lupe nehmen, tatsächlich galt sein Inspektionsinteresse jedoch vom ersten Augenblick an ausschließlich der jungen Frau selbst. Viktors Worten nach war es Liebe auf den ersten Blick. Nun ging alles schnell: Hildegard übersiedelte von der bescheidenen Mietwohnung in Viktors Elternhaus, wo dann seine Mutter noch für kurze Zeit bei ihnen im Haus lebte, bevor sie einem Herzinfarkt erlag. Viktors Vater war im Krieg gefallen. Das Haus war zu groß für nur zwei. Bald kam Wieland auf die Welt.

In Hildes Leben schien sich vor ihrer Ehe mit Victor nicht viel Erwähnenswertes zugetragen zu haben, oder zumindest nicht viel, worüber sie sprechen wollte. Angesprochen auf Lehramtsstudium, Jugend und Kindheit im Salzburger Flachgau antwortete sie nur widerstrebend und im Prinzip nichtssagend. Auch Wieland wusste nur wenig über die frühen Jahre seiner Mutter, egal, hatte er zu Sophie auf ihre Nachfragen bei ihm gesagt, wenn sie nicht darüber reden will, wird sie schon ihre Gründe haben. Und damit war für Sophie dieses Thema abgeschlossen. War ja auch wirklich egal.

Sophie hatte sich im Elternhaus ihres Mannes eigentlich vom ersten Besuch an wohl gefühlt. Nicht, dass sie ihre Schwiegereltern auf Anhieb ins Herz geschlossen hätte, das Haus jedoch schon. Die hohen Räume hatten für sie etwas Erhabenes, und die dicken

Mauern vermittelten ihr ein Gefühl von Stabilität und Sicherheit, während Wieland über ein Engegefühl klagte, sobald er die Mauern seiner Kindheit um sich hatte. Das liegt wohl auch am Berg, hatte er Sophie gegenüber gemeint, der ist wie eine zweite Wand, und mit dem Berg hatte er natürlich den Rainberg mit seinen parallel zur Hauswand aufsteigenden Felsen gemeint.

Auf Sophie hingegen übte die Steilheit und scheinbare Unbezwingbarkeit dieses Berges eine ganz eigene Faszination aus. Sie war in Wien aufgewachsenen und hatte nie anderswo gelebt. Da blieb der Blick aus dem Fenster höchstens an den gegenüberliegenden Hausfassaden hängen, oder fiel, wenn man Glück hatte, auf einen der Stadtparks. Sophie hatte Glück gehabt, denn sie waren bald nach Jennis Geburt in die großzügig angelegte Dachterrassenwohnung im 18. Bezirk gezogen. Als junge Familie waren sie in den Genuss einer Förderung gekommen, nun war die Eigentumswohnung mit Blick auf den Pötzleinsdorfer Schlosspark schon seit mehreren Jahren abgezahlt.

Sophie hatte Wieland schon während eines ihrer ersten gemeinsamen Aufenthalte in Salzburg dazu überreden können, mit ihr den Rainberg zu erkunden, und er hatte ihr erzählt, dass er natürlich die Trampelpfade und sogar die geheimen Höhlen und Bunker kannte – zu groß war damals die Neugierde gewesen, endlich zu wissen, was es mit dem »verbotenen Berg« auf sich hatte. Warum verbotener Berg, hatte Sophie von Wieland wissen wollen, und er hatte ihr erklärt, dass das Besteigen des Berges behördlich verboten war, wegen der Gefährlichkeit des Geländes und auch, um die einzigartige Tier- und Pflanzenwelt der Felsensteppe zu schützen. Wielands Erstbesteigung des Berges fand seiner Erzählung nach bald nach Eintritt ins Gymnasium statt, des Akademischen Gymnasiums, das sich nur wenige Gehminuten von der Felsengasse auf der Südseite des Rainbergs befand. Der Rainberg sollte Wieland demnach noch lange begleiten. Nur war er fortan nicht mehr der große unbezwingbare Unbekannte, und das nahm dem Berg wohl einiges, aber lange nicht alles an seiner einschüchternden Macht.

*

Es war kühl geworden. Beim Blick aus dem Fenster stellte Sophie fest, dass sich die Regentropfen in Schneeflocken verwandelt hatten, die jedoch noch nicht am Boden liegen blieben. Da war auch schon Wielands Auto, gerade bog es in die Tiefgarage ein.

Sie stellte noch schnell Teller und Besteck in den Geschirrspüler und brachte die samtenen Kissen auf der Couch in Position. Sie musste über sich selbst lachen, weil sie sich bemüßigt fühlte, Wieland in einer tadellos aufgeräumten Wohnung zu empfangen. Noch dazu, wo er den Unterschied gar nicht wahrnehmen würde, viel zu sehr würde er mit seinen eigenen Gedanken und den Tätigkeiten nach seiner Ankunft beschäftigt sein: Duschen, Umziehen, Wein aus dem Kühler holen. Und dann doch noch vom Tag erzählen.

»Anstrengend«, sagte er, »Es ist einfach jedes Mal anstrengend, auch wenn nichts Besonderes zu tun ist.«

»Hat sie eigentlich wieder die Vögel beobachtet?«, fragte Sophie nach. Sie hatten bei ihrem letzten gemeinsamen Besuch in Salzburg wie jedes Jahr zu Winterbeginn das Vogelhaus am untersten Ast des Nussbaumes befestigt.

»Darauf hab ich diesmal gar nicht geachtet.« Er legte die Stirn in Falten und schien nachzudenken. »Nein, über die Vögel haben wir nicht gesprochen, die waren kein Thema.«

»Und Rosi? Hat sie was von Rosi erzählt? War die wieder einmal bei ihr?«

Rosi war auch eine Frau ohne Nachnamen. Wieland kannte Rosi seit seiner Kindheit, sie war ihre Zugehfrau, so bezeichnete die Mutter sie, und Zugehfrau war wohl bedeutend mehr als nur Putzfrau. Rosi gehörte gewissermaßen zur Familie, sie war Vertrauensperson, sie hatte den Hausschlüssel, wenn die Familie auf Urlaub war, sie goss dann auch die Pflanzen im Garten und leerte den Postkasten, damit nicht jeder mitbekam, wenn das Haus leer stand. Wielands Wissen nach kam Rosi noch immer in regelmäßigen Abständen in die Felsengasse. Nicht, um zu putzen oder im Haushalt zu helfen, das erledigte nun die Pflegerin, sondern um die Mutter zu besuchen. Laut Anyana waren der Mutter diese Besuche heilig. Ihre Anwesenheit war für die Dauer des Besuchs dann gar nicht erwünscht, sie durfte in den ersten Stock abschwirren und wurde über das Babyphon erst gerufen, wenn Rosi wieder gegangen war.

»Auch über Rosi haben wir diesmal nicht gesprochen. Aber sie wird schon mal da gewesen sein«, mutmaßte Wieland. »Sonst hätte sich Mutti wohl darüber beklagt, dass sie nicht mehr kommt. Gott sei Dank gibt es diese Frau, sie ist schließlich außer uns und der Pflegerin Mutters einzige Bezugsperson. All ihre Freunde und Bekannten sind schon gestorben. Sie ist sozusagen übriggeblieben«. Wieland seufzte hörbar. »Rosi muss auch schon auf die achtzig zugehen«, fuhr er fort, und aus seinem scheinbar ins Nirwana geglittenen Blick schloss Sophie, dass seine Gedanken nun in den Tiefen der Vergangenheit herumkramten.

»Ich mochte es, wenn sie im Haus war, das war immer montags«, erinnerte sich Wieland. »Ja, an Montagen war sie eigentlich fast den ganzen Tag über im Haus beschäftigt. Sie hat auch immer mit mir herumgescherzt. Sie war so jung damals, sie hätte meine große Schwester sein können. Und an Montagen kam sie deshalb, weil an diesem Tag die Friseursalons geschlossen hatten. Sie war ja Friseurin.« Wieland sagte das so, als ob Sophie über Rosis Lebenslauf selbstverständlich Bescheid wissen müsste.

»Friseurin war sie?«, fragte Sophie nach.

»Ja, und bei uns hat sie sich über die Jahre wohl ganz schön was dazu verdient.«

»Und Männer? Hat sie nie geheiratet?« Wenn sie nun schon einmal begonnen hatten, über diese Rosi zu reden, wollte Sophie jetzt doch mehr über sie in Erfahrung bringen.

»Nicht, dass ich wüsste. Nein, sicher nicht, das hätte ich mitbekommen. Sie wohnte, glaube ich, bei ihrer Mutter, bis die starb.«

»Eigenartig«, meinte Sophie, »sie war bestimmt einmal eine attraktive Frau«.

Sophie konnte sich zwar nur an ein einziges Mal erinnern, dass sie die Zugehfrau gesehen hatte, und das war vor vielen Jahren gewesen. Rosi hatte Sophies Erinnerung nach den Hausschlüssel zurückgebracht. Sophie war jedoch die Erscheinung einer sehr gepflegten, durchaus hübschen Frau im Gedächtnis geblieben.

»Und dann hat sie den Kontakt zu deiner Mutter weiter aufrecht gehalten, auch als sie nicht mehr als Haushaltshilfe benötigt wurde? Etwas ungewöhnlich, oder?« Hatte Sophie erst einmal angefangen, sich für eine Sache zu interessieren, blieb sie beharrlich dran.

»Nein, das finde ich nicht ungewöhnlich«, erklärte Wieland. »Die beiden Frauen hatten mehr als nur ein Dienstverhältnis. Da war schon so etwas wie Freundschaft zwischen ihnen spürbar. Wobei …«, wieder schienen Wielands Gedanken in die Vergangenheit abzutauchen, »sie kamen aus sehr unterschiedlichen Welten, und erfüllten demnach auch konträre Rollen, meine Mutter die der Geberin, Rosi die der Empfängerin«.

»Und jetzt ist es wohl umgekehrt«, schloss Sophie.

»Wird wohl so sein. Ich werde bei meinem nächsten Besuch in Salzburg jedenfalls das Gespräch auf Rosi bringen. Ich habe ja nicht einmal ihre Telefonnummer oder Adresse. Wer weiß, ob ich die nicht noch einmal brauchen werde.«

»In zwei Wochen komm ich wieder mal mit nach Salzburg«, verkündete Sophie zu Wielands Überraschung.

»Ach ja, da ist auch Jenni in Wien, ich schlage vor, wir fahren dann ausnahmsweise wieder einmal zu dritt. Mutti wird sich freuen.«

»Ja, sicher«, sagte Wieland und lächelte tapfer.

*

Die Uhr auf dem Mobiltelefon zeigte fünf Uhr zweiundvierzig, als Anyana zum ersten Mal in dieser Nacht geweckt wurde. Sie konnte es sich nicht leisten, das röchelnde Atmen, das das sensible Babyphongerät in ihr Zimmer übertrug, zu ignorieren. Sie knipste die Nachttischlampe an, überprüfte den Bildschirm des Babyphons und konnte nichts Außergewöhnliches erkennen. Dennoch stand sie unverzüglich auf, schlüpfte in Bademantel und Hausschuhe und schlich die Stufen hinunter ins Erdgeschoss.

Sie fand Frau Hilde schlafend vor, in ihrem hohen Gitterbett. In der Stille der Nacht schien ihr Schnarchen nun den ganzen Raum auszufüllen. Und wie schon so oft dachte Anyana, dass diese ordinären Schnarchgeräusche eigentlich nicht zu dieser Frau passten.

Ihr vorheriges Bett hatten sie schon vor einigen Jahren durch das Hochbett ersetzt, das mit vielen Extras ausgestattet war, weil es für die Pflegerinnen so zumindest etwas weniger mühsam war, die kräftezehrenden Handgriffe zu verrichten, die zur Betreuung notwendig waren. Das Gitter an der Vorderseite des Bettes zog Anyana immer erst dann hoch, wenn Frau Hilde schon eingeschlafen war, solange blieb sie dann auch jeden Abend bei ihr sitzen. Die alte Frau sollte beim Einschlafen nicht das Gefühl haben, eingesperrt zu sein. Und ob sie sich noch für eine Weile im Erdgeschoss oder in ihrem Wohnbereich im ersten Stock aufhielt, war Anyana egal, sie las oder schrieb da wie dort am Handy irgendwelche Nachrichten an ihre Familie in Temeswar.

Diesmal hatte Anyana Glück, es war nichts zu tun. Am heftigen Schnarchen von Frau Hilde war bestimmt auch die Rückenlage schuld, so bekam sie beim Atmen nur schwer Luft. Gaumensegel und Rachenzäpfchen flatterten bei jedem Atemzug, aber da war in diesem hohen Alter nichts mehr zu machen, die Muskulatur war eben erschlafft.

Anyana blieb noch ein paar Augenblicke am Bett stehen, bevor sie wieder nach oben ging. Sie musste mit ihrer Zeit haushalten, um auf ausreichend Schlaf zu kommen.

»Anyana!«, ertönte es dann auch pünktlich um vier Uhr aus dem Babyphon-Lautsprecher. Wie üblich hatte die Nässe auf der Haut die alte Frau aus dem Schlaf geholt. Manche Menschen störte der warmfeuchte Zellstoff auf ihrem Körper überhaupt nicht, mehr noch, manche nahmen ihn gar nicht mehr wahr, diese Erfahrung hatte Anyana in ihrer jahrzehntelangen Berufserfahrung gemacht, aber Frau Hilde war in diesem Punkt sehr empfindlich. Alle Versuche seitens der Betreuerin, die Abstände zwischen dem Windelwechseln hinauszuziehen, waren gescheitert. Frau Hilde hatte vehement darauf beharrt, sofort nach dem Einnässen trockengelegt zu werden.

In diesen frühen Morgenstunden ging alles ruhig und mit gedämpftem Licht vonstatten, die Handgriffe waren automatisiert und Anyana trachtete danach, nur kein Gespräch aufkommen zu lassen, das dem Kopf Aktivität signalisieren könnte. Sie wollte schließlich schnell wieder ins Bett und weiterschlafen, und das ging nur, wenn sie Frau Hilde während der nötigen Verrichtungen in einer Art Dämmerzustand hielt.

Vier Uhr fünfzehn. Diesmal war es besonders schnell gegangen. Und dreieinhalb Stunden blieben noch, bis für Anyana eine Nacht wie viele andere davor wieder Vergangenheit sein würde.

*

Eigentlich mochte Anyana Frau Hilde ganz gern. Im Vergleich zu manch anderen Pfleglingen aus Anyanas beruflicher Vergangenheit hatte sie ein freundliches und umgängliches Wesen. Dabei war sie nicht gerade anspruchslos, aber die meisten ihrer Wünsche waren nicht allzu schwer zu erfüllen.

So legte sie zum Beispiel größten Wert auf ein gepflegtes Äußeres, was für Anyana bedeutete, dass sie ihr regelmäßig die Finger- und Zehennägel feilte und mit farblosem Lack lackierte, ihr einmal wöchentlich die Haare wusch und dabei silbergrau tönte, ihr allmorgendlich Tagescreme und allabendlich Nachtcreme bereitstellte, die sich Frau Hilde dann großzügig auf Gesicht und Hals auftrug. Sie musste einmal – das schloss Anyana aus Fotos, die ihr Frau Hilde gezeigt hatte – eine sehr schöne Frau gewesen sein. Das Bewusstsein dieser Schönheit strahlte sie immer noch aus. Bei aller Bedürftigkeit, die ihre altersbedingte Situation mit sich brachte, umfing sie dieses spezielle Etwas. Anyana war zu dieser Eigenschaft nur das Wort ›milostiv‹ eingefallen, das Online-Wörterbuch hatte ihr die deutsche Entsprechung ›huldvoll‹ geliefert.

Nun beschränkten sich Anyanas Herausforderungen als Vierundzwanzig-Stunden-Betreuerin keineswegs auf den medizinisch-hygienischen Bereich, ebenso wichtig war der Zeitvertreib, denn die Zeit konnte sich ins Unermessliche dehnen, wenn man ihr nicht auf die Sprünge half. Anyana hatte über die Jahre ein ganzes Repertoire an Unterhaltungsideen angesammelt, die bei ihren früheren Pfleglingen eigentlich immer dankbar aufgenommen worden waren: Wortratespiele, Brettspiele, Rätsel, Kopfrechnen, Quiz für Senioren (die Fragen bezogen sich dabei ausschließlich auf die Jugendjahre der alten Menschen), ja sogar Schach hatte sie mit einem von ihnen regelmäßig gespielt. Bei Frau Hilde war Anyana mit derartigen Vorschlägen auf Granit gestoßen. »Ich bin doch nicht dement«, hatte sie gleich beim ersten Mal entgegnet, als Anyana versucht hatte, den Nachmittag mit Rätseln und Raten über die Runden zu bringen. »Erzähl mir lieber etwas über dich. Das ist sicher interessanter. Ich möchte schließlich wissen, wer die Person ist, die mit mir unter einem Dach wohnt. Und beim Reden kannst du auch gleich Deutschsprechen üben.«

Und so kam es, dass Anyana Frau Hilde Tag für Tag einen Ausschnitt ihres Lebens anvertraute.

*

Da gab es noch etwas, das in Anyanas Zuständigkeitsbereich fiel: Das wöchentliche Saubermachen in der Puppenstube.

Natürlich hatte sich Anyana schon bald nach ihrem Dienstantritt in der Felsengasse auch die anderen Zimmer im ersten Stock des Hauses, in dem sich die ihr zugewiesene Wohneinheit befand, angeschaut. Sie konnte das Obergeschoss ganz ungestört inspizieren, denn Hildegard Glas war ohne Anyanas Hilfe nicht in der Lage, hinaufzugelangen.

Vom Vorraum führte eine Tür in ein Zimmer mit einem Schreibtisch und bis zum Plafond reichenden

Bücherregalen, eine weitere in eine Kammer mit vorwiegend Kleiderschränken, die Anyana mit Mänteln, Kostümen, Abendroben und Herrenanzügen vollbehängt vorfand. Kleidungsstücke einer lang vergangenen Zeit.

Eine weitere Tür auf der anderen Seite der Diele war jedoch versperrt.

Anyana staunte nicht schlecht, als ihr diese Tür schon bald von Hildegard selbst geöffnet werden sollte.

»Heute fahren wir hinauf«, ließ Hildegard schon wenige Tage nach Anyanas Ankunft in Salzburg verlauten.

»Hinauf?«, vergewisserte sich Anyana.

»So ist es«, kam die Bestätigung. »Wozu gibt es den Treppenlift in diesem Haus? Ich muss dir etwas zeigen.« Sie hob die rechte Hand hoch, in der sie zwischen Daumen und Zeigefinger einen Schlüssel hielt.

Intuitiv verstand Anyana, dass es sich dabei um den Schlüssel für die versperrte Tür im ersten Stock handeln musste.

»Wann wollen hinauf, Frau Hilde?«, fragte sie, und bemühte sich dabei, ihre Neugierde nicht durchklingen zu lassen.

»Jetzt! Wir können losfahren!« Losfahren bedeutete, dass Hildegard von Anyana zum Treppenlift geschoben werden musste, bevor sie vom Rollstuhl auf den Sitz des Liftes platziert werden konnte. Nach der Liftfahrt musste Hildegard darauf warten, bis Anyana den zusammengeklappten Rollstuhl die Stufen hinaufbefördert, ihn wieder aufgeklappt und sie dann vom Lift zurück auf den Rollstuhlsitz gehievt hatte.

Hildegard manövrierte den Rollstuhl nun eigenständig, ohne Anyanas Hilfe in Anspruch zu nehmen, zur verschlossenen Tür. Dann sperrte sie sie auf.

Anyana war perplex. Eine völlig unerwartete Welt tat sich ihr auf. Es hätte sie nicht gewundert, wenn die vielen Puppen, denen ein eigenes Mobiliar in Miniaturanfertigung zur Verfügung stand - Bettchen, Tischchen, Kommödchen, Sesselchen – plötzlich begonnen hätten, sich zu bewegen oder gar zu sprechen.

Hildegard lächelte beseelt, und Anyana stellte fest, dass dieses Lächeln nicht ihr, sondern den Puppen galt.

»Sie sind mein ganzer Stolz«, sagte sie schließlich. »Ich habe sie über Jahrzehnte hinweg gesammelt, ihnen passende Kleider genäht, Jäckchen gestrickt, die Haare frisiert, ihre Position verändert, ja, ich habe ihnen Leben eingehaucht.« Beinahe Zärtlichkeit lag in ihren Worten.

Anyana hatte in einem ersten Impuls schon fragen wollen, ob denn Wieland als Bub so gerne mit Puppen gespielt hätte, denn ihr spontaner Gedanke war gewesen, dass Hilde sie aus nostalgischen Gründen aufgehoben hatte. Aber nun kapierte sie schnell, dass diese Puppen mit niemand anderem zu tun hatten als mit Hildegard selbst.

»Sieh dir nur alles ganz genau an«, sagte sie. »Es sind ja nicht nur die Puppen, die mir am Herzen liegen.« Sie zeigte auf ein kleines Sofa: »Ich habe es selbst überzogen, und in diesem Kissen«, ihr Zeigefinger war etwas weiter zu einem Miniaturbett gewandert, »da sind echte Daunen drinnen.«

Anyana stellte in Hildegards Stimme plötzlich eine Lebendigkeit fest, die ihr bislang verborgen geblieben war.

»Das ist Sisi, sie ist eine der Ältesten und Wertvollsten«, sagte sie und legte Anyana die elegante Schönheit im rosa Rüschenkleidchen behutsam in die Hände. Die Pflegerin sah in wasserblaue Augen, dichtgerahmt von einem schwarzen Wimpernkranz. Das perfekte Gesicht war von schwarzen seidigen Locken umrahmt.

»Gefällt sie dir?«, fragte Hildegard und setzte die Puppe auch schon wieder auf das Polstermöbel, von dem sie sie genommen hatte.

»Es gibt eine Geschichte zu jeder einzelnen von ihnen«, fuhr Hildegard versonnen fort, »aber das ist jetzt nicht so wichtig.« Sie ließ den Blick von einer Puppe zur anderen gleiten, Anyana hatte den Eindruck, dass Hildegard dabei tatsächlich eine Beziehung zwischen sich und den einzelnen Puppen herzustellen vermochte.

»Nun, der eigentliche Grund, weshalb ich mit dir hier heraufgefahren bin, ist«, sagte Hildegard schließlich, und ihre Stimme hatte wieder den vertraut kühlen Ton angenommen, »nun, ich möchte, dass du diese Stube einmal wöchentlich gründlich reinigst. Es kommt ja niemand hier herein, daher wird auch nichts arg verschmutzen. Aber Staub kommt überall hin. Und ich möchte nicht, dass meine Kleinen verstauben. Und auch nicht die Möbel. Ich will auch, dass du bei jeder Reinigung die Stube ordentlich durchlüftest.« Sie räusperte sich, so, als ob sie gerade selbst beim Sprechen Staub in die Kehle bekommen hätte.

»Du hast nun gesehen«, fuhr sie in ihrem Monolog fort, »wie filigran hier alles ist. Das heißt, die Puppen zerbrechen schnell. Du musst ungemein auf sie Acht geben, wenn du sie abstaubst.«

»Sicher, Frau Hilde, keine Sorge«, versicherte Anyana.

»Ich schlage vor, du beginnst sofort damit, jetzt ist genau der richtige Augenblick dafür. Heute passt das Wetter, bei Sonnenschein sieht man selbst hier im Zimmer jedes Staubkorn.« Hildegard seufzte, aber das war kein Klageseufzen, sondern vielmehr ein befreites Luftholen und -ausstoßen. »Und dieses erste Mal darf ich dir zuschauen, wo ich doch schon mal hier oben bin. Versteh mich nicht falsch, Anyana, ich möchte dich nicht bei deiner Arbeit kontrollieren, aber ich bin nun einmal so gerne hier in meiner kleinen Welt.«

»Sicher, Frau Hilde«, sagte Anyana erneut. »Womit sollen …«

»In dem Kästchen dort sind die geeigneten Putztücher, die sind extraleicht und weich, aus Mikrofaser. Und die bunten Staubwedel, du siehst sie, sind verschieden groß.«

»Alles klar«, sagte Anyana, und als sie daran ging, Puppe um Puppe und Möbelstück um Möbelstück von Staubpartikeln, die sie mit freiem Auge kaum erkennen konnte, zu befreien, machte ihr diese eigenartige Tätigkeit sogar etwas Spaß.

Hildegard saß dabei still und bewegungslos mitten in der Stube, genauso still und bewegungslos wie ihre Puppen.

*

Jetzt sind sie doch tatsächlich zu dritt angerückt. Und zwar am Samstag, und nicht am Freitag, dem Tag, an dem Wieland sonst immer kommt. Der Grund für den Samstag war Jenni, meine Enkelin, die ist nämlich erst am Freitag in Wien gelandet. Und Jenni wollte diesmal, Wielands Worten nach, unbedingt mitkommen, jetzt, wo nichts mehr dagegensprach.

Seit die da oben sagen, dass die Pandemie endgültig besiegt ist, gibt es für unterlassene Besuche keine Ausreden mehr.

Unter uns: Für mich war das ganze Corona-Spektakel der vergangenen zwei Jahre – oder waren es drei? – kaum der Rede wert, geschweige denn eine Katastrophe. Für mich, wie gesagt! Für mitten im Leben stehende Menschen sah die Sache zugegebenermaßen anders aus, das will ich gar nicht verharmlosen. Aber ich, ich lebe ja so und so schon seit fünf Jahren hier quasi in Quarantäne, also, wer hätte mich denn anstecken sollen? Meine Pflegerin, die, außer dass sie den nötigen Einkauf erledigte, immer bei mir im Haus war? Oder Wieland, der mir bei jedem seiner Besuche stolz auf seinem Mobiltelefon das Foto seines Negativtests unter die Nase hielt? Ich hab mir die Impfung natürlich auch verpassen lassen, Wieland hätte meine Weigerung nicht verstanden, Sophie ebenso wenig, wo sich die beiden doch vehement für einen schnellen Termin für mich eingesetzt haben. So war ich die Erste in der Familie, die eine Impfung verabreicht bekommen hatte, die Letzte war Jenni. Sie hätte meiner Ansicht nach die Erste sein müssen, denn sie hatte am wenigsten die Möglichkeit, sich zu isolieren, aber, in diesem Fall galt ausnahmsweise Alter vor Jugend. Sei es wie es sei, Jenni würde sagen, tempi passati, sie lässt gerne italienische Wendungen fallen und ich fange sie gerne auf.

Aber dass ich nicht lüge: Es gab schon Dinge, die mir während der Zeit der Krise auf die Nerven gingen. Da war die Sache mit dem Fernsehprogramm. Meine Lieblingsserien und Quizsendungen wurden ständig verschoben wegen aktueller Corona-Nachrichten; und auch die Tageszeitung, die ich regelmäßig nach dem Frühstück lese, schoss sich voll auf das Thema ein und schrieb fast nur mehr über Fallzahlen, Inzidenzen, Anti-Corona-Demos, Verfügbarkeit von Intensivbetten, Lock-Downs, Fluchtmutanten, oder wie sie diese gemeingefährlichen Dinger nannten, und dann natürlich berichteten sie unermüdlich über die verheerenden Folgen der Epidemie auf die menschliche Psyche und die Weltwirtschaft. Kurzum, glaubte man den Medien, so war die Apokalypse in greifbarer Nähe. Ich habe natürlich nie daran geglaubt, aber es konnte schon mühsam sein, keinen Trübsinn aufkommen zu lassen bei all dem Gejammere rundum.

Ich muss in diesem Zusammenhang der Vollständigkeit halber noch Helene erwähnen, die in ihren

Briefen an mich die Pandemie immer wieder thematisierte. Das berufsbedingte Interesse wurde offenbar auch zu ihrem persönlichen Anliegen, obwohl sie als Ärztin schon den Ruhestand angetreten war. Aber über Helene möchte ich jetzt nicht reden. Auch nicht nachdenken.

Mit Rosi war Corona betreffend alles unkompliziert. Sie besuchte mich genauso regelmäßig wie in der Zeit vor der Pandemie, sie war der Meinung, dass es sie bei den wenigen Kontakten, die sie pflegte, nicht erwischen würde und sie daher für mich keine Gefahr sei. Sie hatte Recht behalten. Und die Pandemie war auch nie Thema unserer Gespräche. Dem Himmel sei Dank!

Aber nun zurück, zu Jenni und dem Besuch meiner Lieben vor wenigen Tagen. Ich habe im Laufe des Nachmittags zu meiner Freude tatsächlich den Eindruck gewonnen, dass sich Jenni bei mir recht wohl gefühlt hat, fast wie vor Jahren, als mein Haus für sie ein zweites Zuhause war. Sie war so gerne hier während der Sommerferien!

Nun, der Samstag kam mir ja ursprünglich als Familienbesuchstag gar nicht gelegen, weil nämlich der Samstagnachmittag sonst immer für Rosi reserviert ist, und die Zusammenkünfte mit Rosi sind mir sehr wichtig. Mehr als wichtig, sie sind notwendig! Wobei ich schon wieder bei Helene bin, die ich jetzt aus meinen Gedankengängen ausklammern möchte.

Ich musste also Rosi verschieben, Gott sei Dank war sie auch mit dem Sonntag einverstanden. »Keine Sorge, Hilde«, hat sie mich am Telefon gleich beruhigt, »ich kann ja über meine Zeit frei verfügen. Da ist ein Tag wie der andere recht.« Ja, Rosi ist ein Glücksfall.

Ich habe ihr schon vor ein paar Jahren das »Du« angeboten, sie hat sich damals richtig gefreut darüber und jetzt sind wir beinahe Freundinnen, ja, man kann schon sagen, dass wir so etwas wie Freundinnen sind, auch wenn wir altersmäßig vierzehn Jahre auseinander liegen. Aber das macht in unserem Alter das Kraut auch nicht mehr fett: ob vierundneunzig oder achtzig Jahre alt, das ist für eine Freundschaft schon egal, sofern es einem mit vierundneunzig noch so gut geht wie mir, geistig zumindest. Und dass Rosi viel jünger als ich und körperlich völlig fit ist, ja, sogar noch ohne Probleme Auto fährt, ist für mich von großem Vorteil. Denn sie ist die einzige, mit der ich bis heute meine ganz private Geschichte teile, und in dieser Angelegenheit brauche ich sie. Aber stopp! Nicht schon wieder Helene! Es ist gar nicht so leicht, diese Frau – und sei es auch nur für eine begrenzte Zeit – aus dem aktuellen Geschehen herauszuhalten.

Also zurück zu vergangenem Samstag: Sie waren pünktlich da, sogar noch vor zwölf, Anyana war gerade erst dabei, den Tisch zu decken, als sie einfielen. Sie schienen bester Laune zu sein, vor allem Wieland und Sophie, die sehr laut redeten und dabei heftig gestikulierten, weil sie immer denken, ich wäre schwerhörig. Ein bisschen bin ich das natürlich auch, aber stocktaub bin ich nun auch wieder nicht. Und fälschlicherweise denken sie, es läge an der fehlenden Lautstärke, wenn ich etwas nicht verstehe. Aber so ist das nicht. Es liegt vielmehr an der unklaren Aussprache. Wenn man mich beim Sprechen anschaut und alles deutlich artikuliert, höre ich tadellos. Aber es hätte keinen Sinn, ihnen das klarzumachen, sie könnten sich nicht mehr umgewöhnen im Umgang mit mir. Bei Rosi habe ich jedenfalls keine Hörprobleme, und bei Anyana auch nicht, wenn sie mir am Nachmittag ihre Geschichten erzählt.

Nun ja, Anyana hat natürlich für den Besuch alles fein herausgeputzt: Das Haus, den Mittagstisch und mich. Sie hat mir die Korallenhalskette umgelegt, die Finger zartrosa lackiert und mein Lieblingsparfum hinter die Ohrläppchen getupft.

»So duften gut«, hat sie gemeint und dabei an ihrer parfümierten Fingerkuppe geschnuppert.

Es wundert mich jedes Mal wieder, wie engagiert Wieland Anyanas Kochkünste lobt. Womöglich glaubt er, seine Laudatio auf Grießnockerl und Co. hätte einen direkten Einfluss auf ihr Verhalten mir gegenüber. Wie dem auch sei, er meint es gut.

Nach dem Mittagsessen ist jedenfalls sehr schnell Bewegung in die Runde gekommen. War wohl auch anstrengend für meine Lieben, die Konversation während der gemeinsamen Mahlzeit am Laufen zu halten. Besonders für Wieland, der es, wie ich ihn kenne, als unschicklich erachtet, längere Gesprächspausen entstehen zu lassen. Wahrscheinlich, weil man dann die Essgeräusche deutlicher hören kann.

Jenni hingegen schien sich nicht genötigt zu fühlen, ein bestimmtes Verhalten an den Tag zu legen oder Gesprächspausen zu füllen. Mir hat ihre Zwanglosigkeit jedenfalls gut getan, auch später noch, als wir Gelegenheit hatten, uns unter vier Augen zu unterhalten.

Sophie entschwand gleich nach der Nachspeise unter dem Vorwand, sich wegen Kopfschmerzen etwas zurückziehen zu müssen. Ich glaubte weder an den Rückzug noch an die Kopfschmerzen, vielmehr wollte sich Sophie wohl wieder einmal ein Bild über den Zustand von Haus und Hausstand machen, davon bin ich überzeugt. Könnte ja plötzlich schnell gehen mit mir und da wäre es dann schon hilfreich, einen Überblick zu haben über die Dinge, die von Wert sind. Ich kann Sophie ja auch irgendwie verstehen, nur: sie könnte ebenso gut mit mir darüber reden. Aber das findet sie wohl unschicklich.

Und interessant finde ich, mit welcher Selbstverständlichkeit sie von einer Zukunft ausgeht, die nach ihrer Pfeife tanzt. Stopp! Stopp! Stopp! Nicht schon wieder Helene!

Auch Wieland ließ nicht lange mit der Ankündigung seines Friedhofbesuchs auf sich warten. Die Kerze in der Laterne auf Viktors Grab sollte zumindest alle zwei Wochen einmal brennen. Zu Kaffee und Kuchen wäre er ja dann schon längst wieder da, meinte er.

»Ja«, sagte ich, »lass dich nicht aufhalten«.

Ob Jenni mitkäme, fragte er schnell noch, und Jenni verneinte ebenso schnell.

Sie hatte es sich inzwischen auf meinem Bett, das Anyana mit der schweren Tagesdecke abgedeckt hatte, gemütlich gemacht und schien in irgendetwas, was ihr Telefon offenbarte, vertieft. Auf die Idee, sich auf meinem Hochbett auszustrecken, war vor Jenni auch noch nie jemand gekommen, sie tat es ungefragt. Gut so! Nun hatte ich Zeit und Gelegenheit, sie einmal genau zu betrachten, schließlich hatte ich sie schon recht lange nicht mehr zu Gesicht bekommen. Mit ihren dreißig Jahren sah sie noch immer wie ein Mädchen aus, besonders wenn sie so unbekümmert dalag, die Gesichtszüge entspannt.

Die dunklen drahtigen Haare hat sie von Sophie, ebenso die buschigen Augenbrauen, die sie sich scheinbar nicht mehr zupft. Denn so breit waren ihre Augenbrauen das letzte Mal nicht als sie bei mir war, da bin ich sicher. Passen ihr aber gut. In Rom ging sie bestimmt als Italienerin durch, meine Güte, jetzt lebte sie meiner Rechnung nach schon seit beinahe fünf Jahren in Rom. Dünner ist sie geworden in diesen fünf Jahren, aber das ist nun einmal so bei den jungen Frauen, je dünner umso schöner, das glauben sie jedenfalls alle.

»Ist Anyana jetzt auch weg?«, fragte Jenni unvermittelt, legte ihr Telefon zur Seite und schenkte mir ihre volle Aufmerksamkeit.

»Ja, die ist oben. Die hat heute Nachmittag frei, bis ich sie rufe«, antwortete ich.

»Über das Babyphon?«, fragte Anyana mit Blick auf das blinkende Gerät neben mir. »Genial, die Idee mit dem Babyphon, oder?«, meinte sie weiter.

»Ja, bewährt sich bei den Alten wie bei den Babys«, sagte ich.

Jenni blickte jetzt ernst drein, als sie weiterredete. »Das muss echt Scheiße sein, ständig auf jemanden angewiesen zu sein, noch dazu auf jemand Fremden, eine Person, die nicht einmal zur Familie gehört«.

»Das muss kein Schaden sein«, rutschte es mir so heraus.

Jenni schien erst über meine Bemerkung überrascht zu sein, dann lachte sie. »Hast recht, Oma, der Papa wäre da echt überfordert. Und die Mama auch.«

Wir lachten nun beide, das war richtig befreiend.

»Im Bad hab ich diesen Stuhl in der Badewanne gesehen. Da musst du wohl zum Duschen rauf.« Jenni schien sich nun tatsächlich ein Bild über meine Lebensumstände machen zu wollen. »Schafft das die Pflegerin denn, dich dort hinaufzuheben?«, wollte sie wissen.

»Sie schiebt mich mehr hinauf, als dass sie mich hebt, der Stuhl ist in der Höhe verstellbar. Und weißt du, diese Frauen haben da schon ihre eigenen Techniken und Griffe. Wenn du nicht gegensteuerst, geht das erstaunlich gut«, erklärte ich ihr.

»Und sonst, Oma?«, fragte sie dann.

Meine Güte, jetzt hatte sich Jenni so lange nicht bei mir blicken lassen und plötzlich schien sie alles an Information über mein jetziges Leben einholen zu wollen. Aber ich darf nicht ungerecht sein, Jenni war in den letzten Jahren ja auch nur sehr selten in Österreich, auch wegen Corona, und wenn sie im Land war, dann gerade einmal für ein paar Tage.

Das Hier und Jetzt war wichtig, und jetzt waren Jennis Anteilnahme und Mitgefühl echt, so gut kannte ich sie, und, was besonders wohltuend war, sie hatte auch nicht im Sinn, mich von meiner privilegierten Lage als Vierundzwanzig-Stunden-Betreute zu überzeugen.

»Und sonst? Was meinst du mit ›sonst‹?«, fragte ich schließlich nach.

»Naja, vom Privatleben her«, präzisierte sie ihr ›sonst‹.

Ich hatte also Jennis Vorstellung nach noch ein Privatleben! Lebensinteressen, die jenseits dieser Mauern lagen! Natürlich habe ich die, aber auf die Idee ist vor Jenni und Rosi natürlich schon lange niemand mehr gekommen. »Es kommt doch hoffentlich gelegentlich jemand bei dir vorbei, mit dem du normal reden kannst. Ich meine eine Person, mit der das Reden auch Spaß macht.«

»Ja, die Rosi kommt mich regelmäßig besuchen«, antwortete ich. »Du kannst dich doch noch an die Rosi erinnern?«

»Klar. Die hat doch hier schon geputzt, da war ich noch ein Kind«, erinnerte sich Jenni.

»Die Rosi war schon bei uns, da war dein Vater noch ein Kind«, ergänzte ich.

»Die muss dann aber auch schon ziemlich alt sein«, schloss Jenni.

»Alt schon, aber nicht steinalt wie ich«, sagte ich und wieder mussten wir beide lachen.

Wo wir nun bei in unserem Gespräch bei der Rosi angelangt waren, wäre ich beinahe der Versuchung erlegen, Jenni mehr über Rosi und den wichtigsten Grund ihrer Besuche bei mir anzuvertrauen. Gott sei Dank hat die Vernunft über den momentanen Impuls, mich mitzuteilen, gesiegt. Stattdessen fragte ich Jenni, wie denn bei ihr alles so liefe, in Rom. Und ob sie noch mit diesem Fabrizio, einem Kollegen an der Uni, zusammen wäre. Ich kenne Fabrizio nur von einem Foto, das mir Jenni einmal gezeigt hatte.

»Nein«, sagte sie, schon lange nicht mehr. Ob sie darüber froh war oder nicht, konnte ich ihrer Mimik nicht ablesen.

»Und ein anderer Mann?«, wagte ich mich weiter vor.

»Nein. Nichts Festes jedenfalls. Das ist alles etwas kompliziert, Oma.«

»Wem sagst du das«, antwortete ich, und als ich Jennis erstaunten Blick einfing, öffnete sich auch schon die Wohnzimmertür. Wieland kam vom Friedhof zurück und auch Sophie hörte man die Treppe herunterkommen.

*

Jetzt war Jenni erst drei Tage weg von Rom und schon bombardierte er sie im Stundentakt mit WhatsApp-Nachrichten und Anrufen, die sie nicht annahm. Morgen würde sie ohnehin wieder zurückfliegen, aber er konnte es scheinbar nicht erwarten.

Jenni war Riccardo Conte gleich aufgefallen, als er vor etwa einem Jahr als wohl ältester Student in ihrer Lehrveranstaltung »Corso avanzato«, »Deutsch für Fortgeschrittene«, auftauchte. Er unterschied sich von der Masse der Studierenden nicht nur im Alter, sondern auch in der Kleidung und im Selbstbewusstsein. Und vor allem unterschied er sich in der Kenntnis der deutschen Sprache, die er beinahe fließend und akzentfrei beherrschte, wie Jenni schon in der ersten Einheit der Lehrveranstaltung mit Verwunderung feststellte.

»Was führt Sie denn in meinen Deutschkurs?«, hatte sie ihn deshalb am Ende der Stunde gefragt, und er hatte sie nur mit cappuccinobraunen Augen angeschaut und mit einem einzigen Wort geantwortet, das bei Jenni dann auch treffsicher dort landete, wo es Riccardos Absicht nach hingehörte, nämlich mitten ins

Herz, oder besser gesagt mitten in dieses namenlose Etwas, das der Auslöser für unerklärliche Gefühlswallungen bis hin zur Verliebtheit ist: »Sie.«

Dieses »Sie« hatte jedenfalls trotz völlig entgegengesetzter Absichten und Vorsätze nach den Erfahrungen mit Fabrizio dazu geführt, dass Jenni mit Riccardo nach den nächsten beiden Sprachkursen in der Caffetteria der Sapienza landete, wo Riccardo ihr mitteilte, dass er als Student ein Auslandssemester in Berlin verbracht hatte, beruflich nach seinem Wirtschaftsstudium mehrere Jahre in Wien im Ministerium tätig gewesen war, und deshalb sein Deutsch ausreichend war. ›Ausreichend‹, hatte er gesagt, aber das war wohl fishing for compliments, was Jenni jedoch nicht gleich aufging, vielmehr empfand sie den Ausdruck ›ausreichend‹ auf die guten Sprachkenntnisse bezogen als Understatement und sehr charmant.

Das dritte Treffen fand dann auch schon nicht mehr auf dem Gelände der Universität statt, sondern in der Via Garibaldi, wo Jenni eine kleine Zweizimmerwohnung im dritten Stock eines Altbaus bewohnte. An etwas Größeres im Herzen Roms war wegen der hohen Mietpreise nicht zu denken, selbst diese Wohnung war nur mit finanzieller Unterstützung der Eltern erschwinglich.

In Riccardos Haus jenseits des Villa Borghese Parks könnten sie sich nicht treffen, hatte er verkündet, noch nicht, hatte er bedeutungsschwer hinzugefügt, denn seine Nochehefrau käme noch gelegentlich vorbei, um einige Sachen abzuholen. So viele ›Nochs‹ mussten Jennis Meinung nach, die von anfänglicher Verblendung geprägt war, doch sehr bald in ein ›Nicht mehr‹ übergehen.

Die Zusammenkünfte, hauptsächlich im Anschluss an die Deutschkurse, fanden also weiterhin in Jennis Wohnung statt, und Riccardo wurde nicht müde ihr zu versichern, dass er Jennis schmales Bett als Liebesnest als besonders romantisch empfand und er überhaupt das Zusammensein in der kleinen Wohnung als etwas ganz Besonderes, etwas von der Welt Abgehobenes, wahrnahm. Wann immer Jenni das Thema Scheidung, der in Italien einige Jahre der nachgewiesenen Trennung vorangehen müssen, ins Gespräch brachte, versicherte Riccardo ihr mit dem treuherzigsten Blick Italiens, es wäre alles nur eine Frage der Zeit. Das ›Nicht mehr‹ rückte für Jenni Woche für Woche, Monat für Monat, und Beteuerung um Beteuerung in weitere Ferne. Das ›Noch‹ war die Realität. Die Alarmglocken schrillten.

In derselben Geschwindigkeit, in der sich bei Jenni nun die Vernunft gegen illusorische Gefühlswallungen durchzusetzen begann, erstarkte auch wieder ihr Bedürfnis nach Unabhängigkeit. Jenni war ein gebranntes Kind. Schließlich hatte sie mit Fabrizio bereits eine ähnliche Situation erlebt und viel zu lange zugewartet. Vertane Zeit. Sie durfte nicht wieder denselben Fehler machen.

Paradoxerweise hatte Jennis neu gewonnener Freiheitsdrang auf Riccardo die genau gegenteilige Wirkung: Je weiter sie von ihm abrückte, umso heftiger versuchte er, sie mit den sich immer wiederholenden Versprechen und Vertröstungen an sich zu binden. Und immer wieder hatte er es bis jetzt geschafft, sie von der endgültigen Auflösung ihrer Beziehung abzuhalten. Irgendetwas hielt sie noch an ihm fest, obwohl sie mittlerweile stark bezweifelte, ob sie ihn überhaupt noch nehmen würde, selbst wenn er frei wäre. Ja, es war schon so, wie sie zu ihrer Großmutter erst am Vortag gesagt hatte: Es ist kompliziert.

Wem sagst du das! Jenni erinnerte sich nun wieder an die unerwartete Entgegnung der Großmutter, auf die sie nicht mehr eingehen konnte, weil ihre Eltern dazwischengekommen waren. Bedeutete Großmutters Feststellung etwa, dass es auch in ihrem Privatleben komplizierte Konstellationen gegeben hatte? Oder gar noch immer gibt?

Was wusste Jenni schon von Großmutters Leben! Sie hatte sie bis vor einigen Jahren immer nur mit Großvater zusammen erlebt, und da wäre ihr nie in den Sinn gekommen, auch nur irgendetwas an deren Beziehung zu hinterfragen. Da hatte es auch für sie gar nichts Interessantes zu hinterfragen gegeben, da lief zumindest allem Anschein nach das Leben in geordneten, ruhigen, ja, langweiligen Bahnen. Nicht einmal eine Spur von kompliziert konnte Jenni in ihrer Erinnerung aufspüren. Aber vielleicht lag dieses kompliziert in der Zeit vor ihrem Großvater Viktor Glas.

Zwei Dinge nahm sich Jenni vor: Sie würde die Großmutter schon sehr bald wieder besuchen, und wenn sie eigens dafür nach Österreich fliegen musste, und zwar gleich nach Salzburg. In Großmutters Leben hatte es bestimmt mehr gegeben als Ehemann und Sohn. Dieses ›Mehr‹ wollte Jenni herausfinden. Das Zweite, was sie sich vornahm: Ihren komplizierten Status zu beenden. Und das ging nur, wenn sie Riccardo aus ihrem Leben entfernte.

*

Eigentlich wusste Anyana schon gar nicht mehr, was sie Frau Hilde noch alles erzählen sollte. Seit Frau Hilde darauf bestand, am Nachmittag weder Schläfchen noch Spielchen zu machen, sondern Anyanas Geschichten zu lauschen, war die Einsatzfreude und auch die Fantasie der Pflegerin täglich gefordert. Denn Frau Hilde wollte nicht einfach nur über Anyanas Leben informiert werden, sie legte auch großen Wert auf Unterhaltung.

Und ihr Pflegling hatte schon recht gehabt: Anyanas Wortschatz war auf Grund des täglichen Sprachtrainings erheblich angewachsen, denn Frau Hilde wies sie immer wieder an, die fehlenden Vokabeln auf dem Handy im Online-Wörterbuch nachzuschlagen. »Wozu haben Sie das Ding denn?«, hatte sie bereits am ersten Erzählnachmittag mit Blick auf Anyanas Telefon gemeint. Lediglich die Grammatik blieb auf der Strecke und der Infinitiv die einzig verwendete Verbform. Aber daran hatte sich Frau Hilde schließlich auch gewöhnt und die vielen Nennformen schienen ihre Freude am Zuhören nicht zu schmälern.

So kam es, dass Frau Hilde bald bestens Bescheid wusste über Leiden und Ableben ihrer Vorgängerinnen und Vorgänger, denen Anyana, zumindest ihren Erzählungen nach, die letzten Wochen, Monate oder in Einzelfällen gar Jahre, versüßt hatte. Auch bei Frau Hilde belief es sich schon auf Jahre, die Anyana bereits bei ihr verbrachte. Natürlich gab es einige Unterbrechungen mit anderen Damen aus Rumänien, denn von der Agentur vorgesehen wäre alle drei Wochen ein Turnuswechsel der Pflegerinnen. Das funktionierte jedoch im Falle Hildegard Glas überhaupt nicht, weil, wie die Seniorin der Agentur und vor allem ihrem Sohn unmissverständlich mitteilte, mit den anderen Pflegerinnen die Chemie einfach nicht stimmte.

Anyana war dieser Umstand gar nicht unrecht. Ihre Sehnsucht nach Temeswar und Familie war nicht drängend. Der Sohn, studierter Techniker, lebte mit seiner Frau, einer Anästhesistin, im elterlichen Haus, wo auch ihr Ehemann, bereits im Pensionsalter, wohnte. Und dann war dort noch Valea, die siebenjährige Enkelin. Wenn Anyana an ihrem Leben in Rumänien eines wirklich vermisste, dann die Kleine, und Valea schien ihre Großmutter ebenso zu vermissen, schenkte man den unzähligen Smilies und Bussis, die sie ihr online zukommen ließ, Glauben. Die übrigen Familienangehörigen hatten Anyanas Eindruck nach nicht wirklich etwas dagegen, dass sie lange Zeitstrecken über im Ausland war. Im Gegenteil, sie erkannten wohl den Nutzen, den sie selbst aus Anyanas Tätigkeit in Österreich zogen, denn die Vorteile für sie waren unübersehbar: Die Arbeit hatte dem Haus ein neues Dach beschert, dem Gatten ein neues Gebiss, und der Schwiegertochter einen gebrauchten, aber gut erhaltenen Dacia Logan.

Natürlich war die wirtschaftliche Lage schon Thema vieler Nachmittage gewesen, und Anyana hatte Frau Hilde davon erzählt, wie sparsam sie mit dem hier verdienten Geld umging und dass sie einen Großteil davon monatlich nach Hause schickte. Und Frau Hilde schien sehr angetan, ja sogar stolz darüber zu sein, dass sie, Hildegard Glas, offenbar erheblich zur Steigerung des Lebensstandards dieser rumänischen Familie beigetragen hatte.

»Aber die Schwiegertochter als Ärztin müsste doch gut verdienen! Und der Sohn doch auch, oder?«, hatte Frau Hilde dann nachgefragt und Anyana hatte ihr erklärt, dass ihr Sohn kaum dreihundert Euro monatlich und die Schwiegertochter als Ärztin auch nicht viel mehr verdiente, was für rumänische Verhältnisse nicht wenig war, genug zum Überleben, aber zu wenig zum Leben, zum guten Leben, hatte sie ergänzt. Denn die Mieten und die Lebenskosten waren nicht viel geringer als hier in Österreich, deshalb war der Sohn mit seiner Familie auch im Elternhaus wohnen geblieben.

»Dann bist du ja hier vergleichsweise Großverdienerin«, schloss Frau Hilde aus Anyanas Bericht, und die Pflegerin ertappte sich dabei, wie sich in ihr drinnen unvermittelt ein ungewohnter Widerstand gegen die alte Frau aufbaute, die da so gönnerhaft in ihrem Rollstuhl thronte. Diese Feststellung hatte in Anyana etwas ausgelöst, das sie nicht definieren konnte, etwas, das ihren Stolz beleidigte. Sie betrachtete ihren Pflegling plötzlich mit anderen Augen, nicht mit mildtätigen, sondern vielmehr mit kühl forschenden. Was hatte Frau Hilde ihr mit dieser Feststellung sagen wollen, oder besser, was hatte sie sie fühlen lassen wollen? Sollte Anyana ihr etwa dankbar dafür sein, dass sie Tag und Nacht zur Stelle sein und Tätigkeiten verrichteten musste, die sonst niemand machen würde, niemand. Und dafür, dass sie sie auch noch bei Laune hielt!

Zeit für Toilette, sagte Anyana streng in die angespannte Stille hinein, die plötzlich im Raum stand. Die Ansage kam für Frau Hilde unerwartet, weil noch gar nicht viel Zeit verstrichen war seit dem letzten Toilettenbesuch.

»Ach, wenn ich dich nicht hätte, ich wäre verloren!«, sagte Frau Hilde anstatt zu protestieren, und Anyanas Widerstand verwandelte sich so schnell wie er gekommen war, wieder in Wohlwollen.

Frau Hilde hat es bestimmt nicht böse gemeint mit der Großverdienerin, da war Anyana nun überzeugt, und unrecht hatte sie ja auch nicht ganz, denn vergleichsweise, also im Vergleich zu rumänischen Gehältern, verdiente sie wirklich gut. Im Vergleich zu österreichischen Löhnen jedoch normal, und schließlich arbeitete sie hier. Aber egal. Anyana hatte es gut erwischt und sie durfte nicht ungerecht sein, auch nicht Frau Hilde gegenüber.

»Ach, Toilette können warten«, sagte Anyana daher und schlug vor, Hildegard stattdessen noch eine Episode aus ihrer Heimat zu erzählen, die sich in Ceausescus Ära in den 1980er Jahren zugetragen hatte, und in der Anyana als noch junge Frau eine tragende oder vielmehr schiebende Rolle gespielt hatte. Und sie erzählte von der Kirche, die aus dem Ort geschoben worden war.

*

Und so geschah es, dass Hildegard Glas in ihrem vierundneunzigsten Lebensjahr erfuhr, dass es in Rumänien eine Zeit gegeben hatte, in der nicht Berge, wohl aber Kirchen versetzt wurden.

»Erzähl mir keine Märchen, Anyana!«, war Hildegards erste Reaktion auf Anyanas Ausführungen.

»Kein Märchen, Frau Hilde, Ehrenwort, waren selbst dabei«, sagte Anyana und ihre sonst sehr bleichen Wangen hatten sich vor aufregender Erinnerung an das Ereignis rosarötlich gefärbt. Die Kirche ihres Ortes sei auch gar nicht die einzige Kirche gewesen, die in diesen Jahren versetzt wurde, berichtete Anyana, denn Ceausescu war Religionshasser und die Kirchen mussten entweder abgerissen werden, oder eben auf andere Art unsichtbar gemacht oder aus den Städten entfernt werden. Dass diese andere Art funktionieren würde, hätte sich wohl niemand vorstellen können, aber es funktionierte! Anyana wusste diesbezüglich bis ins kleinste Detail Bescheid, es musste für sie, wie wohl für viele andere ihrer Landsleute auch, an ein Wunder gegrenzt haben. Und Wunder merkt man sich.

Frau Hildes Skepsis war in Verblüffung übergegangen und Anyana genoss nun das erkennbare Interesse, das ihre Erzählung hervorrief. Dementsprechend weit holte sie mit ihren Ausführungen aus.

So erzählte Anyana alles, was sie zum Thema wusste: Dass der Bukarester Ingenieur Eugeniu Iordachescu in den 1980er-Jahren eine geniale Lösung erfand, wie man Kirchenhäuser verschieben und dadurch vor dem Abriss bewahren konnte. Dass vor dem Verschieben aufwendigste Vorbereitungen zu treffen waren, wie die Entfernung des Kirchenbodens und dessen Ersetzung durch eine eigene Stahlkonstruktion. Dass somit eine neue Platte entstand, auf der das Gotteshaus auf ausgelegte Schienen gesetzt wurde. Und dass dann die Kirche mit

Seilwinden zum neuen Bestimmungsort gezogen wurde.

An diesem Punkt der Erzählung hielt es Anyana nicht mehr auf dem Sessel, sie sprang auf und nahm die Position einer am Seil ziehenden Person ein. Die Erinnerung an die einzigartigen Ereignisse hatte sie unvermittelt fast vierzig Jahre zurück in ihre Heimatstadt Reschitza katapultiert. Sie war nun wieder das siebzehnjährige Mädchen Anyana Popescu, das gemeinsam mit Hunderten anderen Kirchenrettern das Unvorstellbare vollbrachte, das sechshundert Tonnen schwere orthodoxe Gotteshaus aus der Stadt in die Einöde zu schieben. Dorthin, wo es Ceaucescus Abrisswahn nicht mehr zum Opfer fallen würde. Das Wunder vollzog sich jedoch im Schneckentempo, gerade einmal einen Meter schafften sie pro Stunde, sodass viele Hundert Stunden zwischen dem ursprünglichen und dem neuen Standort der Kirche lagen. Hunderte von Stunden, die den unermüdlichen Einsatz von Hunderten von Menschen erforderten.

Anyana war nun so tief in ihre Erinnerung eingetaucht, dass sie den faszinierten und gleichzeitig prüfenden Blick Frau Hildes nicht wahrnahm. Sonst wäre ihr an diesem Gesichtsausdruck aufgefallen, dass die alte Frau schwer beeindruckt war. Sonst hätte sie bemerkt, dass sie in ihr, einer mittelgroßen, mittelstarken Frau, nicht Mittelmaß sah, sondern Stärke. Denn wer es mit einer mehrere hundert Tonnen schweren Kirche aufnehmen konnte, der konnte auch eine Hildegard Glas, mittlerweile von achtzig auf dreiundsechzig Kilo zusammengeschrumpft, überall hinauf und hinunter heben. Und hätte Anyana Frau Hildes Blick aufgefangen, dann hätte sie gewusst, dass sie fortan dem Heldinnenstatus beachtlich näher gerückt war.

*

Riccardo Conte war nervös. Und das schon seit mehreren Wochen. Denn schon seit geraumer Zeit musste er zur Kenntnis nehmen, dass Jenni versuchte, ihm auszuweichen. Die meisten seiner Telefonate und Botschaften gingen ins Leere, und bei den Zusammenkünften, die nur mehr einmal wöchentlich in ihrer Wohnung stattfanden, bedurfte es auch seiner ganzen Überredungs- und Verführungskunst, sie gnädig zu stimmen. Jennis Lehrveranstaltung, den »Corso avanzato«, »Deutsch für Fortgeschrittene«, besuchte er schon länger nicht mehr, er hatte sich ja auch nicht zum Zweck des Sprachstudiums dort eingeschrieben, aber er holte Jenni jeden Mittwoch pünktlich um 16.30 Uhr vom Kurs ab, direkt vor der Türe des Seminarraumes wartete er auf sie. Auch das schien ihr nicht mehr recht zu sein, schon mehrmals hatte sie ihn gebeten, doch in der Caffetteria auf sie zu warten.

Dabei hatte alles ganz unkompliziert begonnen, vor etwa einem halben Jahr. Riccardo belegte im Rahmen eines postgradualen Studiums an der Universität eine noch notwendige Lehrveranstaltung, um zu den Abschlussprüfungen antreten zu können, die ihm den Zusatztitel »Master in Business Management« einbringen würden. Nach dem Doktor auch noch den Mastertitel hinter dem Namen stehen zu sehen, war einer der Motoren, die ihn vor vier Jahren antrieben, die Mühen dieser Zusatzausbildung auf sich zu nehmen. Ein zweiter Grund war, dass die universitäre Fortbildung ihm mit Sicherheit auch berufliche und finanzielle Vorteile einbringen würde.

Nun, vor einem halben Jahr also, an einem Dienstagnachmittag, es musste ein Dienstag gewesen sein, denn Riccardos Lehrveranstaltung fand dienstags statt, entdeckte er Jenni in der Universitätsbibliothek. Sie war in die Lektüre eines Buches versunken, so tief versunken, dass sie ihn, der am gegenüberliegenden Tisch saß, überhaupt nicht wahrnahm. Eine ungewöhnliche Situation für Riccardo Conte, der an sofortige Beachtung gewohnt war. Eine Situation, die ihm jedoch auch erlaubte, die junge Frau am Tisch gegenüber genau zu betrachten. Und je genauer er sie musterte, umso besser gefielen ihm Augen und Haare, Mund und Hals, Busen und Beine, die mädchenhafte Figur. Und je besser ihm all dies gefiel, umso fester wurde auch sein Entschluss, die Identität dieser Frau zu ermitteln und mit ihr – auf unverfängliche Art und Weise, versteht sich – in Kontakt zu treten.

So geschah es, dass Riccardo Conte sich bereits am darauffolgenden Tag, einem Mittwoch, inmitten einer Gruppe von Sprachstudentinnen und Studenten in Jenni Glas' Lehrveranstaltung befand.

Anfangs lief alles nach Plan, nach Riccardos Plan. Jenni schien vernarrt genug zu sein, um ihm die Geschichte von der bevorstehenden Scheidung abzunehmen. Doch Woche um Woche bedrängte sie ihn nachdrücklicher, Klarheit in die Beziehung zu bringen. Die Rechtfertigungen und Begründungen, weshalb sie Riccardo nicht rund um die Uhr anrufen durfte, wollten ihr nicht einleuchten, wo die Nochehefrau Jennis Information nach doch ohnehin nicht mehr im Haus wohnte. Riccardo war in der Zwickmühle, zum ersten Mal in seinem Leben, denn bislang war er bei keiner seiner Affären ernsthaft emotional involviert gewesen, es war seinen Geliebten von Anfang an klar gewesen, dass Riccardo sich nicht von seiner Frau trennen würde. Bei Jenni hatte er einen gravierenden Fehler gemacht, indem er sich von Beginn an als mehr oder weniger freier Mann präsentiert hatte. Und paradoxerweise hatte er sich ernsthaft verliebt, ja, er war anhänglich geworden, je mehr er Jennis Rückzugsversuche spürte, umso heftiger wurde sein Verlangen nach ihr.

Nein, eine Trennung von seiner Ehefrau hatte für Riccardo nie zur Diskussion gestanden. Niemals. Dafne war eine großzügige und tolerante Frau, eine elegante Erscheinung, vertraut mit den gesellschaftlichen Gepflogenheiten der römischen Oberschicht. Sie war zwei Jahre jünger als er und zehn Jahre älter als Jenni. Eigenartigerweise war Jenni zum Maß aller Vergleiche geworden, selbst seine Frau verglich er unwillkürlich mit seiner Geliebten.

Dafne hatte Riccardo immer gewähren lassen, solange sie von seinen Eskapaden nicht tangiert war. Sie gab vor, nichts von seinen Affären mitzubekommen, solange ihr Ehemann ihr nichts an Zuwendung fehlen ließ und er sich an die unausgesprochene Übereinkunft hielt, seine Geliebten fern jeder Öffentlichkeit zu treffen und seine Schäferstündchen zeitlich so zu limitieren, dass ihre gemeinsamen Aktivitäten in keiner Weise darunter litten. So gelassen konnte Dafne nur deshalb mit Riccardos notorischer Untreue umgehen, weil sie genau wusste, dass seine Techtelmechtel sich von selbst wieder erledigten, meistens schon nach kurzer Zeit.

Diesmal war alles anders. Riccardo konnte seine Fahrigkeit und mentale Abwesenheit auch zu Hause kaum mehr verbergen. Ständig kreisten seine Gedanken um eine Lösung seiner verworrenen Situation, er suchte nach einer Patentlösung, die ihm beide Frauen erhalten sollte: Jenni wie auch seine Gattin. Dass das Dreieck niemals zum Kreis werden würde, wollte er sich noch nicht eingestehen.

Zur ersten kritischen Situation mit Dafne kam es, als Riccardo auf deren simple Frage, wann er denn am Abend nach Hause käme, auf Deutsch und nicht wie gewohnt auf Italienisch antwortete. Wie immer, war seine verräterische Reaktion auf Dafnes Quando ci vediamo stasera? gewesen.

Es sei also eine Deutsche, die ihn völlig verrückt mache, schloss Dafne mit aus der Tonspur gefallener

Stimme und gefährlich leise, und da wusste Riccardo, dass er sich auf dünnem Eis bewegte. Er musste retten, was zu retten war, und nur eine Lüge und die Flucht nach vorne konnten ihn über Wasser halten. Dafne, was denkst du nur von mir? Ich lese in letzter Zeit gerne deutsche Zeitungen, um die Sprache aufzufrischen, du weißt doch, das mache ich von Zeit zu Zeit. Da bin ich eben gerade noch im Deutschen drinnen gewesen. Und als er an Dafnes unbewegtem Gesichtsausdruck feststellen musste, dass seine Erklärung sie keineswegs überzeugt hatte, zog er die Notbremse: Tesoro, sagte er, drückte sie gegen ihren Widerstand an sich heran und hauchte ihr die zwei entscheidenden Worte ins Ohr: Ti amo.

Für den Augenblick zumindest schien die Situation gerettet. Aber eines war klar: Riccardo musste, wollte er sein Eheleben konfliktfrei weiterführen, höllisch aufpassen. Einen derartigen Fauxpas wie vorhin durfte er sich nicht mehr leisten. Er würde doch nicht den unverzeihlichen Fehler machen, das luxuriöse und finanziell unbeschwerte Leben in dieser großzügigen Stadtvilla aufs Spiel zu setzen. Und dieses Haus in einer der prächtigsten Wohngegenden Roms gehörte Dafne. Dieses Faktum hatte Dafne ihn noch nie wirklich spüren lassen, aber natürlich war sich Riccardo stets bewusst, dass er nur Hausbewohner und nicht Hausbesitzer war. Und er war sich auch sicher, dass er niemals wieder in einer bescheidenen Wohnung leben wollte.

Bescheidene Wohnung. Schon waren seine Gedanken wieder bei Jenni, kaum dass die unmittelbare Gefahr eines Ehekrachs gebannt war. Ein Gespräch mit ihr fiel ihm ein, in dem Jenni ihm von ihrer Großmutter erzählt hatte und von deren Haus in Salzburg, einem großen Haus, erbaut vor mehr als hundert Jahren, vor dem Tor zur Altstadt. Dort war Jenni ihrer Erzählung nach als Kind sehr gerne während der

Sommer- und Winterferien gewesen, ja, besonders die Weihnachtsferien hatte sie gerne dort verbracht, zum Skifahren, die Berge standen ja sozusagen vor der Haustür. Jenni musste wohl eine enge Beziehung zu ihrer Großmutter gehabt haben, und soweit er von ihr wusste, war sie auch die einzige Enkelin. Und ihr Vater der einzige Sohn dieser Frau. Er musste mit Jenni unbedingt nochmal über dieses Haus reden, sie sollte ihm auch Fotos davon zeigen.

Er konnte doch nicht zulassen, dass Jenni womöglich auf etwas verzichtete, was ihre Zukunft erheblich bereichern konnte.

*

»Riccardo, ich will Klarheit.«

Statt Grußworten und Umarmung schleuderte sie ihm diese Worte entgegen, als Riccardo – erneut gegen ihren Wunsch – sie direkt vor dem Seminarraum abpasste, und es, seinem ungeduldigen Gesichtsausdruck nach, gar nicht erwarten konnte, bei ihr zuhause im Bett zu landen, möglichst ohne viel reden zu müssen.

»Du willst Klarheit?« Ihm fiel offenbar nichts anderes ein, als ihre Worte zu wiederholen. Sein Blick flüchtete durch das Fensterglas hindurch auf die Weite des Hauptplatzes der Cittá Universitaria, der an diesem Jännertag ungewohnt aussah. Schneeflocken fielen aus einem niedrigen Himmel, legten sich auf die rechteckigen Rasenflächen und setzten der silbernen Minerva-Statue im Zentrum des Platzes eine weiße Haube auf. Es schneite zwar fast jedes Jahr irgendwann einmal in Rom, aber für Jenni ergaben Rom und Schnee keine Einheit, ihr kam es so vor, als ob der Schnee hier in diesen südlichen Breiten ein Irrtum wäre. Ein ähnlicher Irrtum wie Riccardo, dachte sie nun, als sie ihn so ansah, wie er an die Wand gelehnt dastand, mit seinen glänzend polierten Businessschuhen, die bestimmt nicht schneetauglich waren, und dem Markenanzug, dessen Sakkorückenteil nun bestimmt einen grauen Fleck von der Mauer abbekommen würde. Sie würde ihn nicht darauf aufmerksam machen.

»Fahren wir?«, fragte Riccardo, als sich sein Blick wieder zurückgewagt hatte in die Enge des Ganges.

»Nein, wir fahren heute nicht zu mir. Lass uns ins *Rinaldini* gehen, dort können wir in Ruhe reden.«

Jenni hatte sich vorher alles genau zurechtgelegt, sie wollte diesmal auf keinen Fall von ihrem Vorhaben ablassen, die Sache mit Riccardo endgültig zu regeln. Und dafür schien ihr ein neutraler Boden jedenfalls geeigneter als ihr Zuhause oder die Caffetteria der Universität. Und das *Rinaldini* war nur fünf Gehminuten von der Sapienza entfernt, gleich beim Hauptbahnhof.

»Rom ist kein Dorf, Riccardo, es wird dich dort niemand erkennen und dich bei deiner Frau verpetzen«, sagte Jenni spitz, als sie sein Zögern bemerkte. Noch nie war sie mit ihm gemeinsam außerhalb der Universität in der Öffentlichkeit aufgetreten. Warum nur hatte sie diesen demütigenden Zustand so lange hingenommen?

»Amore, ist doch in Ordnung! Andiamo!«, willigte er ein und überging ihre vorherige Feststellung einfach. Normalerweise sprach er mit ihr auf Deutsch, Jenni führte die Vermischung der Sprachen auf seinen angespannten Zustand zurück.

Das *Rinaldini* war wie immer gut besucht. Mit dem Ecktisch, an dem gerade zwei Plätze frei wurden, hatten sie Glück.

»Ich komme morgen zu dir. Zu dir nach Hause.«

Jenni hatte sich diesen Satz vorbereitet, er fiel aus ihr heraus, bevor sie noch den Zucker auf dem Milchschaum ihres Cappuccinos verrührt hatte. An der Reaktion Riccardos auf genau diesen Satz würde sie die Lage endlich durchschauen.

»Das geht nicht«, sagte Riccardo, seine Finger umklammerten die Espressotasse, seine Stimme zitterte. »Ich habe dir nicht die Wahrheit über meine Ehe gesagt, Jenni, ich bitte dich um Verzeihung, aber das ändert nichts an meinen Gefühlen zu dir! Bitte glaub mir das! Ich erkläre dir alles!«

»Ich will deine Erklärungen nicht mehr hören. Ich wusste es, Riccardo. Es lag ja auch auf der Hand. Für wie blöd hältst du mich eigentlich?«

Jenni fühlte sich ein wenig als Siegerin, selbst wenn sie die Betrogene war, so fiel es ihr nun, da sie die Zügel in der Hand hielt, entschieden leichter, ihm die Beziehung aufzukündigen. »Es ist vorbei, Riccardo, nimm das zur Kenntnis, tempi passati!« Mit diesen Worten erhob sie sich und ließ Riccardo mit Cappuccino und Espresso am Tisch zurück.

Sie schaute sich auch draußen nicht mehr um, ob ihr Riccardo vielleicht gefolgt war. Die dicht fallenden Schneeflocken hätten ihr die Sicht zurück ohnehin verschleiert.

*

Soweit sie zurückdenken konnte, wurde Rosemarie Fuchshuber von allen Rosi genannt. Nur zwei Menschen nannten sie anders: Ihre Mutter, die auf Rosemarie beharrte, und Gisela, die sie liebevoll Marie nannte. Zwei Jahre lang war Rosemarie neben Rosi also auch Marie. Danach war es allerdings aus und vorbei mit Marie, so wie es aus und vorbei war mit Gisela. In Rosemarie Fuchshubers Erinnerung sollten jene beiden Jahre, in denen der zweite Teil ihres Vornamens die Hauptrolle spielte, die schönsten und gleichzeitig leidvollsten in ihrem Leben bleiben.

Rosemarie Fuchshuber wurde 1943 in Salzburg geboren. Obwohl sie keine direkte Erinnerung an die letzten Kriegsjahre haben konnte, hatte diese verheerende Zeit dennoch unauslöschliche Spuren in ihrer Seele hinterlassen. Tief in ihrem Inneren war sie ängstlich geblieben, auch wenn man das nicht auf den ersten Blick erkennen konnte. Intuitiv sah sie sich überall nach einem Fluchtweg um, ob im Kino oder im Theater, und wenn sie Flugzeuge über sich hörte, duckte sie sich unwillkürlich und beschleunigte ihren Schritt.

Sicher hatten auch die Erzählungen ihrer Mutter dazu beigetragen, Rosemaries Kindheit in düsteres Licht zu tauchen. Von der Mutter hatte sie erfahren, dass sie eine Schwester gehabt hatte, ganz kurze Zeit nur, denn als Rosemarie gerade ein Jahr alt war, starb ihre ältere Schwester Renate an Diphterie. Den Vater hatte Rosemarie erst gar nicht kennengelernt, denn er war in jenem bitterkalten Februar, in dem Rosemarie auf die Welt kam, an der russischen Front. Das Einzige, was Rosemaries Mutter von ihrem Mann geblieben war, waren zwei Feldbriefe.

Die Nachkriegsjahre hatten dann bereits konkrete Bilder in Rosemaries Kopf hinterlassen: sie zeigten Panzer und Männer in Uniform, die Alliierten, wie ihr die Mutter sagte, zerstörte Häuser und Menschen, die versuchten, den Schutt wegzuräumen und die Häuser neu aufzubauen, eine Wohnung, in der sich alles in einem einzigen Zimmer befand: das Bett, in dem sie gemeinsam mit der Mutter schlief, ein Ofen, ein Tisch, drei Sessel, ein Waschbecken, ein kalter dunkler Gang vor der Wohnungstür, am Ende dieses Ganges das Klo, und die Mutter, die ihr mehrmals die Woche am Nachmittag einschärfte, ganz still zu sein und die Wohnung keinesfalls zu verlassen, bis sie wieder zurück wäre. Wohin die Mutter an diesen Nachmittagen ging und was sie dort tat, hatte

Rosemarie nie erfahren. Sie hatte auch nie danach gefragt. Frau Fuchshuber kam jedenfalls meist mit Kaffee und Süßigkeiten nach Hause, die Rosemarie vorher gar nicht gekannt hatte. Schokolade und Kaugummis. Das entschädigte sie für das lange Alleinsein in der Wohnung.

Im Herbst 1949 wurde Rosemarie eingeschult. Rückblickend hatte die Volksschulzeit in Rosemaries Leben nicht viel verändert, bis auf den Umstand, dass sie wie alle Kinder ihres Alters Lesen und Schreiben lernte, und das mit viel Anstrengung und Angst vor der lauten Stimme und der schnellen Hand der Lehrerin. Sie wohnte weiterhin mit der Mutter in der ärmlichen Wohnung hinter dem Bahnhof, nur dass die Mutter jetzt richtige Arbeit bekommen hatte, als Putzfrau im Landeskrankenhaus. Von diesen Arbeitstagen kam sie allerdings viel erschöpfter nach Hause als von den früheren nachmittäglichen Abwesenheiten, und sie brachte auch keine Schokoladen und Kaugummis mehr mit.

Zu einer schicksalhaften Wende in Rosemaries Leben kam es erst, nachdem sie die letzte Klasse der Hauptschule absolviert hatte und eine Lehrstelle im Damenfriseursalon Eva im Stadtteil Lehen bekam. Das gute Abschlusszeugnis hatte ihr wohl den Weg geebnet. Den Menschen die Haare zu waschen war um vieles besser als deren Böden zu putzen, wie es ihre Mutter täglich tun musste!

Und nicht die Lehrstelle alleine war es, die Rosemaries Leben zum Besseren wendete. Es wurde ihnen endlich, nach unzähligen Ansuchen, eine vom Staat geförderte Wohnung zugewiesen, und zwar in einem der neu erbauten Wohnblöcke am nördlichen Stadtrand, der aussah wie viele aufeinander gestellte Schachteln mit Fenstern. In eine dieser nach frischer Farbe und Mörtel duftenden Schachteln durften Rosemarie und ihre Mutter einziehen. Sie waren überglücklich: Ein Wohnzimmer, ein Schlafzimmer, eine Küchenzeile, durch einen geblümten Vorhang vom Wohnzimmer abgetrennt, und ein kleiner Raum mit Dusche und Klo. Die vier Quadratmeter mit eigener Dusche und eigenem Klo waren für Rosemarie die wertvollsten.

Mit Rosemaries Betreten des Friseursalons trat Gisela in ihr Leben. Mit kakaofarbenen Haaren, kinnlang und in weiche Wellen gelegt, die Rosemarie am liebsten sofort befühlt hätte, stand sie an der Waschanlage und begrüßte das neue Lehrlingsmädchen.

»Gisela wird dir vieles zeigen, du gehst die erste Zeit einfach einmal mit ihr mit und tust, was sie dir sagt«, hörte Rosemarie eine Frauenstimme und zuckte zusammen, denn sie hatte die Frau, aus der diese feste Stimme kam und die am Ausgang hinter der Kassa stand, erst gar nicht wahrgenommen.

Auch die beiden Damen, deren Köpfe unter Trockenhauben verschwunden waren, sah sie erst jetzt.

Die Frau trat nun auf Rosemarie zu und hielt ihr die Hand zur Begrüßung hin.

»Ich bin Frau Fuchs, die Chefin, du musst pünktlich, freundlich und fleißig sein, das ist das Wichtigste in deinem zukünftigen Beruf. Und keine Männergeschichten! Nicht, dass hier irgendwelche Burschen vor dem Salon herumhängen und nur auf deinen Dienstschluss warten! Das macht kein gutes Bild! Dass ich von deinen Leistungen in der Berufsschule nur das Beste hören möchte, ist wohl selbstverständlich«, sagte sie.

»Ach ja, du heißt Rosemarie, das ist zu lang für unsere Kundinnen. Ich denke, Rosi passt für dich. Und wie gesagt, ansonsten ist fürs Erste Gisela für dich zuständig.« Sie deutete mit dem Kinn auf Gisela und wandte sich wieder einer Kundin zu.

Als Rosemarie Giselas Gesicht sah, wusste sie, dass sie sich vor der Chefin nicht fürchten musste.

»Bellende Hunde«, sagte Gisela leise und zwinkerte ihr dabei belustigt zu. Dann flüsterte sie ihr die Worte der Chefin ins Ohr: »Und ja keine Männergeschichten.«

Gisela war kühn, in jeder Hinsicht. Kühn waren nicht nur Haarschnitt und Lippenrot, kühn war auch der Duft, der sie umhüllte. Sie roch nach allem, was Rosemarie nicht kannte. Von zuhause war ihr der Geruch von Waschmittel und Seife vertraut, und manchmal roch ihre Mutter nach Veilchen, nämlich dann, wenn sie sich am Abend nach der Arbeit ein paar Tropfen ihres Parfums zwischen den Handgelenken verrieb. Um den Krankenhausgeruch zu vertreiben, rechtfertigte sie diesen Luxus vor Rosemarie.

Aber Giselas Duft war anders als alles andere, und Rosemarie genoss es, im Dunstkreis dieser Frau arbeiten zu dürfen. Ja, dieser Frau. Denn Gisela war für Rosemarie kein Mädchen mehr, sie war schon zwanzig, hatte Lehre samt Berufsschule erfolgreich hinter sich gebracht und hatte eine fixe Anstellung im Friseursalon.

»Wenn du willst, mach ich dir heute nach Dienstschluss die Haare, Marie«, schlug Gisela eines Nachmittags vor. Mit der Bemerkung, der Name Rosi passe ganz und gar nicht zu ihr, hatte sie sie schon am ersten Tag ihrer Bekanntschaft kurzerhand auf Marie umgetauft. Sie brauche eine moderne Frisur, etwas, das zu einer Friseurin und zu ihrem hübschen Gesicht passe, meinte sie, und dass sie ihr so einen Haarschnitt verpassen würde, wie sie selbst einen hätte, sofern Rosemarie damit einverstanden wäre. Die langen Haare müssten jedenfalls ab.

Wie hätte sie da nicht einverstanden sein sollen?

»Erlaubt denn die Chefin, dass wir nach Geschäftsschluss noch hier bleiben?«, war Rosemaries einzige Sorge, und Gisela antwortete ihr, dass sie natürlich schon mit der Chefin gesprochen hätte und die ohnedies an diesem Abend noch länger im Salon wäre wegen der Buchhaltung.

Und dann nahm alles seinen Lauf.

*

Gisela wohnte nicht mehr bei ihren Eltern, sondern zur Untermiete bei Frau Schöppl in einem Häuschen nahe des Friseursalons Eva. Das Zimmer, das Gisela dort bewohnte, und das auch der liebste Aufenthaltsort Rosemaries werden sollte, war nur über den Flur, der auch zur Wohnungstür von Frau Schöppl führte, erreichbar.

Ein einziges Mal hatte Gisela den Wohnbereich von Frau Schöppl zu Gesicht bekommen, und das war, als die Vermieterin sie anlässlich der Unterzeichnung des Mietvertrags zu sich hineingebeten hatte. Von verschiedenen Gegenständen, die in der Wohnung Platz fanden, schloss Gisela, dass Frau Schöppl Witwe sein musste, die es noch nicht übers Herz gebracht hatte, sich von den Habseligkeiten ihres verstorbenen Mannes zu trennen. In der Garderobe hing ein Männermantel, auf der Schuhstellage stand ein Paar Lederstiefel, und an der Wand über dem Esstisch sah Gisela die endgültige Bestätigung ihrer Annahme: ein schwarzgerahmtes Foto eines Mannes mittleren Alters in Uniform.

Frau Schöppl musste wohl fast immer im Haus zu sein, denn ihr entging es kein einziges Mal, wenn Gisela nach Hause kam oder wegging, mit oder ohne Begleitung. »Und keine Männer in meinem Haus!«, hatte sie ihr eingeschärft, ein Verbot, das sie dann kein einziges Mal wiederholen musste, weil Gisela ohnehin nie einen Mann empfangen hatte. Dafür kamen sehr oft junge Frauen, deren Gesichter sich Frau Schöppl nicht merken konnte, weil sie ständig wechselten. Bis Rosemarie kam. Immer öfter kam und immer länger blieb. Frau Schöppl schaute schweigend zu, bis sie Rosemarie eines Tages erst am Morgen das Haus verlassen sah, gemeinsam mit Gisela.

Am Abend desselben Tages, als Gisela gemeinsam mit ihrer Freundin wieder nach Hause kam, stand Frau Schöppl schon in der Haustür.

»Sie sind mir eine Erklärung schuldig«, sagte sie und schaute dabei streng auf Rosemarie. »Ach, Frau Schöppl«, hörte Rosemarie Gisela völlig unaufgeregt und freundlich sagen, »Hab ich Ihnen meine kleine Schwester noch gar nicht vorgestellt? Das ist Marie. Sie arbeitet jetzt auch im Friseursalon Eva, ich helfe ihr ein bisschen beim Lernen, sie muss ja noch durch die Berufsschule.«

»Ach so!«, war Frau Schöppls erste Reaktion. Ihr Blick blieb jedoch skeptisch und der Weg durch die Eingangstür noch immer von ihr versperrt. »Wie dem auch sei«, sagte sie, »Sie zahlen nur für eine Person Miete, das heißt, hier darf auch nur eine Person wohnen. Denken Sie an den Stromverbrauch, die Heizkosten und so weiter. Also, übernachtet wird hier nur von Ihnen. Schwester hin oder her.«

»Selbstverständlich, Frau Schöppl«, entgegnete Gisela, noch immer die Ruhe in Person. »Das war gestern eine Ausnahme. Wir haben so lange gebraucht mit den Schulaufgaben, und dann war es schon so spät. Marie wohnt ja noch zu Hause bei unserer Mutter, und das ist doch ein Stück weit weg von hier.«

»Die Ähnlichkeit von euch beiden ist ja nicht zu übersehen«, sagte die Vermieterin schließlich in versöhnlichem Ton und machte den Weg ins Haus frei, »sogar dieselbe Frisur habt ihr.«

Gisela hatte so selbstverständlich und glaubhaft gelogen, einfach aus dem Stegreif heraus! Das hätte ihr Rosemarie nicht zugetraut. In die große Bewunderung, die sie ihrer Geliebten entgegenbrachte, mischte sich plötzlich eine verstörende Frage: Würde

Gisela auch ihr, Rosemarie, bei Bedarf derart überzeugend etwas vormachen? Es war nur der Schatten einer Warnung, der sich auf Rosemarie legte.

Ein Schatten, den Gisela mühelos wegküssen und wegstreicheln würde.

*

Natürlich hatte Rosemarie schon in den letzten Hauptschulklassen bemerkt, dass bei ihr etwas entscheidend anders war als bei ihren Klassenkameradinnen. Während unter den Mädchen in ihrer Klasse die Schwärmereien für die Burschen der Parallelklasse mit aller Wucht einsetzten, begleitet von Getuschel, Liebeskummertränen und Eifersuchtsszenen in den Pausen, blieb Rosemarie von männlichen Anbandelungsversuchen völlig unbeeindruckt. Vielmehr fühlte sie sich zu einer ihrer Mitschülerinnen hingezogen, und zwar mit einer Vehemenz, die ihr endgültig klar machte, was sie schon längst geahnt hatte: Ihr Herz würde niemals für Männer schlagen, dafür aber umso heftiger für Frauen.

Ihre erste heimliche Leidenschaft galt nun ausgerechnet Marion, dem Mädchen mit den dunkelsten Haaren, der weißesten Haut und den schwärzesten Augen der ganzen Klasse. Die Augen dieses Schneewittchens schauten jedoch nie in Richtung Rosemarie, und der Schmerz, den Marions anhaltende Ignoranz in ihr auslöste, war gnadenlos. Dazu kam, dass sie mit niemandem über ihre Qualen reden konnte, denn ihre spezielle Veranlagung würde bei keinem auf Verständnis stoßen, viel schlimmer noch, alle würden sie für abartig oder gar krank halten.

Rosemarie fasste den festen Entschluss, ihr Geheimnis niemandem anzuvertrauen, auch nicht ihrer Mutter. Denn die würde ebenso mit Verständnislosigkeit, Entsetzen und Sorge reagieren, da war sich Rosemarie sicher.

Und sicher war sie sich auch, dass sie niemals den Mut aufbringen würde, eine andere Frau von sich aus anzusprechen. Da könnte das Verlangen noch so groß sein, die Angst vor Zurückweisung würde sie von einem ersten Schritt abhalten.

Dass eine Frau wie Gisela sie aus ihrem Schneckenhaus herausholen würde, hatte Rosemarie in diesem Hauptschul-Abschlussjahr nicht zu hoffen gewagt.

Gisela. Sie war der Mittelpunkt in Rosemaries Leben geworden. Die Sonne, um die sich alles drehte, die alles leicht und licht machte. Auch ihr Anderssein schien Rosemarie nicht mehr abwegig, nein, es hatte seine Richtigkeit, sogar in der Heimlichkeit, die, wie Gisela sagte, eben noch sein müsse. Noch. Die Zeiten würden sich nämlich ändern und mit ihnen die Menschen, bald schon würde dieses bescheuerte Versteckspiel nicht mehr nötig sein, da würden Frauen auch Frauen heiraten dürfen. Rosemarie liebte Giselas Zukunftsvisionen, auch wenn sie nicht daran glaubte.

Fast zwei Jahre lang währte Rosemaries Glück. Fast zwei Jahr lang schwebte sie so hoch über den Wolken, dass sie den harten Boden unter sich beinahe vergessen hatte. Die Kraft, die sie aus der Beziehung zu Gisela schöpfte, war so groß, dass sie sich ohne großes Kopfzerbrechen den Herausforderungen dieser Lebensphase stellte: Berufsschule und Lehre waren zu absolvieren, wobei Rosemarie ständig darauf achten musste, ja keinen Verdacht auf das Liebesverhältnis zwischen ihr und Gisela zu lenken, was ihr besonders während der Arbeit im Friseursalon ständige Wachsamkeit abverlangte. Und selbst ihrer Mutter musste Rosemarie weismachen, dass ihre Arbeitskollegin aus dem Friseursalon nur eine normale Freundin wäre und nicht mehr. Dass ihr ihre Mutter die Harmlosigkeit dieser Frauenfreundschaft niemals abgenommen hatte, gestand sie Rosemarie erst kurz vor dem Tod.

Dass sie sie jedoch nie dafür verurteilt hätte, hatte sie ihr versichert, es hätte sich einfach niemals der richtige Zeitpunkt ergeben, darüber zu reden.

Nun, zwei Monate fehlten noch, um das zweite Jahr mit Gisela voll zu machen, als sich die Sonne verdunkelte. Gisela nahm sich nach Dienstschluss immer weniger Zeit für Rosemarie, wobei sie Rosemarie nicht verriet, wer oder was die Zeit am Abend nun statt ihr in Anspruch nahm. Die immer spärlicher werdenden Umarmungen fühlten sich fremd an, die vertrauten Hände auf Rosemaries Körper schienen losgelöst von den Gedanken und Gefühlen Giselas.

Als Rosemarie endlich den Mut fasste, die veränderte Situation anzusprechen, reagierte Gisela beinahe erleichtert, so, als ob sie nur darauf gewartet hätte, endlich die Gelegenheit zu bekommen, sich aus Rosemaries Umgarnung zu befreien. Ohne Umschweife stellte sie Rosemarie vor die vollendete Tatsache: Es gäbe eine andere Frau. Sie und Rosemarie würden sich ab sofort nicht mehr treffen. Und Rosemarie würde sie ohnehin sehr bald vergessen, denn Gisela würde schon ab kommendem Monat nicht mehr im Friseursalon *Eva* arbeiten. Sie habe in einem anderen Salon eine Stelle bekommen, eine besser bezahlte noch dazu.

Der Aufprall war hart und endgültig. Später konnte sich Rosemarie nur mehr an einen dumpfen Schmerz erinnern, wenn sie an die darauffolgenden Wochen und Monate dachte, alles andere hatte ein schwarzer Schatten unsichtbar gemacht.

*

Es war an einem wolkenlosen Nachmittag im Oktober und schräges Licht fiel durch die Fensterfront des Friseursalons *Eva*. Die Sonne tauchte die Haare von Frau Hildegard Glas, die Rosemarie auf große Lockenwickler drehte, in goldenes Blond.

Frau Glas kam alle zwei Wochen in den Friseursalon, an jedem zweiten Donnerstag, pünktlich um drei Uhr nachmittags. Sie war eine stattliche Erscheinung, elegant gekleidet, mit akkurat nachgezogenen Augenbrauen und zartrosa bemalten Lippen. Sie kam zum Waschen, Legen, und jedes zweite Mal zum Nachschneiden und Dauerwelle erneuern. Rosemarie hätte Frau Glas zwischen fünfunddreißig und vierzig Jahre geschätzt, sie war erstaunt, als sie deren tatsächlich viel jüngeres Alter schon bald erfahren sollte. Außerdem wäre sie nie auf die Idee gekommen, diese Frau könnte die Mutter eines fünfjährigen Buben sein. Für Rosemarie hatte diese feine Dame vom Erscheinungsbild her einfach nichts Mütterliches an sich.

Seit Giselas Abgang hatte sich im Friseursalon *Eva* einiges geändert: Rosemarie hatte nach Abschluss ihrer Lehre tatsächlich die feste Stelle von Gisela eingenommen. Zudem hatte Frau Fuchs ein neues Lehrmädchen aufgenommen, das Rosemarie nun unterweisen sollte. Das Mädchen hieß Helga, war fleißig, verlässlich und langweilig.

An jenem Oktobernachmittag blieb Frau Glas beim Zahlen etwas länger als gewohnt bei Frau Fuchs an der Kassa stehen, offenbar wollte sie sie etwas fragen. Rosemarie entnahm dem Gespräch bei genauem Zuhören, dass Frau Glas jemanden suchte, der einmal in der Woche zu ihr käme, um sich um Haus und Garten zu kümmern. So etwas wie eine Zugehfrau würde sie suchen, sagte sie. Sie sagte nicht Putzfrau, sondern Zugehfrau. Der Ausdruck gefiel Rosemarie.

Als Frau Glas vor dem Verlassen des Salons eine Fünfschillingmünze in Rosemaries weiße Schürzentasche fallen ließ, sagte Rosemarie kurz entschlossen: »Ich komme gerne zu Ihnen, Frau Glas. Montags habe ich immer Zeit.«

Frau Glas brauchte nur wenige Nachdenksekunden, bis sie das Angebot annahm: »Gut, Fräulein Rosi.

Dann sehen wir einander in vier Tagen. Um zehn Uhr? Meine Adresse ist Felsenweg 7.«

*

Für einen Oktobertag war es ungewöhnlich warm, beinahe sommerlich, und das schon am Vormittag. Schuld für die überdurchschnittlich hohe Temperatur war wohl wieder einmal der heftige Südwind, der vom Untersberg kommend über die Stadt fegte. Er riss bunte Blätter von den Ästen und Rosemaries Haare beinahe aus dem Band, der die dichte Mähne im Nacken zusammenhalten sollte. Seit der Trennung von Gisela hatte sie sich die Haare nicht mehr schneiden lassen, sie reichten ihr nun schon wieder bis weit über die Schultern.

Frau Glas erwartete sie an der Haustür. Rosemarie war erstaunt, diese Frau selbst in der häuslichen Umgebung makellos anzutreffen: In Kostümrock, Seidenbluse und Perlenkette.

»Ich hoffe, Sie haben gleich hergefunden«, sagte sie zur Begrüßung, und ohne eine Antwort abzuwarten, fuhr sie fort: »Kommen Sie herein. Ich zeige Ihnen gleich einmal ihren Aufgabenbereich.«

Das Haus war riesig, zumindest in Rosemaries Augen. In ihrer Vorstellung hätte es Platz für drei Familien geboten.

Frau Glas führte Rosemarie zuerst in den Keller hinunter, um sie mit den diversen Putzutensilien vertraut zu machen: Hausbesen, Gartenbesen, Handfeger, Kehrschaufel, Kübel, Bodenputzmittel, Fensterputzmittel, Möbelpolieröl … Rosemarie hatte gar nicht gewusst, dass es so viele Putzmittel überhaupt gab.

»Hier im Keller brauchen Sie nur einmal im Monat sauber zu machen«, sagte die Hausherrin und dirigierte Rosemarie auch schon wieder in Richtung Treppe, bevor die sich noch genauer im Kellerraum umschauen konnte.

Im Erdgeschoss ging die Führung weiter durch einen geräumigen Vorraum in eine modern eingerichtete Wohnküche mit Esstisch und Eckbank, und dann in ein derart aufgeräumtes und sauber wirkendes Wohnzimmer, dass Rosemarie sich auf den ersten Blick gar nicht vorstellen konnte, was es da noch zu putzen geben sollte.

»Bitte beim Abstauben nicht die Bücherregale vergessen«, sagte Frau Glas und zog dabei eines der dicht aneinandergereihten Bücher heraus. »Die Buchrücken verstauben so schnell«, fügte sie hinzu und hielt, quasi zum Beweis, Rosemarie das herausgezogene Buch unter die Nase und pustete ein paar feine Staubkörner weg.

»Und beim Lüster«, fuhr Frau Glas fort und hob dabei den Blick zur Zimmerdecke, »bitte jedes einzelne Kristallstück ganz sorgfältig polieren! Sonst glitzert es nicht im Licht.«

Von oben hörte Rosemarie dann eine Kinderstimme.

»Wer ist denn da, Mutti?« Die Mutti musste demnach Frau Glas sein.

»Mein Sohn ist heute vom Kindergarten daheim geblieben. Er hat am Morgen etwas Fieber gehabt, hoffentlich brütet er nichts Ernstes aus«, erklärte Frau Glas anstatt ihrem Sohn zu antworten.

»Sie haben Kinder?«, entfuhr es Rosemarie. Diese Erkenntnis rückte Frau Glas in ein neues Licht.

»Ja, einen Sohn, Wieland. Er ist gerade fünf Jahre alt geworden.«

Sie wohnten also zu dritt im Haus, schloss Rosemarie. Nur drei Menschen in einem so großen Haus! Das erschien ihr geradezu als Platzverschwendung.

Sogar das Kind hatte ein eigenes Zimmer, und das war nicht einmal besonders klein. Rosemarie fiel nur auf, dass der Blick aus dem Fenster blockiert war. Die senkrecht abfallende Felswand des Rainbergs schien nur wenige Meter vom Haus entfernt zu sein.

Wieland, der im Flanellpyjama auf dem Teppichboden saß, schaute von seinen Matador- Bausteinen auf, als die beiden Frauen sein Zimmer betraten.

»Wieland, das ist Fräulein Rosi, sag schön Grüß Gott.«

»Nur Rosi«, sagte Rosemarie schnell, hockte sich zu ihm auf den Fußboden und hielt ihm die Hand hin. »Für dich ohne Fräulein.« Der Bub ergriff die Hand und erwiderte ihr Lächeln.

Noch bevor Frau Glas Rosemarie Schafzimmer und Arbeitszimmer sowie das Gästezimmer in der Mansarde präsentieren konnte, stand für Rosemarie fest, dass sie diese Stellung als Zugehfrau so lang wie möglich behalten wollte.

Dass sich allerdings eine lebenslange Beziehung zu Frau Glas ergeben würde, konnte sie an jenem Tag noch nicht ahnen.

*

In ihrer jahrzehntelangen Tätigkeit im Hause Glas hatte Rosi Frau Hildes Ehemann, Viktor Glas, immer nur kurz zu Gesicht bekommen. Aber jedes Mal, wenn sie ihn gemeinsam mit seiner Frau sah, staunte sie über das Erscheinungsbild des Ehepaares, das gegensätzlicher nicht hätte sein können: Neben Hildegard Glas wirkte Viktor Glas schmächtig und unscheinbar, während er für sich allein betrachtet, schlank aber keineswegs schmächtig, und dezent aber alles andere als unscheinbar erschien. Geheimnisvoll, aber nicht langweilig. Losgelöst von seiner Frau gefiel er Rosi.

Während seiner aktiven Dienstzeit kam Herr Glas zwar mittags täglich pünktlich um viertel nach zwölf für eine Stunde zum Mittagessen nach Hause, aber da verschwand Rosi unaufgefordert in den ersten Stock. Und auch, als er schon pensioniert war, gab es nur unvermeidbare Begegnungen mit ihm im Haus, in der Regel hielt er sich in seinem Arbeitszimmer auf, das Rosi dann reinigte, wenn sich Herr Glas zum Mittagessen unten in der Küche befand.

Viktor Glas war Rosi gegenüber nicht unhöflich, nur distanziert, und er vermittelte eher den Eindruck, er würde sie beim Putzen stören als sie ihn in seiner Ruhe.

»Lassen Sie sich nicht stören, Fräulein Rosi«, flüsterte er jedes Mal, wenn er an ihr vorbeihuschte. Er nannte sie auch noch Fräulein, als sie schon die Siebzig überschritten hatte. Seiner Ansicht nach konnte ein Fräulein offenbar nur durch Heirat zur Frau aufsteigen, nicht durch Alter.

Überhaupt hatte Rosi im Haus kaum ein lautes Wort gehört, auch als Wieland noch ein Kind war. Zu Schulzeiten kam der Bub meist erst am Nachmittag nach Hause, und auch da war die Anwesenheit eines Kindes kaum spürbar. In seinem Zimmer erledigte er still die Hausaufgaben, las oder spielte, fast immer allein. Wenn Wieland Rosi im ersten Stock werken hörte, rief er sie und bat sie in sein Zimmer, wo sie sich auch immer Zeit für ihn nahm, ihm vorlas oder mit ihm spielte. Frau Glas nutze Rosis Anwesenheit im Haus oft, um am Nachmittag Besorgungen zu machen. Rosi war ja da und Wieland somit nicht allein im Haus.

Nur selten sah Rosi ein Nachbarskind oder einen Schulkameraden bei Familie Glas. Erst später, als Wieland schon die Oberstufe des Gymnasiums besuchte, kamen auch Freunde, die ihn abholten, und mit denen er dann loszog.

Einen unverrückbaren Fixpunkt gab es an den montäglichen Putztagen: den Zwei-Uhr-Kaffee, den Frau Glas schon zu Beginn eingeführt hatte.

»Eine Pause muss sein«, hatte sie an Rosis erstem Putztag verkündet, und Rosi um Punkt zwei Uhr zum Kaffee ins Wohnzimmer gebeten. Die Hausherrin hatte das schöne Porzellan aufgedeckt, samt Zuckerdöschen und Milchkännchen, und ein paar Kekse auf einen Extrateller gelegt. Zwanzig Minuten lang waren die beiden Frauen dann Gesprächspartnerinnen, nicht Hausherrin und Zugehfrau, sondern einfach zwei Frauen, die bei Kaffee und Keksen miteinander plauderten. Rosi hatte den Eindruck, Frau Glas seien diese kurzen Zusammenkünfte wichtiger als ihr. Sie sollten ihnen jedenfalls für immer erhalten bleiben.

Langsam und behutsam nur drangen diese Zwei-Uhr-Gespräche von der Oberfläche in die Tiefe, und es vergingen Jahrzehnte, bis die beiden Frauen ihre intimen Geheimnisse miteinander teilten. Erst nach Viktors Tod, als sie alles voneinander wussten, wurden Rosi und Hilde zu Verbündeten.

*

Heute ist kein guter Tag. Obwohl Anyana den Thermostat der Heizung auf vierundzwanzig Grad gestellt hat, kriecht mir die Kälte bis in die Knochen. Auch die Bruchstelle am Oberschenkel tut wieder verdammt weh. Das ist immer so, wenn die Kälte kommt. Vielleicht liegt mein desolater Zustand aber auch daran, dass ich eine schlaflose Nacht hinter mir habe. Es sind im Moment einfach zu viele Gedanken in meinem Kopf. Ich muss alles noch regeln, bevor es zu spät ist.

Zwei ereignisreiche Tage liegen hinter mir: Der Samstag mit der Heimsuchung meiner Familie inklusive Jenni, und der gestrige Sonntag, an dem Rosi bei mir war und diesmal viel länger geblieben ist als sonst. Ihr Besuch hat mich diesmal viel Kraft gekostet.

Dass Jenni nach so langer Zeit wieder einmal bei mir war, hat mich mit großer Freude erfüllt. Gleichzeitig mache ich mir nun Sorgen darüber, wie sie ihr Privatleben auf die Reihe bekommt. Mimik und Tonfall haben sich seit ihrer Kindheit nicht wirklich verändert, sie sind noch gleich verräterisch und setzen sich gegen die Harmlosigkeit der Worte durch. Immerhin haben sogar ihre Worte zum Ausdruck gebracht, dass ihre private Lage ›kompliziert‹ sei, und mein untrüglicher Instinkt sagt mir, dass ihr Leben im Moment mehr als kompliziert ist. Wieland oder Sophie dazu zu befragen, bringt bestimmt nichts, ich denke nicht, dass sie ihren Eltern Intimes anvertraut. Irgendwie habe ich das Gefühl, dass sie bald wieder bei mir sein wird. Und irgendwie habe ich das Gefühl, dass sie mit mir über so Einiges reden wird. Hoffentlich ist es nicht zu spät. Entgegen meiner sonstigen optimistischen Lebensschau schleichen sich heute gemeinsam mit der Kälte Todesgedanken bei mir ein. Die sollte ich schnellstens wieder verscheuchen. Es gibt noch so viel zu tun, ich sagte es bereits, und dafür ist das Jenseits ein ungeeigneter Ort.

Zu Rosi: Wie gesagt, Rosi und ich, wir haben gestern die Zeit völlig übersehen, so vertieft waren wir in unsere Gespräche und Vorhaben. Als Rosi bei Einbruch der Dämmerung immer noch nicht gegangen war, musste Anyana sich wohl bemüßigt gefühlt haben, uns auf die späte Stunde aufmerksam zu machen und Rosi ein dezentes Zeichen zu geben, endlich aufzubrechen. Jedenfalls stand Anyana plötzlich im Zimmer, wir mussten in der Konzentriertheit auf unsere Pläne ihr Hereinkommen völlig überhört und übersehen haben.

»Zeit für Abendessen, Frau Hilde«, sagte Anyana in amtlichem Ton und hoffte höchstwahrscheinlich, dass diese Ankündigung Zeichen genug für Rosi war, nun zu gehen. Ihr Blick fiel auf den kleinen runden Tisch zwischen Rosi und mir, auf dem noch immer der

Brief lag, den Rosi wieder mitnehmen sollte. Der Brief schien Anyanas volle Aufmerksamkeit auf sich gezogen zu haben, denn sie wollte den Blick gar nicht mehr von ihm lösen.

»Anyana, würdest du mir bitte ein Glas Wasser bringen?«, bat ich sie geistesgegenwärtig, um sie in die Küche zu schicken und den Brief verschwinden zu lassen. Anyana stand schon wenige Sekunden später mit dem Glas Wasser wieder im Wohnzimmer, aber die paar Augenblicke haben Rosi gereicht, den Brief in ihrer Handtasche zu verstauen. In Anyanas Gesicht konnte ich Erstaunen und Neugierde erkennen, als sie nun den Tisch ohne Brief vorfand. Erwähnt hat sie den Brief und sein Verschwinden nicht. Anyana ist nicht dumm.

Wie gesagt, heute bin ich müde. Ich mag auch meine Runden mit dem Rollator nicht drehen. Vom Wohnzimmer durch den Gang in die Küche und wieder zurück, und das mehrere Male hintereinander. Nein, heute nicht. Anyana ist einverstanden.

»Dann Turnen im Sitzen«, schlägt sie vor, setzt sich mir gegenüber und macht vor, was ich nachmachen soll. In Gottes Namen, mach ich ihr halt die Freude. Arme nach oben strecken, so hoch wie möglich, seitlich senken. Zehn Mal. Ähnliches mit den Beinen: Knie durchstrecken, Füße heben, bis Ober- und Unterschenkel eine waagrechte Linie bilden. Fünf Mal mit jedem Bein. Es reicht.

Ich sage Anyana, dass sie mich heute Nachmittag nicht unterhalten muss mit ihren Geschichten, ich sage ihr, dass ich heute ausnahmsweise einen Nachmittagsschlaf machen möchte. Sie wird nichts dagegen haben. Natürlich werde ich nicht schlafen, aber ich brauche Ruhe zum Nachdenken.

*

Hildegard Glas hatte recht behalten: Ihre Enkelin steckte gerade in einer vertrackten Lebensphase. Und auch die Vorahnung, dass Jenni bald wieder bei ihr auftauchen würde, bestätigte sich.

Sie stand nur einen knappen Monat nach ihrem letzten Aufenthalt bei der Großmutter vor der Haustür in der Felsengasse 7. LR Viktor und Hildegard Glas stand noch immer auf dem Schild unter der Klingel.

Anyana, die ihr öffnete, wirkte bedeutend überraschter über den Spontanbesuch als Hildegard. »Jenni, wie schön dass du da bist«, sagte die nur und streckte ihr beide Arme zur Begrüßung entgegen.

»Aber warum hast du nicht vorher angerufen?«, fragte Hildegard. »Anyana hätte mehr eingekauft und gekocht.«

»Nicht nötig, Oma. Ich habe keinen Hunger. Und den Besuch bei dir anzumelden ist ja auch nicht unbedingt nötig«, meinte Jenni und ihr Gesichtsausdruck entspannte sich nun zum ersten Mal seit ihrer Ankunft. »Du bist ja ohnehin immer daheim«.

Sie ließ Rucksack und Steppjacke gleichzeitig von den Schultern gleiten.

»Wie bist du denn gereist? Mit dem Flieger?«, fragte die Großmutter, und Jenni teilte ihr mit, dass auf die Schnelle kein günstiger Flug mehr zu bekommen gewesen war und sie daher kurzentschlossen den Frecciagento, den Nachtzug, genommen hatte, der um achtzehn Uhr in Rom abgefahren und kurz nach zehn Uhr in Salzburg angekommen war.

»Du wirst müde sein, sechzehn Stunden Fahrt sind doch anstrengend und noch dazu in der Nacht.« Frau Glas musterte ihre Enkelin. Sie kam ihr noch dünner vor als vor einem Monat, und der Kontrast zwischen den dunklen Haaren und der hellen Haut ließ sie blass und fragil erscheinen.

»Kann ich über Nacht bleiben?«, fragte Jenni, obwohl sie wusste, dass diese Frage überflüssig war.

Frau Glas ersuchte Anyana, die Wohnung in der Mansarde zu lüften, die Heizung auf höchste Stufe zu schalten, den Wasserhahn einige Minuten lang laufen zu lassen, um das Altwasser aus den Rohren zu befördern, das Bett neu zu überziehen und frische Handtücher im Bad aufzulegen. Es hatte schon so lange niemand mehr in der Wohnung unter dem Dach übernachtet!

Die Frage an Jenni, weshalb sie denn nun eigentlich zu ihr gekommen war, sparte sich die Großmutter. Wenn Jenni reden wollte, würde sie selbst damit beginnen. Auch die Frage, ob Viktor und Sophie vom Salzburgaufenthalt ihrer Tochter wüssten, konnte sie sich selbst beantworten: Nein, sicher nicht. Und so sollte es auch bleiben.

»Ich muss mit dir reden, Oma.«

»Ja«, sagte die nur und hörte zu.

Jenni holte weit aus. Es erleichterte sie offenbar, die ganze Affäre mit Riccardo in Worte zu fassen. Mit den Worten, die Riccardo und ihre Beziehung zu ihm beschrieben, konnte sie wahrscheinlich auch von Riccardo Satz für Satz ein Stück los werden. Denn Riccardo wollte partout nicht freiwillig aus ihrem Leben verschwinden. Er versuchte mit allen möglichen Mitteln, den Kontakt aufrecht zu erhalten. Dass er sie nicht mehr nach den Lehrveranstaltungen abpassen durfte, war ihm klar geworden, das hatte ihm Jenni unmissverständlich klar gemacht. So hatte er eben andere Wege zu ihr gesucht. Hatte am Telefon wieder und wieder beteuert, dass er seine Fehler einsehe, dass ihm das alles so leidtäte, und dass er schon glücklich wäre, wenn sie nur Freunde sein könnten. Hatte sie gebeten, zumindest mit ihm auf einen Kaffee zu gehen, nur um reden zu können. Wie Freunde, das hatte er betont, er würde sie nicht bedrängen. Und er hatte hinzugefügt, dass ein Gespräch mit ihm auch in Jennis Interesse sein könnte, was nämlich ihre Zukunft betreffe. Sie läge ihm nämlich nach wie vor sehr am Herzen. Und das würde sich auch niemals ändern.

Nun, Jenni hatte sich mit ihm im Kaffeehaus getroffen.

»Und dann seid ihr zu dir nach Hause und im Bett gelandet«, sagte die Großmutter trocken, so als ob das die logische Folge des Treffens im Kaffeehaus sein musste.

»Ja. Das war ein großer Fehler. Ein Rückschritt. Ich hätte mich nicht dazu verleiten lassen dürfen.«

»So schlimm wird es wohl nicht gewesen sein, oder?«, meinte die Großmutter zu Jennis offensichtlicher Verblüffung.

»Schlimm? Nein, schlimm war es nicht. Aber falsch. Mit meinem Wankelmut hab ich Riccardo wieder Mut gemacht. Er ruft mich seitdem mehrmals täglich an, kommt mich sogar in der Wohnung besuchen, und das ohne Vorankündigung, öfter als vor unserer Trennung. Und eigenartigerweise bringt er immer wieder das Gespräch auf dich und meine Beziehung zu dir. Er hat sich sogar im Internet angeschaut, wo du wohnst und gemeint, das wäre eine tolle Lage. Und wer dieses Haus einmal erbt, der hätte ausgesorgt, hat er auch noch gemeint.« Jenni biss sich auf die Unterlippe, diesen letzten Satz hätte sie besser für sich behalten. Das Erbe anzusprechen, auch wenn sie nur Riccardo zitiert hatte, war ihr unangenehm, schien ihr ungehörig. Andererseits, wenn sie auf die Meinung und den Rat der Großmutter Wert legte, musste sie offen mit ihr reden und das ohnehin vorhandene mulmige Gefühl Riccardo betreffend in Worte fassen.

»Oma, er interessiert sich einfach zu sehr für dein Haus. Da hilft es auch nichts, wenn er immer wieder betont, es ginge dabei um meine, nicht um seine Zukunft. Das macht meine Bedenken nicht weniger«, fügte sie hinzu. »Er wollte mich jetzt sogar zu dir nach

Salzburg begleiten. Ich hatte Mühe, ihn davon abzuhalten.«

»Hierher wollte er dich begleiten?« Nun war die Irritation der Großmutter nicht mehr zu übersehen. Sie hatte nicht vor, ihre Stellungnahme schön zu färben und die Enkelin zu schonen. Das wäre kontraproduktiv.

»Jenni, dieser Mann sieht dieses Haus meines Erachtens als Rückversicherung. Sollte er doch irgendwann einmal den Wechsel von seiner Frau zu dir schaffen, oder gesetzt den Fall, seine Frau würde die Scheidung einreichen, so gäbe es da für ihn noch immer das Haus in Salzburg. Er würde mit profitieren, sofern du es erben würdest.«

»Oma!« Jenni war nun vor Erregung aufgesprungen. »Glaubst du wirklich, dass er in seinen Gedanken so weit geht? Dass er derart … berechnend ist?«

»Reg dich doch nicht so auf, Kind! Es liegt doch alles in deiner Hand. Du machst Schluss mit diesem Mann, und dann hast du wieder Ruhe.«

»Das mache ich, sobald ich zurück in Rom bin, final und kompromisslos. Jetzt sehe ich die ganze Situation mit Riccardo zum ersten Mal ohne jede Verklärung. Es wird mir nicht mehr schwerfallen, es ein für alle Mal zu beenden. Und bitte, Oma, glaub mir, ich hab noch nie daran gedacht, dein Haus erben zu wollen.«

»Das weiß ich doch Jenni, keine Sorge, ich sehe dich ganz und gar nicht als Erbschleicherin. Und um offen zu sein, du kämest ja auch in der Erbfolge noch gar nicht an die Reihe, meine Liebe.«

»Das ist doch klar, Oma, dass der Papa das Haus einmal besitzen wird. Aber bitte, das soll noch lange nicht so sein, denn du musst mindestens hundert Jahre alt werden.« Wie um ihren Wunsch zu bekräftigen, nahm Jenni Großmutters Hände in die ihren und drückte sie sanft.

Ganz kurz, für den Bruchteil einer Sekunde nur, überlegte Hildegard Glas, ob nun der Zeitpunkt gekommen wäre, ihrer Enkelin das Geheimnis anzuvertrauen, das sie bislang nur mit Rosi teilte.

Doch ihre Gedanken kehrten zurück zu den Anfängen der Geschichte, die sie Jenni nicht erzählte.

*

Salzburg, im Herbst 1947:

Der Krieg war erst zwei Jahre vorbei, und dennoch sprach niemand mehr über diese Zeit. Was während der Nazi-Herrschaft passiert, wer in den Konzentrationslagern ermordet worden war, wer früher in den neu bewohnten Häusern gelebt hatte, wer auf welcher Seite gestanden war, sofern es in dieser Stadt überhaupt mehr als eine Seite gegeben hatte, niemand wollte mehr damit konfrontiert sein.

Hildegard Glas war jung und lebensfroh. Alles würde gut werden, das betonte auch ihre Mutter, obwohl ihr Mann im letzten Kriegsjahr an der Front gefallen, Österreich besetzt war, die Lebensmittel knapp waren, Häuserruinen noch immer das Bild ganzer Stadtviertel prägten und überall Barackensiedlungen aus dem Boden schossen, ein Zeichen für zu viele mittellose Menschen auf zu wenig Raum. Ehemalige Zwangsarbeiter, Kriegsgefangene, Vertriebene, Displaced Persons, all diese Männer, Frauen und Kinder brauchten ein Dach über dem Kopf, und war es auch nur das Dach einer Baracke.

»Wir haben Glück im Unglück«, sagte die Mutter immer wieder zu Hildegard, »wir besitzen ein eigenes Haus, und, das Wichtigste, bei uns sind die Amerikaner stationiert, und nicht die Russen.«

Die Russen waren in Hildegards Vorstellung Mensch gewordene Teufel, man sagte, sie vergewaltigten jede Frau, die sie nur erwischen konnten, beanspruchten Wohnungen und Häuser für sich und rissen überhaupt alles an sich, dessen sie habhaft wurden. Die Amis, die wären da Gott sei Dank anders, sagte die Mutter, und vor ihnen bräuchte man sich nicht wirklich zu fürchten. Obwohl sie auch keine Heiligen wären, das bei Gott nicht, fügte sie hinzu und dachte dabei wohl an die Bomben, von denen auch Salzburg nicht verschont worden war. Ihr Haus in der Felsengasse war heil geblieben.

Hildegard fürchtete sich nicht vor den Amis. Ganz im Gegenteil. Einer von ihnen hatte sogar ihr ganz besonderes Interesse geweckt.

In diesem für Hildegard schicksalhaftem Jahr besuchte sie die letzte Klasse der Lehrerbildungsanstalt, schon Ende des Schuljahrs sollte sie gemeinsam mit dem Reifeprüfungszeugnis auch die Lehramtsberechtigung für Volksschullehrerinnen in Händen halten.

»Wir müssen jetzt nach vorne schauen«, waren Mutters wiederkehrende Worte, und Hildegard schaute gerne nach vorne.

Sie hatte natürlich wahrgenommen, dass einer der amerikanischen Soldaten, den sie auf dem Heimweg von der Lehranstalt regelmäßig an derselben Stelle antraf, ein Auge auf sie geworfen hatte. Er stand dort jedes Mal an den Marktbrunnen gelehnt, etwas abseits einer Gruppe von Soldaten, zu denen er offenbar gehörte, von denen er jedoch ein paar Meter abrückte, sobald er sie aus dem Ritzerbogen auf den Universitätsplatz heraustreten sah. Sein Blick und sein Lächeln begleiteten sie dann, bis sie wieder aus seinem Blickfeld entschwunden war. Sonst passierte nichts, und Hildegard hatte sich schon fast an dieses wortlose Schauspiel auf dem Nachhauseweg gewöhnt.

Doch eines Spätnachmittags, die schräge Novembersonne tauchte den Universitätsplatz in mildes Licht, entschloss er sich, das Schweigen zu brechen.

»Hello! What's your name? I'm Mike«, sagte er, als sie in Hörweite war. Er hatte eine melodische Stimme.

Hildegard erschrak und empfand gleichzeitig eine prickelnde Aufgeregtheit.

»Hello«, sagte sie, ohne stehen zu bleiben. Im Vorbeigehen hielt sie jedoch seinem Blick stand. Sie wusste, dass ihre Erscheinung etwas hermachte und auch, dass er sie von seinem Standort aus ein jedes Mal genau unter die Lupe genommen hatte. Bestimmt waren ihm die honigfarbenen Haare aufgefallen und die weiblichen Formen, die durch ihre selbst geschneiderte Kleidung besonders gut zur Geltung kamen. Ihre Mutter hatte schon recht, wenn sie immer wieder betonte, sie hätten Glück im Unglück, oder wie sie es auch ausdrückte, sie wären auf die Butterseite gefallen. Tatsächlich war immer ausreichend Nahrung vorhanden gewesen, sie hatten während der vergangenen Jahre nie Hunger leiden müssen wie so viele andere. Auch jetzt, wo die Lebensmittelkarten meist nicht ausreichten, hatten sie keinen Mangel an Nahrung.

Deshalb war Hildegard auch nicht abgemagert bis auf die Knochen wie die meisten ihrer Klassenkolleginnen, und ihre Kleidung hing nicht an ihr wie an einer Vogelscheuche.

Die Tatsache, dass sie immer genug zu essen hatten, war nicht zuletzt Tante Josefine zu verdanken. Die Tante war die Schwester von Hildegards Vater und bewirtschaftete nur etwa zwanzig Kilometer von Salzburg entfernt gemeinsam mit ihrem Mann einen Bauernhof. Alfred, ihr Mann, war nicht eingezogen worden, weil er für die Arbeit in der Landwirtschaft unverzichtbar war. Sie hatten zwar wie alle Bauern den Großteil des Ertrags an den Staat abliefern müssen, schafften es dann aber doch immer wieder, heimlich einiges von der Ernte für sich selbst abzuzweigen. Und nicht nur Josefines Familie, sondern auch die ihres Bruders kam in den Genuss von Lebensmitteln wie Kartoffeln, Speck, Kraut und Rüben, Eiern, Mehl und Schmalz.

Für den kommenden Tag hatte sich Hildegard schon einen englischen Satz zurechtgelegt, mit dem sie ihm antworten würde. Ihm, Mike. Er hatte weiche Gesichtszüge, die zu seiner Stimme passten. Auch die Uniform war schön. Sie ging selbstverständlich davon aus, dass er erstens wieder an den Marktbrunnen gelehnt auf ihr Erscheinen warten würde; und zweitens, dass er sie nach ihrem Namen fragen würde. ›Hello! I'm Hildegard. How are you?‹ Diese paar Wörter sagte sie sich tagsüber mehrmals vor, auf die richtige Aussprache und Intonation bedacht. Ihr Schulenglisch war bestimmt nicht dazu geeignet, um bei Mike Eindruck zu schinden! Sie orientierte sich da eher an dem Englisch-Sprachkurs im Radio, der seit neuestem täglich gesendet wurde und den sie sich seit einiger Zeit regelmäßig anhörte.

Im ersten Punkt hatte Hildegard recht: Mike war am Brunnen. Im zweiten Punkt hatte sie sich geirrt. Er fragte sie nicht nach dem Namen. Er fragte sie gar nichts, sondern drückte ihr wortlos eine Konservendose in die Hand. Hildegards Reaktion kam automatisch:

»Hello! I'm Hildegard. How are you?«

Mike lachte. Er hatte schöne Zähne. Regelmäßig und sehr weiß.

»Hope you like it«, sagte er mit Blick auf die Konservendose. »Pineapple. You know what it is?«, fügte er hinzu und zeigte ihr noch einmal seine perfekten Zähne.

»Sure«, log Hildegard, brachte noch ein »Thank you« hervor und rauschte davon.

»Pineapple« hatte er so deutlich gesagt, dass Hildegard sicher war, es sich merken zu können. Zuhause würde sie sofort im Wörterbuch nachschauen.

Ihre Mutter erwartete sie bereits. Ihr Gesichtsausdruck verdüsterte sich augenblicklich, als sie die Konservendose mit der gelb leuchtenden Ananas darauf sah.

»Wo hast du die her?«, fragte sie, obwohl sie sofort wusste, dass es darauf nur eine Antwort geben konnte. Sie ließ Hildegard erst gar nicht zu Wort kommen, die Warnungen drängten aus ihr heraus: Hildegard wisse wohl, meinte sie in ungewohnt scharfem Ton, dass es streng verboten sei, sich mit den Besatzern einzulassen, und auch denen sei es verboten, mit der Bevölkerung in näheren Kontakt zu treten.

»Er hat mir nur im Vorbeigehen die Dose in die Hand gedrückt«, verteidigte sich Hildegard, und das war nicht einmal gelogen.

»Na dann«, meinte die Mutter und holte einen Dosenöffner aus der Tischlade.

Die Ananas passte zu Mike. Sie war süß wie sein Lächeln und weich wie seine Stimme. Morgen würde sie ihn wiedersehen.

*

Am nächsten Tag sah sie ihn nicht. Auch die Soldaten seines Trupps waren nirgendwo auf dem Universitätsplatz zu erspähen, genauso wenig der Jeep, der sonst immer dort geparkt war. Unschlüssig blieb Hildegard beim Marktbrunnen stehen. Nicht im Traum hatte sie mit der Möglichkeit gerechnet, Mike hier nicht wie gewohnt anzutreffen.

Sie ging noch einmal zurück zum Ritzerbogen, um von dort aus ein weiteres Mal den Universitätsplatz überschreiten zu können, in der Hoffnung, er würde doch noch auftauchen.

Hildegard war enttäuscht. Mehr als das: Sie hatte einen Anflug von erstem Liebeskummer. Zuhause angekommen zog sie sich in ihr Zimmer zurück, mit der Ausrede, noch Hausaufgaben machen zu müssen. Sie wollte nur allein sein. Nicht reden müssen. Einfach auf dem Bett liegen und die Wand anstarren. Nicht einmal die englische Sprachsendung im Radio, die schon zum Pflichtprogramm geworden war, interessierte sie. Ihre Gedanken kreisten ausschließlich um ihn, und ihre Gedanken suchten nach einer plausiblen Erklärung, weshalb es ihm an diesem Nachmittag einfach nicht möglich gewesen war, am Brunnen auf ihr Erscheinen zu warten. Wahrscheinlich war es gar nicht seine Schuld, zu diesem Schluss kam sie schließlich, und sie untermauerte diese These mit dem Umstand, dass auch die anderen Soldaten nicht anwesend gewesen waren. Sie hatten demnach andere Dienstverpflichtungen, an einem anderen Ort. Ja, so musste es sein.

Und dem Himmel sei Dank: Am kommenden Nachmittag bot sich Hildegard, als sie auf dem Nachhauseweg zum Universitätsplatz gelangte, das gewohnte Bild. Ihr Herz hüpfte dem Brunnen entgegen.

»Hello, Hildegard!«, sagte Mike zur Begrüßung, ganz verknotet klang das Wort Hildegard aus seinem Mund, beinahe hätte sie es gar nicht verstanden. Es war dennoch das schönste ›Hildegard‹, das sie jemals gehört hatte.

»Sorry, baby, yesterday I couldn't come«, erklärte er und sprach nun so leise, dass sie genau hinhören musste, um ihn zu verstehen. Zum ersten Mal lächelte er nicht.

Hildegard freute sich einerseits über die Rechtfertigung für seine gestrige Absenz, bewies ihr doch sein »I couldn't come«, dass es fremde Mächte waren, die ihn am Kommen gehindert hatten. Auch dass er sie nach ›Hildegard‹ nun ›Baby‹ nannte, gefiel ihr. Für einen Augenblick sah sie sich als strahlende Heldin aus einem der amerikanischen Spielfilme, die nun immer samstags am Nachmittag im Stadtkino gespielt wurden. Diese Schönheiten wurden von ihren Geliebten ebenfalls oft ›Baby‹ genannt.

Andererseits irritierte sie die fehlende Lässigkeit in Mikes Haltung, er wirkte erstmals angespannt und wachsam, und Hildegard schien, dass sein Blick nicht auf ihr ruhte, sondern das Umfeld im Auge zu behalten versuchte, so als wäre er auf der Hut vor irgendetwas.

Augenblicklich hatte Hildegard die warnenden Worte der Mutter wieder im Ohr. Eine private Kontaktaufnahme mit den Besatzern war unerwünscht. Sie stand sogar unter Strafe. Unwillkürlich ließ nun auch Hildegard den Blick rundum kreisen, und plötzlich nahm sie all die Menschen wahr, sie registrierte die anderen Soldaten, sie sah den Panzer nahe der Pferdeschwemme, und es wurde ihr schlagartig bewusst, dass sie und Mike sich hier im Zentrum des Platzes quasi wie auf dem Präsentierteller der Öffentlichkeit darboten.

Mike schien diesen Umstand bereits in seine Pläne mit einzubeziehen.

»We have to meet somewhere else«, flüsterte er ihr zu. »I know a perfect place where we can meet tomorrow. I want to show you so many things, if you like.«

»Yes. But where?« Nun flüsterte auch Hildegard.

»Schallmooser Hauptstraße, number 56, at four in the afternoon? Okay?«

»Okay«, sagte Hildegard mit klopfendem Herzen. Nun hatte sie also ein Date und ein Geheimnis. Schallmooser Hauptstraße 56. Nur eine Viertelstunde Fußweg von der Lehrerbildungsanstalt entfernt.

*

Mike Davis war aufgeregt. Es war zwar nicht das erste Mal, dass er bei Frau Brugger für eine oder zwei Stunden ein Zimmer mietete, dennoch stand er unter Hochspannung wie beim ersten Mal.

Er durfte sich mit dieser Hildegard nicht mehr öffentlich sehen lassen, die Jungs von seinem Trupp hatten ihn schon wegen seines täglichen Zusammentreffens mit ihr aufgezogen. Und wenn das Gerede unter den Jungs lauter wurde, dann hörte es auch irgendwann sein Vorgesetzter. Das wäre dann gar nicht gut für ihn. Er hatte schon bei seiner letzten Liaison Glück gehabt, dass nichts aufgeflogen war. Nun hoffte er, dass auch diesmal alles klappen würde: Er musste unbemerkt ans äußerste Ende der Schallmooser Hauptstraße gelangen, Frau Brugger musste anwesend sein, um ihm den Zimmerschlüssel zu überreichen, und dann musste nur noch Hildegard erscheinen. Sonst wäre der ganze Aufwand umsonst gewesen.

Er sah Hildegard schon von Weitem, wie sie sich durch all die Menschen am Straßenrand hindurchschlängelte, und sie stand bereits neben ihm, als Frau Brugger endlich die Haustür öffnete und ihm den Schlüssel in die Hand drückte.

»Zwei Stunden und keine Minute länger«, sagte sie und hob dabei zwei Finger in die Höhe, »zweites Zimmer rechts, erster Stock.«

Mike stellte fest, dass Hildegard noch viel nervöser war als er. Als er ihr aus dem feuchten Mantel half, bemerkte er, dass ihr Körper trotz des nasskalten Winterwetters unter dem dicken Stoff Hitze gespeichert hatte, Hitze, die nach Aufgeregtheit roch.

»Everything's okay, baby«, sagte er und strich ihr eine Haarsträhne aus dem Gesicht.

»Look«, sagte er, leerte den Inhalt seines Rucksacks auf das Bett und legte dann Stück für Stück auf das Nachttischkästchen: ein kleines, batteriebetriebenes Transistorradio, zwei Tafeln Schokolade, eine Packung Zigaretten, ein paar Kaugummis.

»For you, baby«, sagte er und drückte den On-Knopf des Radios. Augenblicklich durchlüfteten Big

Band-Rhythmen das muffige Hinterhofzimmer und verwandelten es in ein Tanzlokal. Mike zog Hildegard an sich heran, sie hatte keine Ahnung von den Tanzschritten, was aber völlig egal war, denn Mike führte sie sicher die wenigen Meter vom Bett zur Tür und wieder zurück.

»I don't know anything about you«, sagte Hildegard, als sie sich aufs Bett fallen ließ und Mike zwei Lucky Strikes aus der Zigarettenpackung zog. Eine davon steckte er Hildegard zwischen die Lippen.

»What's your name? Your second name?«

»Davis«, antwortete Mike.

»And where do you come from? I mean, where does your family live?«

»Maryland«, antwortete Mike.

»It's already getting dark«, sagte er gleich darauf mit Blick aus dem Fenster, »We havn't got so much time.«

Mit diesen Worten nahm er ihr Gesicht in beide Hände und küsste sie. Er knöpfte ihre Bluse auf und drückte sie auf das Bett. Da war keine Zurückweisung, sie erwiderte seine Küsse. Zumindest bis zu einem gewissen Punkt. Danach gab es kein Zurück mehr. Als er in sie eindrang, spürte er den Widerstand, die Enge, er hörte ihr leises Flehen, ohne die Worte zu verstehen. Der Swing aus dem Radio war lauter als Hildegard.

Er hielt die Augen geschlossen, als Hildegard sich wortlos anzog. Erst als er hörte, wie die Haustür unten ins Schloss fiel, schaute er sich im Zimmer um. Alles hatte sie hier gelassen: Die Kaugummis, die Schokolade, die Zigaretten. Den Blutfleck auf dem Leintuch.

*

Wie sie es schaffte, ihrer Umwelt weiterhin Normalität und Unbeschwertheit vorzugaukeln und gleichzeitig in den schulischen Leistungen nicht nachzulassen, blieb Hildegard Glas im Nachhinein rätselhaft. Tatsächlich fiel sie damals in ein schwarzes Loch, aus dem sie keinen Ausweg mehr sah, besonders von dem Moment an, an dem ihre Monatsblutung ausblieb und morgendliche Übelkeit einsetzte.

Die Verzweiflung, die sie umklammert hielt, hatte absolut nichts mehr mit sentimentalen Liebesleiden eines jungen Mädchens zu tun, Hildegards Not war fundamental: Die Enttäuschung über Mikes rücksichtsloses Verhalten war bald in immense Wut übergegangen, die auf ihn genauso zielte wie auf sie selbst. Wie hatte sie nur so dumm und naiv sein können, sich einem im Grunde völlig unbekannten Menschen auszuliefern? Wie hatte sie sich nur von zackiger Uniform, weißem Lächeln, zuckrigen Ananas-Scheiben und ein bisschen amerikanischem Süßholzraspeln derart einwickeln lassen können? Und wäre es nur dieser Zorn gewesen, der sie rasend machte, der wäre schon irgendwann einmal verraucht. Aber da war diese übermächtige Angst. Die Angst vor dem, was die Zukunft im Gepäck hatte, unausweichlich. Es würde mit jedem Tag schwerer wiegen und mehr Platz in Anspruch nehmen. Irgendwann würde es sich nicht mehr verbergen lassen.

Der Mai kam, Hildegard war im fünften Monat schwanger, und noch immer war sie die Einzige, die davon wusste. Am Ende des Monats sollten die Abschlussprüfungen stattfinden, wenn sie nur so lange durchhielt und niemand die Wölbung ihres Bauches bemerkte! Sie hatte kaum zugenommen, weil sie durch strikte Essensreduktion der schwangerschaftsbedingten Gewichtszunahme entgegenwirkte. Die Mutter hatte den gedämpften Appetit ihrer Tochter den Herausforderungen des Abschlussjahres der Lehrerbildungsanstalt zugeschrieben. Doch lange, das wusste Hildegard, ließ sich die Schwangerschaft vor der Mutter nicht mehr geheim halten, zumal bald schon leichte Sommerkleidung jede Körperwölbung erkennen lassen würde.

Es war der Tag der Abschlussprüfungen, an dem Hildegards Klasse eine Feier in der Anstalt organisiert hatte. Hildegard entschuldigte sich mit der Ausrede, ihr wäre übel und es hätte sie gerade heute, an diesem besonderen Tag, eine böse Darmgrippe erwischt. Sie sei froh, sagte sie, dass sie den Prüfungstag noch gut überstanden hatte, aber jetzt müsse sie heim ins Bett.

Nun hatte sie das Zeugnis der Abschlussklasse in der Hand, mit ausgezeichnetem Erfolg, und dennoch fühlte sie sich sterbenselend. Das Unausweichliche stand an. Heute würde sie es der Mutter sagen. Sie hatte große Angst davor, gleichzeitig drängte es sie danach, sie wollte und konnte diese Last nicht mehr alleine tragen. Vielleicht würde am Ende die Mutter doch eine Lösung wissen.

So kam es dann auch. Am Ende. Mit welchen Worten genau sie die Mutter von der Schwangerschaft in Kenntnis gesetzt hatte, daran konnte sich Hildegard später nicht mehr erinnern. In Erinnerung geblieben waren ihr das bleiche Gesicht der Mutter, es musste von einem Moment auf den nächsten alles Blut aus dem Gesicht gewichen sein. Danach ein Sturm von Fragen, wobei Hildegard nur eine dieser Fragen im Gedächtnis geblieben ist, denn wenigstens diese eine Frage konnte sie zur Erleichterung der Mutter beantworten:

»War es ein Schwarzer?«, war die Frage, die Hildegard mit ›nein‹ beantworten konnte.

Ein ›ja‹ wäre wohl die endgültige Katastrophe gewesen. Das Endergebnis des Gespräches, das bis spät in die Nacht hinein dauern sollte, war: die Erkenntnis, dass Hildegard über den Vater des Kindes außer dem Namen Mike Davis und den Heimatstaat Maryland absolut nichts wusste, dass Mike seit diesem unheilvollen Nachmittag im Dezember abgetaucht war und dass Hildegard auch gar nicht wüsste, wen sie nach einem Mike Davis fragen sollte. Seine Kumpels hatte sie nie kennengelernt. Zudem meinte die Mutter, dass der Name womöglich ohnehin erfunden war und Hildegard froh sein solle, wenn dieser Ami ein für alle Mal in der Versenkung verschwunden bliebe.

Es war die erste Nacht seit Monaten, in der Hildegard albtraumlos durchschlief. Das Enthüllungsgespräch mit der Mutter schien ihr tatsächlich, zumindest für diese Nacht, Erleichterung gebracht zu haben. Sie hatte danach erstmals etwas Licht am Ende des Tunnels gesehen, auch wenn sie noch nicht einschätzen konnte, welcher Weg dorthin führte und ob dieses Licht am Tunnelende Erlösung bedeutete. Zumindest Lösung lag in diesem Licht, das hatte die Mutter angedeutet, bevor Hildegard erschöpft ins Bett fiel.

»Wir werden eine Lösung finden«, hatte sie gesagt.

Am nächsten Tag wachte Hildegard erst am Vormittag auf. Der Duft von Malzkaffee und frischem Brot stieg ihr in die Nase, als sie die Treppe zur Küche hinunterstieg.

»Du musst jetzt ordentlich essen«, meinte die Mutter, »das Kind muss zumindest gesund sein, wenn es auf die Welt kommt.«

Das Wort zumindest hatte Hildegard seltsam berührt, und sie konnte seine Bedeutung erst richtig einordnen, als ihr die Mutter nach dem späten Frühstück die Pläne für die nächsten Monate darlegte. Sie machte Hildegard keine Vorwürfe, doch ließ sie keinen Zweifel daran, dass die Tochter sich strikt an die Vorgaben der Mutter zu halten hatte, sofern sie nicht auf ihre Hilfe verzichten und sich nicht selbst ihr ganzes Leben verpfuschen wollte. Mit einem unehelichen Kind, noch dazu mit so einem, könne sie ihre Zukunft vergessen. Nicht nur mit der Schande müsse sie fortan weiter leben, denn wenn sie das Kind bei sich behielte, würde das auch das Aus für ihren Lehrberuf bedeuten, und sie brauchte sich auch nicht einzubilden, irgendein Mann würde sie dann noch haben wollen. Es blieb also nach Mutters Dafürhalten nur eine einzige Möglichkeit, um einigermaßen unbeschadet aus dieser misslichen Situation herauszukommen: Hildegard musste aus der Stadt. Und zwar zu Tante Josefine aufs Land, wo niemand von hier Schwangerschaft und Geburt mitbekommen würde. Wenigstens falle nach ihrer Berechnung der Geburtstermin auf Anfang September, das wäre ja noch Glück im Unglück, denn bis dahin wären ohnehin Schulferien und sie, Hildegard, könne dann Mitte September ihre Unterrichtstätigkeit planmäßig aufnehmen.

Hildegards Mutter fuhr noch am selben Tag zu ihrer Schwägerin. Es gab noch immer Unterbrechungen in der Eisenbahnstrecke, aus gerade einmal dreißig Kilometern hin und zurück wurde eine Tagesreise.

»Es war nicht einfach, auch wegen dem Alfred«, sagte die Mutter nur, als sie am Abend zurückkam.

Zwei Tage später schon saß Hildegard im Lokalzug nach Lamprechtshausen. Gleich bei ihrer Ankunft am Bahnhof sah sie die Tante. Sie hatte ihr Fahrrad dabei.

»Da kommt dein Gepäck drauf«, sagte sie, »du sollst nichts Schweres heben in deinem Zustand.«

Wortlos schob sie dann das Rad mit dem Koffer drauf den ganzen Weg den Hügel hinauf bis zum Bauernhof. Bevor sie die Eingangstür öffnete, schien ihr noch etwas Wichtiges einzufallen:

»Der Hias und der Alois, die beiden Knechte, die gehen dich nichts an. Sie sind in den beiden Stuben gleich neben dem Stall untergebracht, du wirst ihnen also kaum über den Weg laufen. Und außer der Lilli weiß niemand von deinem Aufenthalt hier. Und so soll es auch bleiben.«

Lilli war Hildegards Cousine, sie war mehrere Jahre älter als Hildegard und lebte schon seit ihrer Heirat auf einem Bauernhof im angrenzenden Oberösterreich. Hildegard hatte auf Grund des Altersunterschieds nie besonders viel Kontakt mit Lilli gehabt, sie hatte nur mitbekommen, dass sie mit ihrem Mann eine gute Partie gemacht hatte und ihr Söhnchen, gesund und kräftig, bestimmt ein guter Stammhalter werden würde.

»Die Lilli werden wir noch brauchen«, sagte die Tante und öffnete die Tür zum Haus, in dem Hildegard die längsten drei Monate ihres Lebens verbringen würde.

*

Beinahe ein dreiviertel Jahrhundert musste vergehen, bis Hildegard Glas das erste Mal mit jemandem über den Sommer 1948 sprach. Es war Rosi, der sie ihr bestgehütetes Geheimnis anvertraute.

Die schräge Februarsonne erfüllte das Wohnzimmer bis ins letzte Eck mit Licht und ließ die in der Luft schwebenden Staubpartikel aufblinken. Es mussten Tausende davon sein, die nur das Sonnenlicht zum Leuchten brachte. Die Zentralheizung erhitzte gemeinsam mit der Sonne den Raum derart, dass sich Hildegard die Wolldecke von den Beinen streifte und Rosi sogar die Ärmel ihrer Bluse hochkrempelte. Seit Hildegard tagsüber die meiste Zeit im Rollstuhl saß, neigte sie zum Frieren, deshalb hatte sie die 24-Stunden-Pflegerin auch noch nicht aufgefordert, die Heizungstemperatur zu senken.

Mit dem Gehen, zumindest ohne Rollator, war es für Hildegard seit ihrem Oberschenkelhalsbruch vorbei. Es war im ersten Winter nach Viktors Tod passiert, als sie unmittelbar vor der Haustür auf einer Eisplatte, die von frisch gefallenem Schnee zugedeckt und somit unsichtbar war, ausgerutscht war und sich dabei den komplizierten Knochenbruch zugezogen hatte. Es folgten Operation und Krankenhausaufenthalt, daraufhin drei Wochen Rehabilitation, doch aus der angestrebten Mobilisierung wurde nichts mehr, dafür waren die Muskeln wohl schon zu schwach und die Knochen zu porös. Ihr Sohn Wieland hatte in diesen Wochen die fordernde Aufgabe, so schnell wie möglich eine 24-Stunden-Hilfe zu organisieren, denn in ein Heim wollte seine Mutter partout nicht, und die nötigen finanziellen Rücklagen für eine Pflege zu Hause waren Dank Viktors Vorsorge vorhanden. Tatsächlich schaffte es Wieland, über eine entsprechende Agentur rechtzeitig eine Pflegerin in die Felsengasse zugewiesen zu bekommen, eine Rumänin, mit der seine Mutter nicht recht konnte, wie sie es ausdrückte, und weshalb es dann immer wieder zu wechselnden Pflegerinnen kam, mit denen die Chemie aber auch nicht stimmte, bis schließlich und endlich in Anyana die für die Mutter passende gefunden war. Anyana sollte ihr dann auch erhalten bleiben.

Nach Viktor Glas' Tod hatte sich die Beziehung zwischen Hildegard und Rosi sehr rasch intensiviert. Aus Frau Glas und Fräulein Rosi waren wie von selbst Hilde und Rosi und aus Hausherrin und Zugehfrau Vertraute und Freundinnen geworden.

Den Initialschritt zu einer Freundschaft, in der auch die Offenbarungen heikler Lebensumstände nicht ausgespart bleiben sollten, machte Rosi. Auf Hildegards Frage (sie hatte sich die Erwähnung dieses Themas viele Jahrzehnte lang aus Contenance verbissen, hatte sie doch die Antwort geahnt), weshalb Männer in Rosis Leben offenbar nie eine Rolle gespielt hatten, sprach Rosi so offen und frei heraus über ihre Hinwendung zu Frauen und die schlimmen Enttäuschungen, die ihr ihre lesbische Orientierung beschert hatte, dass auch Hildegard im Anschluss an diese intimen Enthüllungen den Mut fand, ihren folgenschweren Fehltritt in Worte zu fassen.

Und so erfuhr Rosi schließlich, wie Hildegard ihre letzten Schwangerschaftsmonate in Lamprechtshausen erlebt hatte.

Hildegard erzählte ihr von der unheimlichen Stille und Einsamkeit der nicht enden wollenden heißen Sommertage, in denen die Bauersleute und die beiden Knechte im Stall oder auf dem Feld arbeiteten und sie alleine im Haus oder in unmittelbarer Umgebung ausharrte, hoffend, dass die Zeit doch schnell vergehen möge, und gleichzeitig voller Angst davor, was nach Ablauf dieser Zeit auf sie zukommen würde. Sie hatten ihr eingeschärft, den Bereich des Bauernhofs nicht zu verlassen, denn niemand sollte Wind von ihrer Anwesenheit bekommen. Seit damals, sagte Hilde, könne sie den Geruch von Hühnermist, Kuhstall und Milch, von Speck und Geselchtem, Most, Schnaps und Maische nicht mehr ertragen. Die Gerüche jenes Sommers hätte sie am liebsten aus ihrem Gedächtnis gelöscht und mit ihnen den damit verbundenen Lebensabschnitt. Gerüche seien jedoch hartnäckig, sagte sie zu Rosi, die ließen sich nicht wegzaubern. Und auch die konkreten Erinnerungen an diese Monate waren nur in die Tiefen des Bewusstseins verbannt, aufgelöst hatten sie sich keineswegs, ganz im Gegenteil, durch die jahrzehntelange Unterdrückung drängten sie von Zeit zu Zeit mit umso größerer Wucht an die Oberfläche.

»Was war denn nun mit dem Baby? Wie war die Geburt? Und wohin kam das Kind dann?« Diese Fragen schienen Rosi am dringlichsten zu sein.

Hildegard holte tief Luft. Sie brauchte einen langen Atem, um Rosi die ganze Geschichte zu erzählen:

»Also, die exakte chronologische Abfolge der Geschehnisse weiß ich nicht mehr. Das tut aber auch nichts zur Sache. Jedenfalls war es für mich jedes Mal der Höhepunkt der Woche, wenn meine Mutter zu Besuch kam. Sie erzählte mir dann, dass die eine oder andere Schulfreundin bei uns zu Hause vorbeigeschaut und nach mir gefragt hätte, was mir das Gefühl gab, doch noch Teil eines normalen Lebens zu sein, zu dem es, wie ich hoffte, nach all dem wieder ein Zurück geben würde. Sie sagte mir auch, dass sie den Freundinnen mitgeteilt hätte, ich müsse in den Ferien bei Verwandten, deren Söhne im Krieg gefallen waren, auf dem Bauernhof aushelfen. Ich kann mich noch an mein Erstaunen darüber erinnern, mit welcher Selbstverständlichkeit meine Mutter Ausreden beziehungsweise Lügen erfinden konnte. Ohne mit der Wimper zu zucken. Das hätte ich ihr nicht zugetraut.«

»Aber was passierte denn nun mit dem Baby?«

Rosi wollte in ihrer pragmatischen Art das Gespräch vorantreiben, zum Punkt kommen, ohne sich mit unbedeutend gewordenen Details und Befindlichkeiten aufzuhalten.

»Ja, darauf komm ich gleich zu sprechen. Ich versuchte wohl instinktiv, mich mit dem Baby in meinem Bauch so wenig wie nur möglich gedanklich zu beschäftigen, wohl wissend, dass die Trennung nach der Geburt umso schmerzlicher ausfallen würde, je mehr ich das Kind als mein Kind annehmen würde. Und dass ich dieses Kind nicht behalten sollte, war ja klar. Nur wo es dann hinkommen sollte, war nicht klar, bis …« Hildegard stockte.

»Bis?«, drängte Rosi sie zum Weiterreden.

»Bis Lilli, die Tochter von Tante und Onkel, eines Tages mit einem mir fremden jungen Ehepaar aufkreuzte. Es musste Ende Juli gewesen sein, ein blendend heller Tag, an dem die Luft über den Feldern in der Hitze flirrte. Jedenfalls bat die Tante die Gäste ins kühle Dunkel das Hauses, Lillis Blick streifte bei der kurzen Begrüßung mehr meinen Bauch als mein Gesicht, sie und die Tante schauten sich wissend an.

»Hilde soll bei unserem Gespräch dabei sein. Sie muss schließlich wissen, was passiert«, sagte die Tante zu dem Ehepaar, das aufgeregt und gleichzeitig befangen auf mich wirkte.

»Wann soll es denn so weit sein?«, war das Erste, was die Frau fragte.

Sie schaute dabei die Tante an und nicht mich. Es war dann auch die Tante, die ihr den angenommenen Geburtstermin nannte.

»Das ist gut«, sagte die Frau und inspizierte dann mich das erste Mal näher, wahrscheinlich, um einen Eindruck zu gewinnen, wie denn das Kind ausschauen könnte, wenn es nach der Mutter käme.

»Und es war auch sicher kein Neger?«, stieß sie noch hervor.

»Nein, keine Angst«, schaltete ich mich nun ins Gespräch ein, denn tatsächlich konnte nur ich in diesem Punkt eine verlässliche Antwort geben.

»Unsere Familie und die engsten Freunde wissen schon alle von meiner Schwangerschaft«, sagte die Frau nun, und sie schaute in diesem Moment tatsächlich so drein, als ob sie stolz auf ein zu erwartendes Kind wäre. Ich kann mich erinnern, in diesem Moment am Geisteszustand dieser Frau gezweifelt zu haben. Während sie meinen Bauch anstarrte, ließ sie ihre Hände liebevoll über ihren eigenen Bauch gleiten, der mir, als ich genauer hinschaute, ähnlich gewölbt vorkam wie mein Schwangerschaftsbauch. Und plötzlich war mir alles klar: Die Frau spielte ihrer Umgebung die perfekte Schwangerschaft vor, offenbar mithilfe aufgepolsterter Kleidung, und würde dann am Ende tatsächlich mit einem Baby, meinem Baby, aufwarten können.«

»Und war es dann tatsächlich so? Haben die beiden dein Kind zu sich genommen? Und wer waren diese Leute überhaupt?« Rosi versuchte nun gar nicht mehr, ihre Ungeduld zu verbergen.

»Warte doch! Alles der Reihe nach! Also, gegen Ende August tauchten die beiden beinahe täglich auf dem Bauernhof auf, sie wollten den Geburtstermin auf keinen Fall verpassen, wohl um das Baby sofort in Empfang nehmen zu können. Proportional zu meiner Körpermitte schwoll auch die Polsterung unter der Kleidung der Frau an. Einerseits beruhigten mich diese Besuche, weil ich mir dachte, wer sich derart um ein Kind bemüht, bei dem muss es dieses Geschöpf in Zukunft auch gut haben. Andererseits gingen mir die mich kontrollierenden Blicke und die immer wieder kehrenden Fragen, nie an mich, sondern immer an meine Tante gerichtet, ob mit dem Kind doch hoffentlich wie versichert alles in Ordnung sei, gewaltig auf die Nerven, sie verstärkten in mir das Gefühl von Fremdbestimmtheit und Ausgeliefertsein. Zu alldem hatte ich noch dankbar zu sein. Dankbar allen gegenüber. Der Mutter: Sie hatte meinen mehrmonatigen Aufenthalt am Bauernhof in die Wege geleitet; der Tante und dem Onkel: Sie hatten mich bei sich aufgenommen und verköstigt; Lilli: Sie hatte das Ehepaar mit dem unerfüllten Kinderwunsch aufgetan, wie und wo auch immer, das sollte mir ein Rätsel bleiben. Sie alle retteten mich vor Schande, Arbeitslosigkeit, Ehelosigkeit. Das zumindest machten sie mich glauben. Hatte ich eine Wahl?«

Statt darauf zu antworten sagte Rosi: »Dann kam ja wohl unweigerlich der Tag der Geburt.«

»Um ehrlich zu sein, vom Einsetzen der Wehen bis zum Moment nach der Geburt meiner Tochter kann ich mich nur bruchstückhaft an die Geschehnisse erinnern. Aber einzelne Bilder sind in meinem Gedächtnis hängen geblieben, wie Ausschnitte aus einem Film: das Halbdunkel der Morgendämmerung draußen, die ungewohnte Betriebsamkeit im Haus. Zu den Stimmen meiner Mutter, der Tante und der beiden Eheleute, die mein Kind wollten, hatte sich eine weitere, mir bislang unbekannte Frauenstimme dazugesellt. Diese Stimme gehörte, wie ich bald mitbekam, der Hebamme. Die Hebamme war eine resolute Frau mit einer großen Tasche und einer lauten Stimme. Alle schwiegen, wenn sie den Mund aufmachte.

»Pressen! Du sollst pressen, Dirndl!«, schrie sie mich an, und offenbar gehorchte mein Körper irgendwann dann ihren Anweisungen und presste das Kind heraus. Dann geschah alles im Zeitraffer.

»Ein Mädchen, und es ist alles dran, zehn Finger, zehn Zehen«, verkündete die Hebamme, während sie das blutverschmierte winzige Geschöpf unter den aufgedrehten Wasserhahn hielt und mit einem Lappen sauber wusch. Dann wickelte sie ein weißes Tuch um das schreiende Neugeborene und legte es nicht mir, sondern der Frau, von der ich noch immer nicht wusste, wer sie eigentlich war, in den Arm. Mehr bekam ich von meiner Tochter nicht zu sehen, denn die Frau verließ mit meinem Kind den Raum.« Hildegard seufzte.

»Mir ist nicht einmal eine vage Vorstellung vom Gesicht meines Babys im Gedächtnis geblieben, so schnell hatten sie es aus meinem Zimmer geschafft. Soweit ich mich erinnern kann, habe ich aber auch gar nicht darum gebeten, es bei mir haben zu dürfen. Für mich sollte es wohl ein gesichts- und namenloses Wesen bleiben. Etwas in mir hatte sich während der gesamten Schwangerschaft selbst dagegen gesperrt, für das Kind in meinem Bauch einen Namen zu finden, sowie es mir auch egal war, ob es ein Mädchen oder ein Bub sein würde. Ich wehrte mich offenbar all die Monate konsequent dagegen, mit dem Geschöpf, das ich auf die Welt bringen sollte, auch nur irgendeine Verbindung herzustellen. Wie ich heute weiß, kam diese kompromisslose Abwehrhaltung aus Angst vor dem Trennungsschmerz, der unweigerlich über mich hereingebrochen wäre, wenn ich auch nur eine Spur von Muttergefühl in mir zugelassen hätte.«

»Hm«, machte Rosi, »und deine Mutter? Hat sie das alles kalt gelassen? Schließlich war es ihr Enkelkind, das da einer fremden Frau mitgegeben werden sollte.«

»Meine Mutter? Ja, wie war sie? Zielgerichtet, würde ich sagen, sie hatte nur meine Zukunft im Auge, der kein uneheliches Kind im Wege stehen durfte. Ihre Worte an mich, noch am Tag der Geburt, sind mir in Erinnerung geblieben: Das Kind wird es gut haben, du brauchst dir keine Gedanken mehr zu machen. Dank Lilli ist alles noch einmal gut gegangen, sie hat schließlich den Kontakt zu den beiden hergestellt. Das Kind wird von deiner Existenz nie etwas erfahren. Es ist das Beste für dich und das Kind. Es ist das Beste für uns alle. Ich habe dann wohl noch nachgefragt, wer denn nun die beiden eigentlich seien, wo sie wohnten, welchen Beruf sie ausübten. Sie waren ja immer jedem Gespräch mit mir ausgewichen. Ich erhielt jedoch keine Antworten, Mutter sagte nur, ich solle bitte nicht mehr nachfragen, es würde nichts bringen, ich würde es ohnehin nicht erfahren, auch nicht von Lilli. Und ich werde sicher einmal selbst erkennen, dass es so am besten sei.«

»Hat deine Tochter wirklich nie von ihrer wahren Herkunft erfahren? Habt ihr euch ein Leben lang nicht kennengelernt, du und dein Kind?«

»Beinahe ein Leben lang. Helene hat erst vor wenigen Monaten den Entschluss gefasst, Kontakt zu ihrer leiblichen Mutter aufzunehmen. ›Bevor es zu spät ist‹, hat sie in ihrem Brief an mich geschrieben, ›denn sehr viel Zeit wird uns das Schicksal wohl nicht mehr lassen, und wer weiß‹, schrieb sie, ›vielleicht haben wir sogar noch etwas Freude aneinander.‹«

Rosi sah, wie Hildegard den Blick von ihr abwandte. Dennoch sah Rosi die Tränen in deren Augen. So kannte sie ihre Freundin nicht. Gemütsbewegt.

»Helene heißt sie also«, sagte Rosi in die Stille hinein, die plötzlich im Raum stand.

»Ja, Helene«, Hildegard lächelte schon wieder. »Ich wäre nie auf diesen Namen gekommen. Obwohl er auch mit einem H beginnt, wie Hildegard. Der Name passt zu ihr.«

»Und vor ein paar Monaten hat sie dann brieflich mit dir Kontakt aufgenommen? Hab ich das richtig verstanden? Und wie ist sie überhaupt auf dich gekommen? Und weshalb erst jetzt?« In der Aufregung hatte Rosi gar nicht bemerkt, dass die Pflegerin eingetreten war. Die Sonne war schon längst hinter den hohen Bäumen im Garten verschwunden.

»Oh, schon so spät?«, sagte Hildegard plötzlich unerwartet laut und mit Blick auf die Pflegerin, und nun bemerkte auch Rosi die andere Frau im Raum.

»Du kommst doch bald wieder?«, sagte Hildegard leichthin an Rosi gewandt, so, als ob Rosis Fragen von vorhin nie ausgesprochen worden wären. Für Rosi war klar, dass die Pflegerin von ihrem Gespräch nichts mitbekommen sollte.

»Natürlich«, sagte Rosi, »Ich könnte dich schon morgen wieder besuchen.«

Sie ahnte, dass diese Geschichte noch einiges an den Tag bringen würde, wofür Hildegard eine Freundin brauchte, eine, deren Aktionsradius zumindest um einiges größer war als ihr äußerst eingeschränkter. Hildegard selbst konnte ja kaum mehr das Haus verlassen, es sei denn mit dem Rollstuhl. Aber das lehnte sie strikte ab. Ja, Hildegard würde sie noch brauchen. Aber das machte Rosi nichts aus, ganz im Gegenteil.

Das neugierige Gesicht der Pflegerin mahnte zu Vorsicht: die beiden Freundinnen würden in Zukunft besonders gut darauf achten mussten, bei ihren Gesprächen nicht belauscht zu werden.

*

Sehr geehrte Frau Glas!

Mein Brief wird für Sie überraschend kommen, denn sicher haben Sie nach so vielen Jahrzehnten nicht mehr damit gerechnet, von Ihrer Tochter zu hören. Aber die Vergangenheit drängt selbst durch das dichteste Gras, das darüber wächst.

Ich hätte mich schon vor zwanzig Jahren bei Ihnen melden können, als Lilli Fuchshuber, Ihre Cousine, mir kurz vor ihrem Tod die Wahrheit über meine Herkunft mitteilte. Sie war bei mir in den letzten Monaten ihrer Krebserkrankung in Behandlung, ich war ihre Anlaufstelle in den schlimmsten Phasen der Chemotherapie, ich war der Mensch, der ihr, zumindest für eine kurze Zeitspanne, die schlimmsten Schmerzen und die Übelkeit mildern konnte. Dennoch konnte ich sie nicht retten. Meines Wissens wussten Sie über Lillis Schicksal gar nicht Bescheid, Sie und Lilli hatten ja schon lange keinen Kontakt mehr zueinander.

Warum ich mich nicht schon längst bei Ihnen gemeldet habe? Ich weiß es nicht. Wahrscheinlich war mein Wunsch nach einem wechselseitigen Kontakt zu Ihnen nicht brennend genug. Dabei war es durchaus nicht so, dass ich Lillis Enthüllung über meine Herkunft nicht gründlich nachgegangen wäre. Sie können sich vielleicht vorstellen, was es für eine völlig ahnungslose, beinahe fünfzigjährige Frau bedeutete, plötzlich zu erfahren, dass ihre geliebten »Eltern« nicht die leiblichen waren, und auch, dass Mutter und Vater sie zeitlebens in einer Lüge gewiegt hatten. Nicht in einer bösen Lüge, nein, vielmehr in einer Liebeslüge, mit der sie sich selbst und vor allen Dingen mich vor seelischer Last und Verunsicherung jeder Art schonen wollten. Deshalb kann ich meinen Eltern auch nicht das Geringste vorwerfen, ganz im Gegenteil, ich empfinde große Dankbarkeit ihnen gegenüber. Sie waren letztlich nicht nur meine Retter, sie waren auch Ihre Retter, Frau Glas, sie waren unser beider Retter. Denn mir wurde eine behütete, geborgene, ja, glückliche Kindheit geschenkt, die Sie mir unter den gegebenen Umständen niemals hätten bieten können.

Ich erwähnte vorhin bereits, dass ich den Wurzeln meiner Herkunft nachging. Sobald ich davon erfahren hatte, nahm ich die Fährte zu Ihnen auf, was nach Erhalt von Lillis Information über Sie ein Leichtes war. Ich habe Sie beobachtet, wie Sie aus dem Haus gingen, zum Einkauf, zum Stadtbummel, zum Friseur, zur Kosmetikerin. Niemals sah ich Sie nachlässig gekleidet, frisiert oder geschminkt, alles um Sie herum schien perfekt, auch Haus und Garten, und ich nehme an, dass die Frau, die damals schon jeden Montag zu Ihnen kam, eine Art Bedienstete sein musste, die im Haus verlässlich für Ordnung und Sauberkeit sorgte. Ich stellte mir vor, wie ich als Kind in Ihre akkurate Welt gepasst hätte, und kam zu dem beruhigenden Schluss: überhaupt nicht. Dennoch interessierte mich alles an Ihnen. Irgendetwas musste es doch geben, was uns verband, ich versuchte, zu entdecken, was ich von Ihnen geerbt haben könnte. Sie waren und sind, ob ich das will oder nicht, Teil meiner Identität. Schließlich bildete ich mir ein, Sie hätten ähnliche Wangenknochen wie ich, hoch und hervortretend. Vielleicht hatten wir auch eine ähnliche Art, zu gehen: sehr aufrecht, den Blick in die Ferne gerichtet. Der Klang Ihrer Stimme hätte mich noch interessiert, nicht selten war ich nahe dran, sie einfach anzurufen. Sie hätten Ihren Namen gesagt und wahrscheinlich gefragt, wer denn dran sei, und ich hätte auflegen können, ohne etwas zu sagen. Nichts wäre geschehen. Ich habe es nicht getan. Aber all das tut nichts mehr zur Sache.

Ihren Sohn, also meinen Halbbruder, habe ich das erste Mal zu Gesicht bekommen, als er mit seiner Frau und der Tochter, die damals um die zehn Jahre alt gewesen sein dürfte, übers Wochenende zu Ihnen zu Besuch kam. Ich empfand kein Bedürfnis, einen persönlichen Kontakt zu ihm herbeizuführen, es reichte mir, ihn gesehen zu haben, es fanden sich keine Berührungspunkte, und ein spontanes Gefühl von Nähe oder Verwandtschaft wollte sich schon gar nicht einstellen.

Liebe Frau Glas, ich hoffe sehr, Sie mit diesem Brief nicht zu sehr erschreckt oder alte Wunden aufgerissen zu haben. Das Gegenteil ist meine Absicht. Ich glaube nämlich trotz allem – und möge der Wunsch die Mutter des Gedankens sein –, dass es am Ende des Tages für uns beide nur Erleichterung bedeuten kann, innere Freiheit und vielleicht sogar Freude, wenn wir der Vergangenheit ins Auge sehen, wenn wir einander in die Augen sehen.

Fürs erste soll es nun genug sein, die Lektüre meines Briefes wird Sie nun doch etwas aufgewühlt haben, das ist leider nicht zu verhindern. Aber seien Sie vergewissert, dass ich für uns beide nur das Beste will. Meine Erfahrung als Ärztin hat mir gezeigt, dass uns Menschen der Abschied aus dieser Welt viel leichter fällt, wenn wir es geschafft haben, alle Puzzleteile unseres Lebens umzudrehen, mit dem Bild nach oben.

Dass ich mich sehr freuen würde, Post von Ihnen zu bekommen, brauche ich wohl nicht extra zu erwähnen. Fühlen Sie sich jedoch nicht zu einer Antwort genötigt, schreiben Sie mir erst, wenn auch Sie das Bedürfnis danach empfinden.

Seien Sie herzlich gegrüßt
Helene Brand

*

»Gütiger Himmel!« Rosi hatte nach Hildes Offenbarungen vom Vortag mit einigem gerechnet. Doch jetzt, wo ihr Hildegard Helenes Brief vorgelesen hatte, bekam die ganze Geschichte eine neue Dimension! Hildes Tochter ließ sich nicht mehr als lang verjährte Erinnerung abtun, sie war plötzlich schwarz auf weiß aufgetaucht, diese Frau war kein Hirngespinst, sie war nicht mehr Gegenstand der Vergangenheit, Helene Brand war real. Helene Brand war Gegenwart.

»Jetzt sag doch was!« Nun war es Hildegard, noch immer die beiden vollbeschriebenen Papierbögen in den Händen haltend, die Rosi zum Reden drängte. Sie sah ihr an, dass es ihr im Moment schwerfiel, die Gedanken zu ordnen.

»Ich kenne sie«, sagte Rosi schließlich. »Helene Brand. Sie ist Ärztin.«

»Das geht ja aus dem Brief hervor. Du kennst sie?« Hildegards Erstaunen ließ ihre Stimme schneidend laut ansteigen.

»Pst, leise, Hilde! Sonst steht deine Pflegerin gleich wieder im Zimmer, weil sie meint, du brauchst etwas.«

»Woher kennst du Helene?«, fragte Hildegard, jetzt ganz leise.

»Ich kenne sie nicht persönlich, aber ich weiß, wer sie ist. Sie vertrat meinen Hausarzt, wenn der auf Urlaub oder krank war, und einmal war ich in ihrer Ordination ein Rezept abholen. Das Wartezimmer war übervoll, daran kann ich mich erinnern. Auch an der Rezeption musste ich eine Weile warten, bis ich das Rezept ausgehändigt bekam. Und da habe ich Frau Dr. Brand kurz gesehen, als sie von einem der Behandlungszimmer ins andere wechselte.«

»Und?« Hildegard trommelte nun mit dem Mittelfinger in immer schnellerem Rhythmus auf die Lehne des Rollstuhls.

»Nichts und. Ich hab sie ja nur kurz gesehen, ich war nicht bei ihr in Behandlung. Sie hat jedenfalls einen sympathischen Eindruck auf mich gemacht. Mein Gott, sie muss ja auch schon längst in Pension sein. Die Praxis hat dann ein junger Arzt übernommen, ich sehe das Schild immer im Vorbeigehen. Ist ja in meiner Gegend.«

»Mein Gott«, sagte nun auch Hilde, »da lebt meine Tochter jahrzehntelang in derselben Stadt wie ich, sie hat mich schon seit zwanzig Jahren im Visier, und ich habe absolut nichts davon mitbekommen.« Rosi bemerkte das Zittern der Papierbögen in Hildegards Händen.

»Das ist sicher ein eigenartiges Gefühl, Hilde, aber jetzt beruhige dich doch erst einmal. Es ist ja gar nichts Schlimmes passiert. Und Helene hat dich sicher nicht rund um die Uhr beobachtet. Ich denke, nachdem sie einen ausreichenden Eindruck von dir gewonnen hatte, hatte sie bestimmt Besseres zu tun, als dich vor deinem Haus abzupassen. So spannend war dein Alltag ja dann auch wieder nicht.« Rosi lachte und hoffte, ihre zur Schau getragene Heiterkeit würde die merkbare Anspannung in Hilde lösen. Sie dachte dabei auch an den ohnehin zu hohen Blutdruck der Freundin.

»Nichts Schlimmes, sagst du«, seufzte Hildegard, »ja, ja! Schlimm genug, mich in Zugzwang zu versetzen. Und das in meinem Alter. Mit der Ruhe ist es vorbei. Es ist jetzt an mir, zu reagieren.« Wieder trommelte der Mittelfinger der rechten Hand auf die Rollstuhllehne.

»Sag, wann hast du denn diesen Brief erhalten?« Rosi hatte sich jetzt wieder völlig gefasst. Sie musste Hildegard zum Reden bringen, denn nur, wenn sie die nötigen Fakten kannte, konnte sie ihr auch eine Entscheidungshilfe sein.

»Vor dreieinhalb Wochen. Ja, es war der Freitag vor drei Wochen, Anyana brachte mir erst spät am Vormittag die Post herein. Du kannst dir vielleicht vorstellen, welch große Anstrengung es mich gekostet hat, mich nach der Lektüre dieses Briefes unauffällig zu verhalten und mir meine innere Erregung nicht anmerken zu lassen. Nicht bei der Pflegerin und schon gar nicht bei Wieland, der am Nachmittag zu mir kam. Wie jeden zweiten Freitag. Er ist verlässlich wie die Uhr. Ich hab den Brief jedenfalls sofort in meiner Nachttischlade unter den Dokumenten verstaut. Schließlich soll ihn auch Anyana nicht unbedingt in die Hände bekommen.« Wieder seufzte Hildegard.

»Und hast du ihr jetzt schon geantwortet?«, fragte Rosi.

»Weißt du wie schwierig es ist, auf so eine Mitteilung zu antworten? Rosi, ich habe bestimmt zehn Mal mit dem Schreiben begonnen, und jedes Mal schien mir meine Antwort unpassend. Aber was ist in einer derartigen Situation schon passend? Soll ich mich etwa verteidigen für mein Verhalten damals? Es war doch das Beste für das Kind! Und wäre Lilli nicht vor ihrem Tod noch schwach geworden, wäre uns das alles jetzt erspart geblieben. Ich verstehe nicht, warum sie uns das antun musste! Ich habe alle von mir schon vollbeschriebenen Papierbögen jedenfalls in den Papierkübel geworfen statt ins Briefkuvert gesteckt.« Hilde atmete schwer.

»Du musst wissen, was du tust, Hilde.« Rosi klang nun ungewohnt hart. »Hast du eigentlich auch schon einmal daran gedacht, wie sich Helene gefühlt haben muss, als sie aus heiterem Himmel die Nachricht traf, ein weggegebenes Kind zu sein? Ein von der Mutter ungewolltes Kind«, fuhr Rosi gnadenlos fort.

»Doch, daran habe ich natürlich auch gedacht. Aber all das müsste nicht sein, wenn Lilli nicht …«

»Mach bitte Lilli nicht für deine Lebensgeschichte verantwortlich. Es ist nicht ihre Geschichte, es ist deine, Hilde. Und deine Helene scheint es ohnehin gut mit dir zu meinen, wie ich aus ihrem Brief schließe.

Ich denke, du brauchst nicht solche Angst vor ihr zu haben.«

Rosis Stimme hatte wieder einen milden Ton angeschlagen, als sie sich erhob, um die Freundin zum Abschied zu umarmen.

»Ich komme in ein paar Tagen wieder, da kann ich deinen Brief an Helene auch gleich mitnehmen und zur Post bringen«, sagte sie noch, während sie in den Mantel schlüpfte.

*

Ein Anruf von Anyana bedeutete kaum Erfreuliches. Als Wieland ihre Nummer auf dem Display seines Telefons aufleuchten sah, überlegte er kurz, ob er überhaupt drangehen sollte. Er kannte Anyanas Verhaltensweisen jedoch gut genug, um die Dringlichkeit einer Kontaktaufnahme ihrerseits einschätzen zu können. Schließlich betreute sie seine Mutter seit nunmehr beinahe fünf Jahren, mit nur kurzen Unterbrechungen. Er nahm den Anruf entgegen.

»Herr Doktor Glas? Hier Anyana. Entschuldigung für Störung«, erreichte ihn Anyanas Stimme aus dem Lautsprecher, weniger laut als normal. Wieland schloss aus der verhaltenen Sprechweise, dass die Pflegerin von seiner Mutter nicht gehört werden wollte oder dass die Mutter schlief und Anyana sie nicht wecken wollte.

»Kein Problem«, sagte Wieland gewohnt entgegenkommend. »Ist etwas mit meiner Mutter?«

»Keine Sorge, Herr Doktor. Nichts Ernstes. Das heißt, gesundheitlich alles in Ordnung mit Frau Hilde«.

Offenbar wusste Anyana nicht recht weiter, denn es folgte Schweigen.

»Was kann ich denn dann für Sie tun?«

Wieland spürte schon eine Mischung von Ungeduld und Unruhe in sich aufsteigen, er fürchtete, dass sich seine Stimme bald nicht mehr so höflich anhören würde.

»Benehmen von Frau Hilde komisch. Sehr komisch. Weiß nicht, ob Demenz oder Absicht, jedenfalls verschwinden Briefe«, sagte Anyana.

Nun mischte sich zu Wielands Unruhe und Ungeduld auch noch Unmut. War doch klar, dass sich bei einer vierundneunzigjährigen Frau Erinnerungslücken bemerkbar machten! Das war doch kein Grund, ihn anzurufen und zu beunruhigen. Und von welchen Briefen sprach Anyana eigentlich? Doch nicht von offiziellen Schreiben von der Fürsorge? Und was hatte Anyana bei den Briefen und Dokumenten der Mutter zu suchen?

»Von welchen Briefen sprechen Sie, Frau Anyana? Doch nicht von amtlichen Schreiben?«, fragte er.

»Nein, nein. Keine Sorge. Diese Schreiben sind alle in Mappe in Nachttischlade von Mutter.«

Sie räusperte sich hörbar.

»Nicht, dass glauben, ich stöbern, Herr Doktor. Aber ich muss manchmal, wenn Kontrolle kommen von Organisation, bestimmte Dokumente vorlegen, auch wegen Ansuchen um Beihilfe für Frau Hilde. Sie wissen.«

Ach ja, sicher, Anyana musste Zugang zu den Dokumenten haben, das war schon in Ordnung. Aber welche Briefe meinte sie denn nun? Und was sollte daran wichtig sein? Wieland verstand Anyanas Aufregung nicht.

»Entschuldigen Sie, Frau Anyana, aber wo liegt denn nun das Problem?«

»Sind Briefe, immer mehr geworden in letzter Zeit«, rückte Anyana endlich mit der Sprache heraus, »sind von selber Person weil Handschrift gleich, aber ohne Absender.«

»Ohne Absender?«

»Ja, Herr Doktor Glas, und kommen auch nicht mehr hier an mit Post. Früher schon. Früher ich bringen Frau Hilde Briefe mit Post. Ich nicht fragen von wem, mich nichts gehen an.«

»Sie meinen, die Briefe von dieser einen Person werden immer mehr in der Lade meiner Mutter, ohne dass welche davon am Felsenweg ankommen«, fasste Wieland Anyanas Mitteilung zusammen, um sicher zu gehen, sie richtig verstanden zu haben.

»Genau. Und jetzt alle verschwunden.«

»Und …« Wieland überlegte kurz, ob er diese Frage stellen sollte, aber er musste schließlich wissen, was das alles nun auf sich hatte. »Und Sie haben nie einen dieser Briefe gelesen?«

»Herr Doktor Glas! Wo denken hin! Ich niemals lesen private Post von Pflegling!« Die Entrüstung in ihrer Stimme war nicht zu überhören. »Was mir Sorgen machen ist Zustand von Frau Hilde. Geistiger Zustand. Wenn ich fragen was mit Briefen in Lade, wo sind, sie sagen nichts wissen von Briefen. Sie nicht mehr bekommen Briefe, in ihrem Alter. Das sagen Ihre Mutter. Und überhaupt: Frau Hilde oft geistig nicht da, weiß nicht wie soll sagen auf Deutsch, in anderer Welt.«

»Hm.« Noch immer wusste Wieland mit Anyanas Information nicht viel anzufangen.

»Ich glauben«, fuhr Anyana fort, »diese Rosi wissen mehr. Rosi kommen oft in letzter Zeit, und mir kommen vor, dass Brief verschwunden nach Rosi Besuch.«

»Ein Brief? Ich dachte alle seien verschwunden?« Wieland war verwirrt.

»Erst immer nur einer und noch einer. Jetzt alle.«

»Sie meinen also, die Zustellung und auch das Verschwinden dieser Briefe haben mit Rosi zu tun?«, schloss Wieland messerscharf, froh, wenigstens irgendeinen Anhaltspunkt in dieser krausen Geschichte gefunden zu haben.

»Frau Anyana, Sie werden ja vielleicht einmal zufällig mitgehört haben, was die beiden, meine Mutter und Rosi, so Wichtiges zu bereden hatten? Ganz zufällig, meine ich«, fügte er schnell hinzu, denn schon während er die Frage stellte, wurde ihm klar, dass er damit der Pflegerin schon wieder Spionage unterstellte.

»Niemals!« kam es prompt aus dem Telefon. »Ich nicht lauschen an Tür! Zu mir dringen nur Klang von Stimmen, oft aufgeregt und Frau Hilde gar nicht schwach, sondern starke Stimme. Müde erst wenn Rosi gegangen. Dann Stimme von Frau Hilde schwach und wollen nicht mehr sprechen. Wenn ich stellen Frage kommen Antwort die nicht passen. Frau Hilde verwirrt. Deshalb ich haben Sorge. Deshalb Anruf an Sie.«

»Ich bin auch sehr froh, dass Sie mich diesbezüglich angerufen haben«, fühlte sich Wieland bemüßigt zu sagen. Gleichzeitig war er erleichtert, dass offenbar keine größeren Probleme anstanden, die seinen Einsatz erforderten. Denn wenn es nur um irgendwelche privaten Briefe ging – sofern es diese Briefe denn überhaupt gab – dann sollte ihn das nicht weiter tangieren. Wie dem auch sei! Selbst wenn seine Mutter am Abend nach einem langen Nachmittag mit der gesprächigen Rosi erschöpft oder auch etwas durcheinander war, so war das doch auch für eine weit über Neunzigjährige völlig normal.

»Ich werde meine Mutter bei meinem nächsten Besuch auf diese Briefe ansprechen«, sagte Wieland in der Hoffnung, Anyana damit zufrieden zu stellen und das Telefonat beenden zu können.

»Bitte nicht, Herr Doktor Glas!«, protestierte Anyana ungewöhnlich scharf. »Frau Hilde sonst denken ich spionieren. Dann Vertrauen weg.«

»Gut, gut«, beruhigte sie Wieland. »Ich frage meine Mutter einfach nach der Telefonnummer von Rosi. Ich sage ihr, dass ich sie gerne wieder einmal treffen möchte, ich hab sie doch als Kind immer recht gern gehabt. Da wird meine Mutter sicher keinen Verdacht schöpfen. Vielleicht kommt Rosi dann, wenn ich sie besuche, ganz von selbst auf diese Briefe zu sprechen.«

Das glaubte Wieland zwar selbst nicht, aber es konnte sowieso nicht schaden, Rosi als Anlaufstelle zu haben, für den Notfall sozusagen, dachte Wieland. Er hatte sich ohnehin schon mehrmals vorgenommen, sich Rosis Telefonnummer von seiner Mutter geben zu lassen, hatte es aber dann immer wieder vergessen.

»Wenn Sie meinen, Herr Doktor Glas«, entgegnete Anyana, und klang dabei nicht wirklich begeistert von Wielands Vorhaben.

»Machen Sie sich keine Sorgen, Frau Anyana. Ich werde Sie mit keiner Silbe als Informantin erwähnen, weder bei meiner Mutter noch bei Rosi. Mein Ehrenwort.«

Mit diesem Versprechen beendete Wieland das Telefonat.

*

Als Wieland Glas am darauffolgenden Freitag auf der Autobahn Richtung Salzburg in seinem komfortablen Audi dahinrollte, die Rolling Stones sich über das Motorbrummen legten und die Aprilsonne das Wageninnere erwärmte, fühlte er sich beinahe vergnügt. Beinahe. Denn der Nachmittag, der vor ihm lag, schickte seine Schatten schon voraus.

Er dachte an das Telefonat mit Anyana, das erst drei Tage zurücklag. So ganz wollte er die Mitteilung der Pflegerin nicht übergehen, wenngleich er die Brisanz, die Anyana ihren Beobachtungen diese ominösen Briefe und die geistige Abwesenheit der Mutter betreffend offensichtlich beimaß, noch immer nicht erkennen konnte. Dennoch, das musste er sich eingestehen, hatten ihn ihre Behauptungen eigenartig angemutet. Er würde sich jedenfalls selbst ein Bild vom Befinden der Mutter machen.

»Grüß dich Wieland, schön dass du da bist«, sagte die Mutter bei seinem Eintreffen, lächelte ihn freundlich an und ließ auch die üblichen Fragen nach Verkehrslage auf der Autobahn, Wetterverhältnissen und Befinden von Sophie der Begrüßung folgen. Wieland konnte erst einmal nichts Ungewöhnliches feststellen. Nur Anyana wirkte angespannt, sie befürchtete wohl, Wieland könnte sich verplappern und ihren Anruf erwähnen.

Schon beim Mittagessen überlegte Wieland, wie er denn möglichst unauffällig das Gespräch auf Rosi beziehungsweise diese zweifelhaften Briefe lenken konnte.

»Wo bist du heute nur mit deinen Gedanken?«, unterbrach die Mutter seine Überlegungen. »Warum?«, fragte er zurück, etwas anderes fiel ihm nicht ein, denn er fühlte sich wie auf frischer Tat ertappt, wie damals in seiner Kindheit, wenn ihm die Mutter bei irgendeinem Lausbubenstreich auf die Schliche gekommen war.

Von wegen geistesabwesend! Der Mutter war prompt aufgefallen, dass ihr Wieland nicht die gewohnte hundertprozentige Aufmerksamkeit schenkte, dass er sich nicht wie üblich beim Mittagessen nach Gesundheitszustand, Schlafqualität und Essverhalten erkundigte. Und sie registrierte offenbar auch Anyanas ungewohnte Schweigsamkeit, denn sie fragte die Pflegerin, ob sie sich denn heute nicht wohl fühlte.

Wollte er die Mutter nicht misstrauisch machen, musste er bei seinen Nachforschungen behutsam vorgehen, so viel war Wieland klar. Am besten, er verhielt sich genauso wie sonst immer.

»Ich geh dann mal auf den Friedhof«, sagte er daher.

»Ja, mach das«, sagte die Mutter und deutete auf das Fensterbrett, wo schon Kerze und Feuerzeug bereit lagen.

Wieland fröstelte, als er vom Friedhof zurückkehrte. Die Frühlingssonne hatte ihren Wärmevorrat für den Tag schon verpulvert, und das blendende Licht, das sie im April bereits bis in die Abendstunden aussandte, war trügerisch. Er brauchte jetzt etwas Heißes zum Trinken. Wenn nur dieser Filterkaffee, den Anyana gleich servieren würde, nicht so abscheulich schmecken würde! Da war Mutters Malzkaffee wahrscheinlich auch nicht viel schlimmer.

»Anyana ist oben in ihrem Zimmer. Sie fühlt sich heute nicht so wohl, hat sie gesagt. Wir sollen ruhig ohne sie Kaffee trinken«, meinte die Mutter und wies Wieland an, ihr gegenüber am gedeckten Tisch Platz zu nehmen.

»Sag einmal, Mutti, was ich dich fragen wollte …«, nahm Wieland einen Anlauf, um das Gespräch, das er sich nun einmal vorgenommen hatte, endlich ins Rollen zu bringen.

»Heraus mit der Sprache!«, fiel ihm die Mutter ins Wort. »Ich wusste doch, dass du heute irgendetwas im Schilde führst.«

Sie lachte.

Wieder kam sich Wieland wie ein kleiner Bub vor. Wie er das hasste! Er war schließlich der Sachwalter seiner Mutter, er regelte ihr Leben, sie war von ihm abhängig, und dennoch gelang es dieser Frau immer noch, ihn in die Defensive zu drängen. Immer noch erzeugte sie in ihm das Gefühl, sich verteidigen zu müssen. Dieser Umstand musste sich endlich ändern!

»Was sollte ich im Schilde führen?« Wieland wunderte sich selbst, wie schroff seine Stimme plötzlich klang.

»Aber geh, jetzt sei doch nicht gleich eingeschnappt! Sag schon, was du auf dem Herzen hast.« Die Mutter schaute ihn prüfend an.

»Gar nichts. Ich hab gar nichts auf dem Herzen. Ich wollte dich nur fragen, ob du mir Rosis Telefonnummer geben kannst. Sie kommt dich doch regelmäßig besuchen, oder nicht? Und ich möchte sie auch wieder einmal sehen, ich hab sie schon so lange nicht mehr getroffen.« Gut, das war jetzt einmal gesagt.

»Rosis Telefonnummer?« Zum ersten Mal seit langer Zeit hatte Wieland seine Mutter nun überrascht. Unmerklich zuckten ihre Mundwinkel.

»Aber … aber …« sie geriet sogar ins Stocken, »du hast dich doch dein Leben lang nie für Rosi interessiert.«

»Aber jetzt interessiere ich mich für Rosi.«

Mit Mutters Unsicherheit gewann Wieland an Boden.

»Weißt du«, belehrte er sie nun, »Rosi ist wichtig. Wenn mit dir einmal etwas sein sollte, dann ist sie hier doch unsere Anlaufstelle, jenseits von Anyana, meine ich, und gesetzt den Fall, es passiert etwas Unvorhergesehenes, muss ich doch mit Rosi Kontakt aufnehmen können.«

Wieland bemerkte, dass seine Mutter unruhig im Rollstuhl herumwetzte. »Was soll denn schon passieren, wozu du Rosi brauchen könntest?«, fragte sie.

»Lass das meine Sorge sein«, schmetterte er die Frage der Mutter ab. »Sag mir doch einfach ihre Nummer. Du weißt sie doch auswendig?«

Die Mutter schien zu überlegen. »Geh zu meinem Nachttischkästchen. Da liegt auf der Dokumentenmappe der Kalender mit allen wichtigen Telefonnummern. Da müsste auch die von der Rosi dabei sein. Unter *F*«, sagte sie schließlich.

»*F*?«, wiederholte Wieland.

»Wie *Fuchshuber*«, erklärte die Mutter knapp.

Die oberste Nachttischlade fand Wieland ordentlich aufgeräumt und übersichtlich vor. Außer der Dokumentenmappe und dem kleinen Adresskalender in dunkelgrünem Ledereinband war nichts drinnen. Nachdem er schon einmal am Nachttisch stand, öffnete er auch die Lade darunter: Gähnende Leere. Bis vor Kurzem, so Anyana, müsste diese Lade wie auch die obere noch mit den rätselhaften Briefen angefüllt gewesen sein. Nicht auszuschließen, denn wieso hätte die Mutter gerade diese beiden Laden völlig ungenutzt lassen sollen?

»Hast du das Adressbuch nicht gefunden?«, erreichte ihn Mutters Stimme aus dem Nebenzimmer.

»Doch. Ich hab mir nur gleich die Nummer notiert«, gab Wieland zurück.

»Ich bin müde«, verkündete die Mutter, als Wieland sich nochmal auf den Sessel ihr gegenüber fallen ließ.

Sie schaltete das Babyphon ein, das auf dem Tisch vor ihr lag, um Anyana aufzufordern, nun doch herunterzukommen. Sie wolle sich heute schon früher hinlegen, der Tag wäre doch recht anstrengend gewesen, ließ sie Wieland wissen. Er verstand den Fingerzeig.

»Nun, dann werde ich wohl aufbrechen«, sagte er.

Die Behauptung, derart müde zu sein, dass sie schon so früh ins Bett musste, wollte Wieland seiner Mutter diesmal jedoch nicht recht abnehmen. Vielmehr sah er ihren Rückzug als Ausweg vor unerwünschten Gesprächen mit ihrem Sohn.

Jedenfalls würde Wieland schon sehr bald mit Rosi Kontakt aufnehmen.

*

»Wer spricht bitte?« Wieland war Rosis Stimme sofort vertraut, und eigentlich war er sich sicher, dass auch sie ihn sofort erkannt haben musste, noch dazu, wo er sich doch mit *Wieland Glas* vorgestellt hatte.

»Wieland«, wiederholte er dennoch.

»Rosi, es ist zwar schon sehr lange her«, – er nannte sie ganz automatisch Rosi und nicht Frau Fuchshuber, er hatte sie schließlich auch als Kind nie anders als Rosi genannt, und genauso blieb er beim gewohnten du – »aber sicher weißt du jetzt wer ich bin, oder?«

»Ach, Wieland! Du! Wie schön von dir zu hören!«

Zu viel zur Schau getragene Verwunderung lag in Rosis Ausruf, als dass sie Wieland für echt gehalten hätte. Er war jetzt überzeugt, dass Rosi ihn sofort erkannt hatte, mehr noch, dass Rosi seinen Anruf erwartet hatte. Sie war auch schon beim zweiten Klingelton am Apparat gewesen. Seine Mutter hatte sie vorgewarnt! Aber weshalb?

»Ich dachte, es ist längst an der Zeit, mich bei dir für deine Fürsorge für Mutti zu bedanken«, eröffnete Wieland die Unterhaltung. »Das ist auch der Hauptgrund meines Anrufs.«

»Oh, du brauchst dich dafür doch nicht zu bedanken! Ich mache das gerne. Hilde ist meine beste Freundin und da ist es doch selbstverständlich, dass man füreinander da ist.«

»Selbstverständlich ist gar nichts. Du bist sicher eine große Stütze für Mutti.«

Wieland nannte seine Mutter im Gespräch mit Rosi weiterhin Mutti, denn seinem Gefühl nach gab das auch dem Telefonat mit Rosi eine intimere Note.

»Weißt du«, er musste zum Punkt kommen, »ich würde dich sehr gerne einmal treffen, wenn ich nächstes Mal in Salzburg bin, was meinst du?«

»Gerne! Jederzeit, Wieland! Du weißt doch, wo ich wohne?«

Auch diese Antwort kam, wie zu Beginn des Telefonats die geäußerte Verwunderung, etwas zu prompt.

Wieder hatte Wieland den Eindruck, dass Rosi mit seinem Wunsch gerechnet hatte.

»Ich möchte dir keine Umstände machen! Darf ich dich vielleicht auf Kaffee und Kuchen einladen? Ins Café Bazar?«

Wieland wollte nicht in Rosis privaten Lebensraum eindringen, das Kaffeehaus gab dem Treffen seiner Empfindung nach einen beiläufigeren Anstrich.

»Ja, mit Vergnügen. Wann denn?« Rosi schien sein Vorschlag ebenfalls zu gefallen.

»Freitag in einer Woche? Passt das für dich? Nach meinem Besuch bei Mutti, bevor ich wieder nach Wien zurückfahre? Also, ich würde sagen um 17 Uhr?«

Wieland vermeinte ein Blättern in einem Buch zu hören.

»Das geht gut. Ich habe den Termin schon in meinen Kalender eingetragen. Also, Freitag, 3. Mai, 17 Uhr im Bazar.«

Unglaublich, wie fix Rosi für ihr fortgeschrittenes Alter noch agierte. Seine Mutter hatte tatsächlich Glück mit einer derart aufgeweckten und geistig regen Freundin.

»Ich freu mich sehr auf unser Treffen«, sagte Wieland, und das war nicht einmal gelogen.

»Da musst du mir dann auch viel von dir erzählen«, sagte er, und von Mutti, und den ominösen Briefen, die verschwunden sein sollen, dachte er, ohne es auszusprechen. Denn beim Gespräch über seine Mutter und die Briefe reichte es ihm nicht, Rosis Stimme zu hören, da musste er auch ihre Körpersprache vor Augen haben, um die Lage richtig einschätzen zu können.

*

Wie lange war es nur her, dass Rosi eine Verabredung in einem Kaffeehaus gehabt hatte, noch dazu im Bazar, und das mit einem Mann! Im Bazar war sie gelegentlich mit Martina gewesen, mein Gott, seitdem waren schon an die dreißig Jahre vergangen, und so alt war dann auch schon der letzte Schmerz über eine unglückliche Liebesgeschichte. So alt, dass er nur mehr in der Erinnerung existierte. Martina, ja, das war ihre letzte Affäre nach mehreren glücklosen Beziehungen, die ihrer einzig großen Liebe, jener zu Gisela, gefolgt waren.

Rosi schmunzelte unwillkürlich, als sie sich die wertvolle Perlenkette, die sie von ihrer Mutter geerbt hatte und die nur für besondere Anlässe aus der Dunkelheit der Schmuckschatulle ans Licht durfte, um den Hals hängte. Nachdem es in ihrem Leben nicht mehr sehr viele besondere Anlässe geben würde, entschied Rosi, dass das bevorstehende Treffen mit Wieland ein solcher Anlass sein sollte. Natürlich ahnte sie den wahren Grund der Verabredung: Wieland hatte sie nicht aus plötzlicher Sehnsucht nach weit zurückliegenden Kindheitserinnerungen, die mit dem Zuhgehfräulein Rosi zu tun hatten, um ein Treffen gebeten. Vielmehr brauchte er sie, um Ungereimtheiten, die sich in ihm regten, aus dem Weg zu räumen. Sie vermutete den Grund seiner Irritation bei Anyana, die womöglich etwas von Helenes Briefen mitbekommen und sie vielleicht sogar gelesen hatte. Hilde war ja unvorsichtig genug gewesen, sie so lange in der Nachttischlade liegen zu lassen. Gott sei Dank hatte sie, Rosi, endlich darauf bestanden, die Briefe aus dem Haus zu schaffen. Nun ja, sie war gewappnet, weder würde sie Hilde verraten noch Wieland beunruhigen. Sie hatte Wieland immer gern gehabt, und um ehrlich zu sein, hatte sie Hilde damals, als Wieland noch klein gewesen war, dem Kind gegenüber oft als viel zu streng und kühl empfunden. Vor diesem Hintergrund fand sie es bemerkenswert, wie verlässlich sich Wieland nun um seine Mutter kümmerte. Darauf hatte sie Hilde auch schon des Öfteren angesprochen, denn die empfand das Engagement ihres Sohnes als selbstverständlich.

Hilde hatte außergewöhnlich aufgewühlt gewirkt, als sie vor zwei Wochen Rosi gleich nach Wielands Abfahrt angerufen und dabei so leise gesprochen hatte, dass Rosi das Telefon ans Ohr hatte pressen musste, um sie überhaupt zu verstehen. Ganz offensichtlich wollte Hilde unter allen Umständen verhindern, dass Anyana etwas von diesem Telefonat mitbekam. Jedenfalls erfuhr Rosi von Hilde schließlich, dass Wieland ihr ihre Telefonnummer förmlich entlockt hätte, und sie schärfte Rosi ein, sich bei der Annahme des Telefonats auf keinen Fall anmerken zu lassen, seinen Anruf erwartet zu haben. Irgendetwas sei im Schwange, hatte Hilde weiter ins Telefon hinein geflüstert, man müsse auf der Hut sein, sie kenne Wieland sehr gut, womöglich habe er von der Sache Wind bekommen, womöglich von Anyana. Rosi musste also unbedingt auf Wielands Kontaktaufnahme vorbereitet sein, damit sie gut gerüstet sei, denn Wieland sei als Jurist sehr geschickt im Fangfragenstellen, hatte Hilde auch noch gewarnt.

Wie auch immer, nun stand Rosi elegant gekleidet in der Spätnachmittagssonne vor der Haustür und wartete auf das Taxi, das sie direkt zum Kaffeehaus bringen sollte. Parkplätze waren rar in der Innenstadt, und warum sollte sie sich nicht einmal eine Taxifahrt gönnen! Sie war in Ausgehlaune und fühlte sich keineswegs so, als ob sie zu einem Verhör müsste. Musste sie ja auch nicht.

Rosi verstand ohnehin nicht ganz, weshalb Hilde sich nicht entschließen konnte, ihrem Sohn endlich reinen Wein einzuschenken und ihn über die Existenz seiner Halbschwester in Kenntnis zu setzen. Was wäre denn da dermaßen katastrophal für Wieland? Schlimmstenfalls würde er das blütenweiße Image seiner Mutter dahinschmelzen sehen. Schlimmstenfalls? Rosi dachte eigentlich gar nicht, dass Wieland der makellosen, kühlen Korrektheit, die seine Mutter ausstrahlte, allzu viel Sympathie entgegenbrachte. Wäre es für Wieland nicht befreiend, in der Mutter endlich auch einen Menschen zu sehen, dessen Leben nicht gefeit war vor Irrwegen und Fehlern, einen Menschen, der nicht immer alle Fäden in der Hand zu halten vermochte. Wenn es Rosi recht bedachte, hatte sie zu Hildegard wahre freundschaftliche Gefühle erst von dem Moment an aufbringen können, als diese sich ihr gegenüber öffnete, erstmals einen Anflug von Schwäche zeigte und sich als Frau offenbarte, die über die Steine auf dem Lebensweg genauso stolpern konnte wie alle anderen Menschen auch.

Nun waren doch tatsächlich beinahe fünf Jahre vergangen, seit Hilde ihr von Helene erzählt und ihr deren ersten Brief vorgelesen hatte. Und seit damals dürften es wohl mehr als hundert Briefe gewesen sein, die Hildegard Glas und Helene Brand einander geschrieben hatten. Dass der Briefverkehr zwischen Mutter und Tochter derart reibungslos funktionieren konnte, war allein ihr, Rosi, zu verdanken: Sie nahm nach ihren Besuchen bei Hildegard deren Post an Helene regelmäßig mit, um sie schon auf dem Nachhauseweg in den Briefkasten zu werfen, und ebenso brachte sie Hildegard jedes Mal die bei ihr eingelangte Post von Helene mit. Denn um die Briefe an der Pflegerin vorbeizuschmuggeln, hatte Rosi veranlasst, dass Helene die Briefe nicht länger an Hildegard, sondern an sie, Rosi Fuchshuber, adressierte.

Sie sah Wieland gleich beim Betreten des Cafés. Er saß an einem Tisch direkt an der Fensterfront. Von dort hatte man den schönsten Ausblick: über die Salzach auf das gegenüberliegende Ufer, das die Häuserreihe der Altstadt säumte.

»Rosi! Grüß dich! Ich freue mich, dass du gekommen bist!«

Er stand sofort auf, als er sie bemerkte, und rückte ihr den Sessel zurecht.

»Ich freue mich auch! Mein Gott, wie die Zeit vergeht!«

Rosis Blick ruhte auf Wieland, sie hatte ihn so lange nicht mehr gesehen, und die Jahre waren nicht spurlos an ihm vorüber gegangen.

»Du meinst, ich bin alt geworden?«, schloss Wieland aus Rosis Bemerkung und lachte. Es war ein befreites Lachen, und Rosi spürte, dass sich an dem unkomplizierten Verhältnis, das er als Bub und Jugendlicher zu ihr gehabt hatte, nichts geändert hatte.

»Aber dir, Rosi, dir sieht man die Jahre nicht an«, fuhr er leichthin fort, und Rosi hatte das Gefühl, dass er sein Kompliment womöglich sogar ernst meinen könnte. Jedenfalls tat es gut. »Wie geht es dir denn?«, fragte er weiter. Rosi überlegte kurz, ob sie weiter ausholen oder kurz und bündig mit gut antworten sollte.

»Danke, gut«, sagte sie.

»Hm«, Wieland rührte unschlüssig in seinem Caffè Latte herum. Dann schaute er Rosi geradeheraus an und sagte: »Ach was, Rosi! Ich mag mit dir nicht lange um den heißen Brei herumreden. Du ahnst ja, dass ich mir wegen Mutti Gedanken mache. Anyana hat so eigenartige Dinge verlauten lassen. Du bist der Mensch, der neben Anyana die meiste Zeit mit ihr verbringt. Sag mir bitte, ist Mutti dement? Weiß sie ein paar Stunden später nicht mehr, was sie eben erst gesagt oder getan hat?«

»Dement?« Rosi war erstaunt, sie hatte eine ganz andere Frage erwartet.

»Nein, ganz und gar nicht!«, antwortete sie erleichtert, denn darauf zu antworten brachte sie in keinen Gewissenskonflikt zwischen Hilde und Wieland.

»Sie erinnert sich sogar ganz genau an alles, besonders an Begebenheiten, die weit in der Vergangenheit zurückliegen. Also keine Sorge, Wieland, deine Mutter ist geistig noch völlig auf der Höhe.«

»Eigenartig«, sinnierte Wieland, »wie kommt Anyana dann zur Ansicht, Mutti wäre manchmal ganz wirr und vergesslich?«

»Sagt sie das? Hat sich Anyana diesbezüglich genauer ausgedrückt? Ich meine, hat sie erwähnt, in welchen Situationen ihr diese angebliche Vergesslichkeit besonders aufgefallen ist?«, fragte Rosi.

»Ja, doch«, sagte Wieland, »sie hat Muttis geistige Abwesenheit mit gewissen Briefen in Verbindung gebracht. Sie sagte, wenn ich mich recht erinnere, dass sich eine Menge Briefe in den Nachttischladen meiner Mutter angesammelt hätten, bei denen auf allen dieselbe Handschrift zu erkennen war. Woraus Anyana schloss, dass sie von ein und derselben Person geschrieben sein mussten. Und plötzlich, das dürfte noch nicht allzu lange her sein, waren laut Anyana all diese Briefe verschwunden. Einfach weg.«

Wieland hielt unvermittelt inne. Ihm fiel ein, dass er Anyana ja versprochen hatte, sie in dieser Angelegenheit weder seiner Mutter noch Rosi gegenüber zu erwähnen. Doch jetzt konnte er seine Worte auch nicht mehr ungesagt machen. Er seufzte.

Wielands Mitteilung brachte Rosi kurzfristig aus dem Konzept, denn sie hatte nicht bedacht, dass die Briefe, zumindest die der letzten Zeit, an sie, Rosi Fuchshuber, adressiert gewesen waren. Sollte Anyana auch das gesehen und realisiert haben, dann konnte sie Wieland nicht weiter vormachen, unwissend zu sein. Sie entschied sich, mit einer Frage Zeit und Sicherheit zu gewinnen. »Aber ich versteh nicht ganz, wo sieht Anyana denn da einen Hinweis auf Demenz bei Hilde?«

»Ja, das wollte ich dir gerade sagen. Anyana behauptet, dass Mutti auf ihre Frage, wo denn all die Briefe in den Nachttischladen hingekommen seien, vorgab, nichts von irgendwelchen Briefen zu wissen.«

»Sehr seltsam«, entgegnete Rosi, die sich schon wieder etwas sicherer in ihrer Rolle fühlte, weil ihr Wielands vertrauliche Mitteilung nicht so vorkam, als ob er sie mit den Briefen in direkter Verbindung sähe. »Vielleicht fantasiert Anyana?«, wagte sie sich weiter vor.

»Das glaub ich nicht. Warum sollte sie das? Rosi, hat dir Mutti jemals von einem intensiven Briefverkehr mit einer bestimmten Person erzählt? Mutti würde mit dir doch alles Wichtige besprechen, oder nicht?«

Unbehagen machte sich in Rosi breit. Jetzt war unweigerlich der Moment gekommen, wo sie nichts mehr richtig machen konnte. Sie musste entweder Wieland belügen oder Hilde verraten. Nichts von beidem machte ihr Spaß. Sie entschied sich für die Lüge.

»Nein«, sagte sie, und sah dabei anstatt in Wielands Gesicht zum Fenster hinaus, »deine Mutter hat nie von derartigen Briefen gesprochen. Aber weißt du was«, fuhr sie mit betont heiterer Stimme fort, » Briefe hin oder her, Hauptsache ist, deiner Mutter geht es geistig gut. Und da kann ich dir versichern, dass in dieser Hinsicht wirklich kein Grund zur Sorge besteht.«

Sie hatte den Blick vom Fenster wieder auf Wieland gleiten lassen und stellte fest, dass sein Gesichtsausdruck sich entspannt hatte.

»Danke für Kaffee und Torte«, sagte Rosi und knöpfte sich die Kostümjacke zu.

»Ich fahr dich natürlich nach Hause«, schlug Wieland vor.

Rosi lehnte dankend ab. Der Taxistand sei gleich ums Eck, meinte sie.

»Rosi«, hörte sie Wieland beim Verlassen des Cafés noch sagen, »du rufst mich doch an, wenn es bei Mutti irgendwelche Probleme gibt? Weißt du, zu dir hab ich noch immer das meiste Vertrauen.«

Ja, ein Vertrauen, das sie soeben missbraucht hatte. Sie musste unbedingt mit Hilde reden.

*

Obwohl sie sich schon seit acht Jahren im Ruhestand befand, war sie bei gesundheitlichen Problemen für einige ihrer ehemaligen Patientinnen und Patienten noch immer die erste Anlaufstelle. Einerseits freute sich Helene Brand über das anhaltende, ihr entgegengebrachte Vertrauen, anderseits waren ihr, so wie an diesem Morgen, als sie das Telefon aus dem Schlaf riss, die in sie gesetzten Erwartungen einfach nur lästig.

Renate Schmid. Der Name auf dem Display des Handys verhieß ein längeres Gespräch, in dem sie sich wohl wieder einmal die aktuellen zu hohen Blutdruckwerte und die damit verbundenen Ängste der Anruferin würde anhören müssen. Nach kurzem Zögern nahm sie den Anruf entgegen, der genauso ablief, wie sie es vorausgesehen hatte.

Es hatte keinen Sinn, sich noch einmal hinzulegen, sie würde nicht mehr in den Schlaf zurückfinden. Die von Frau Schmid erwarteten beruhigenden Worte und die Medikamentenempfehlung, wenn auch routinemäßig abgegeben, hatten Helene aus dem letzten Rest von Schläfrigkeit katapultiert. Sie zog die Vorhänge zur Seite. Es sah nach einem strahlenden Tag aus, die Spitze des Untersbergs leuchtete bereits in der Morgensonne.

Wenn sich nur dieses dumpfe Druckgefühl in der Magengegend nicht schon wieder breit machen würde! Seit beinahe vier Monaten war es ihr täglicher Begleiter, vom morgendlichen Aufwachen bis zum spätabendlichen Einschlafen, das überhaupt meist erst nach Einnahme einer Schlaftablette gelang. Helene wusste, dass sich diese Beklommenheit nicht von ihr verabschieden würde, solange sie nicht das Problem, das der Auslöser dafür war, gelöst hatte.

Es war vor beinahe zwanzig Jahren gewesen, an einem zwölften August. Der Tag war dermaßen heiß, dass die Luft draußen über dem Asphalt nur so flirrte, und selbst die dicken Mauern des Ordinationsraums von Dr. Helene Brand vermochten die drückende Schwüle nicht von den Innenräumen fernzuhalten.

An diesem Tag beschloss Lilli, vor ihrem Tod noch reinen Tisch zu machen. Lilli war es schließlich gewesen, die das Baby Helene damals an die Eheleute, die Helenes zukünftige Eltern werden sollten, vermittelt hatte. Es würde ihr nun den Abschied erleichtern, wenn sie nicht mit einer unausgesprochenen Lüge von dieser Welt gehen müsse, erklärte Lilli der Ärztin, die zugleich ihre Freundin war. Und nicht nur das: als Cousine von Helenes leiblicher Mutter waren sie und Helene sogar verwandt, wenn auch weitschichtig.

In wenigen Sätzen, die Helenes gesamtes vorheriges Leben auf den Kopf stellten, teilte Lilli ihrer Freundin die Fakten über deren Herkunft mit. Lillis Geständnis, ja, Helene empfand die Enthüllung als Geständnis, mehr noch als Beichte, traf Helene unvorbereitet und mit voller Wucht. Es löste in der damals dreiundfünfzigjährigen Frau ein Erbeben aus, bei dem kein Stein auf dem anderen blieb: Mit einem Ruck zerfiel Helenes Welt in unzählige Teile, die nicht mehr zusammenpassen wollten, und der Kleber, der die Puzzleteile des Lebens bislang miteinander verbunden hatte, löste sich mit einem Mal auf. Nichts zuvor in ihrem Leben hatte sie dermaßen aus der Bahn geworfen. Nichts, bei allem Schmerz, den sie hatte erleiden müssen, hatte ihre Identität ins Wanken gebracht. Nicht einmal die größten Schicksalsschläge – die beiden Fehlgeburten sowie die Scheidung nach fünfzehn Ehejahren – hatten sie in solch großer Ratlosigkeit und Verunsicherung zurückgelassen.

Lillis Offenbarung folgten Monate, in denen Helene vergeblich versucht hatte, Antworten auf die unzähligen plötzlich im Raum stehenden Fragen zu finden, Monate, in denen sie sich gefühlt hatte, als ob sie unaufhörlich fallen würde, als ob jeder Halt verloren gegangen wäre. Wer war sie eigentlich?

Nur die Konfrontation mit der Wahrheit, die in diesem Fall Mutter hieß, könne wieder so etwas wie Stabilität in ihr Leben bringen, hatte die Therapeutin gemeint, die sie über mehrere Monate regelmäßig aufsuchte.

Und so hatte sie begonnen, ihre Mutter zu beobachten, um sich ein Bild von ihr machen zu können. Ein Bild, in dem sie sich selbst zu finden gehofft hatte. Ein Bild, in dem vielleicht die auseinandergefallenen Puzzleteile wieder zusammendriften würden.

Tatsächlich hatte sich Helene an jenen Tagen, an denen sie die Mutter ins Visier nahm, besser gefühlt, sie war danach weniger nervös und aufgewühlt, weniger auf der Suche, und konnte sich zeitweise sogar wieder voll auf die Betreuung ihrer Patientinnen und Patienten konzentrieren. Langsam erwachte auch wieder die Freude an ihren Hobbys: am Golfspielen und Bergwandern, am Radfahren und Schwimmen.

In der Kontaktaufnahme zu ihrer Mutter wurde Helene von Mal zu Mal mutiger. Manchmal ging sie auf dem Gehsteig der Mutter sogar geradewegs entgegen und so dicht an ihr vorbei, dass sie den Duft von

Haarspray und Parfum riechen und das undurchsichtige Braun der Augen sehen konnte. Sie machte sich nämlich ein Spiel daraus, ihr direkt in die Augen zu schauen und abzuwarten, ob die Mutter ihren Blick erwidern würde. Manchmal tat sie das, wohl automatisch, aus einem Reflex heraus. Diese Begegnungen, allein von ihr herbeigeführt und gesteuert, gaben Helene ein Gefühl von Macht. In diesen Momenten physischer Nähe war sie, die Tochter, die Wissende. Die Mutter war ahnungslos. Das war vielleicht einer der Gründe, weshalb Helene an dieser einseitigen Form des Kontaktes nichts ändern wollte. Zumindest für viele Jahre.

Noch nie in ihrem Leben hatte Helene ihr Spiegelbild so eindringlich betrachtet wie in dieser ersten Zeit der neuen Selbstfindungsphase. Nicht einmal in der Pubertät hatte sie ihre Physiognomie dermaßen beschäftigt. Dabei stand ihr Aussehen jetzt nicht für sich allein, sondern unwillkürlich immer im Vergleich zu dem der Mutter.

Zum ersten Mal kam Helene ihr Gesicht ausgesprochen kantig vor, mit kräftigen Wangenknochen und markantem Kinn. Die vielen Sommersprossen, die sie früher nie gestört hatten, nannte sie bei sich nun Altersflecken, sie empfand ihren Gesichtsausdruck durch die unregelmäßige Pigmentierung unausgeglichen und unruhig. Die Farbe der Augen nahm sie als undefinierbar wahr, obwohl sie in ihrem Reisepass als blau ausgewiesen wurden. All diese Merkmale traten für sie umso prägnanter hervor, je weniger sie sie an der Mutter entdecken konnte. Denn deren Augen waren eindeutig braun, der Teint unbefleckt und ebenmäßig, das Gesicht rund mit ausgeglichenen weichen Konturen. Alles an ihr, was sie bei der Mutter nicht entdecken konnte, musste Helene wohl von ihrem Vater geerbt haben. Aber in diese Richtung Nachforschungen anzustellen, war ohnehin völlig sinnlos. Laut Lilli wusste selbst Hildegard von dem amerikanischen Soldaten nur den Namen, und der musste nicht stimmen. Vielleicht hatte sie ja neben den Sommersprossen auch die rötliche Haarfarbe von diesem Mann.

Was sie in dieser Zeit ebenfalls beschäftigte war die Tatsache, dass sie Ingeborg und Alois Brand nie als leibliche Eltern in Frage gestellt hatte. War ihr denn nie aufgefallen, dass es so gut wie keine merkbaren körperlichen Ähnlichkeiten zu ihnen gab? Deren Hände, Körperbau, Gang und Mimik, auch der Geruch, all das schien ihr nun, mit dem neugewonnenen Wissen, nicht zu ihrer eigenen Person gehörig. Aussehen und Gestik der beiden waren Helene natürlich in der Erinnerung vertraut, sie hatte schließlich bei ihnen fast jeden Tag der Kindheit und frühen Jugend verbracht, und ihr hatte als Einzelkind die ausschließliche Zuwendung gegolten. Nein, es hatte ihr an nichts gemangelt. Die Brands hatten ihr unter persönlichen Einschränkungen das Medizinstudium ermöglicht, zum Stipendium für das Studiensemester in Kalifornien den noch nötigen Geldbetrag draufgelegt, und zuletzt hatten sie ihr Haus und Grund vermacht. All das hatte Helene für selbstverständlich erachtet. Für sie waren diese beiden Menschen eben ihre Eltern.

Und ihre Eltern würden sie für Helene ein Leben lang bleiben. Auch wenn es sich nicht leugnen ließ, dass Lillis Enthüllung einen Keil in ihre Familie getrieben hatte.

Allmählich, nach den harten Monaten der Identitätskrise, die Lillis Enthüllungen folgten und Helene rückblickend wie ein absurder Traum erscheinen sollten, kehrte die gewohnte Lebensfreude und Unternehmungslust wieder zurück.

Die Intervalle, in denen sie sich ihrer Mutter näherte, wurden immer größer, und schließlich genügte es

Helene, die Begegnung einmal alle paar Wochen herbeizuführen. Auch das passierte dann schon mehr aus Gewohnheit als aus innerem Zwang heraus.

Was Helene jedoch mehr als alles andere aus der Sackgasse, in der sie die Neudefinition ihrer Persönlichkeit zu finden gehofft hatte, herausriss, war ein folgenschweres Geburtstagsgeschenk.

Birgit und Joachim, ein befreundetes Ehepaar, das sich nach der Scheidung auf Helenes Seite geschlagen und es sich zur Aufgabe gemacht hatte, ihr auch jetzt in der aktuellen Lebenskrise zur Seite zu stehen, überreichten ihr zu ihrem vierundfünfzigsten Geburtstag ein Briefkuvert mit der Aufschrift: EINLADUNG. Der Gutschein, den sie nach dem Öffnen des Kuverts in der Hand hielt, klärte sie über dieses spezielle Geschenk auf. Dinner & Roulette – ein besonderer Abend mit Gaumenfreuden und Spannung zugleich, stand darauf, und abgebildet war der noble Speisesaal des Casinos mit weißgedeckten Tischen und einem fahrbaren Roulettekessel, direkt an einen Tisch gebracht. »Ich hoffe, du freust dich, und vielleicht gehst du ja als Millionärin nach Hause«, scherzten Birgit und Joachim.

Helene verließ das Casino an jenem Abend zwar nicht mit einer Million Euro, aber doch mit einem beachtlichen Geldbetrag, den ihr die Zahl 18, auf die sie all ihr zur Verfügung stehenden Jetons gesetzt hatte, einbrachte. Die 18 zu wählen war ihr naheliegend erschienen, es war schließlich der 18. Juli, der noch dazu ihr Geburtstag war. Die Zahl hatte ihr Glück gebracht und den Begeisterungsfunken am Spiel in ihr entzündet.

Dass diese Begeisterung jemals in Sucht ausarten könnte, daran hatte Helene damals keinen einzigen Gedanken verschwendet. Denn sie glaubte sich selbst als durch und durch vernünftige, pragmatisch denkende Frau zu kennen, war sie doch niemals in ihrem

Leben aus einer Laune heraus ein unnötiges Risiko eingegangen. Es schien ihr unvorstellbar, jemals eine größere Summe zu setzen oder das Spiel nicht rechtzeitig zu beenden. Deshalb sah sie auch keinen Grund, eine Gefahr in ihrer Spielfreude zu sehen, die sie nach diesem ersten Abend im Casino noch viele Male dorthin führen sollte.

Und in den darauffolgenden Monaten, in denen es sie allwöchentlich an den Roulettetisch und auch zu den Spielautomaten zog, wurde sie tatsächlich vom Glück verwöhnt. Einem kleineren Verlust folgte postwendend ein größerer Gewinn, sodass Helene am Ende fast immer als Gewinnerin nach Hause ging.

Als sie ihre Glückssträhne zu Ende gehen sah, beschloss sie konsequenterweise und ganz ihren Grundsätzen entsprechend, sich mit ihren Gewinnen zu bescheiden und die Besuche im Casino fortan wieder einzustellen. Die Vernunft hatte gesiegt. Diesmal.

Erst vierzehn Jahre später setzte Helene wieder einen Fuß ins Spielcasino. Es war der Antrittstag ihres Ruhestandes, und wieder waren es Birgit und Joachim, die sie zum Glücksspiel ermunterten.

»Jetzt fängt das Leben erst an«, meinten sie, und drückten ihr einen Spielegutschein in die Hand. »Dein erstes Spiel im Ruhestand geht auf uns«, lachten sie.

Helene spürte augenblicklich den Anflug von freudiger Erregung. Die Erinnerung an das Lustgefühl, das ihr das Spielen damals, vor so vielen Jahren, bereitet hatte, war unvermittelt wieder da. Es überlagerte sogar für den Moment das Gefühl der Leere, das sich im Ausblick auf die Tage ihres Ruhestandes in ihr aufgebaut hatte. Freilich, sie wäre nicht Helene gewesen, wenn sie nicht konkrete Pläne für ihre Zukunft nach dem Leben als Ärztin geschmiedet hätte. Vieles stand auf der Agenda, unter anderem – und das war der wichtigste Punkt – den Kontakt zu ihrer leiblichen Mutter wiederherzustellen. Nicht auf die einseitige Art wie damals vor vielen Jahren, nein, diesmal hatte sie vor, direkt in Erscheinung zu treten, und zwar erst einmal über einen Brief, den sie der Mutter schreiben würde. Wer wusste schon, wie lange die alte Dame noch am Leben sein würde, und wenn Helene nicht jetzt die Möglichkeit ergriff, sie zu kontaktieren, dann würde es womöglich zu spät sein.

Die Aussicht auf das bevorstehende Spielvergnügen drängte mit einem Mal ihre Zukunftspläne in den Hintergrund. Drängend blieb allein der feste Vorsatz, die Mutter mit der Existenz ihrer Tochter zu konfrontieren. Die Schonfrist war abgelaufen! Der Austritt aus dem Berufsleben und der Eintritt in den neuen Lebensabschnitt schienen Helene der richtige Moment zu sein, ihr Vorhaben nun auch konkret in die Tat umzusetzen.

Vielleicht war es dann wirklich die Vorfreude auf den ersten für den Abend geplanten Casinobesuch nach so vielen Jahren, die in Helene die letzten inneren Bremsen löste und sie dazu ermutigte, sich an den Schreibtisch zu setzen, und den Brief an die Mutter zu beginnen.

Dass diesem ersten Brief in den kommenden fünf Jahren mehr als hundert weitere folgen sollten, war zu diesem Zeitpunkt nicht vorhersehbar.

*

Helene hatte schon gar nicht mehr daran geglaubt, von der Mutter jemals eine Antwort zu erhalten. Vier Wochen waren vergangen, seit sie den Brief an Hildegard Glas in den Postkasten eingeworfen hatte. Was würde dieses Schreiben wohl in der Mutter auslösen?

Würde die Erde unter ihr zumindest einen Augenblick lang beben? Würde sie ihre Altersruhe gefährdet sehen? War sie dement? Würde sie sich womöglich hinter nur vorgetäuschter Demenz verstecken? Oder würde Helenes Schreiben gar etwas in ihr zum Schwingen bringen, das sie schon tot geglaubt hatte und nun doch noch spüren konnte? Spüren wollte?

Widerstreitende Gedanken jagten durch Helenes Kopf und ließen sie bald bereuen, sich derart weit hinausgelehnt und sich somit wahrscheinlich die zweite Abfuhr von der Mutter geholt zu haben: die erste gleich nach ihrer Geburt, die zweite nun.

Als sie das mit der Hand beschriebene Kuvert schließlich doch noch in ihrem Briefkasten vorfand, ergriff eine seltsame Gefühllosigkeit von ihr Besitz. Weder begann ihr Herz zu rasen, noch ihre Finger zu zittern, noch ihre Lider zu flattern. Sie riss das Kuvert auch nicht ungeduldig auf, sondern setzte sich erst an den Schreibtisch, öffnete es sorgfältig mit Hilfe des Brieföffners und zog zwei vollbeschriebene Papierbögen heraus.

Die Handschrift war Helenes Schriftzügen nicht unähnlich: schnörkellos und in einem Fluss reihten sich die Buchstaben aneinander, mit kaum merklicher Neigung nach rechts und ohne auffällige Unter- und Oberlängen. Auffällig hingegen war die beachtliche Lücke zwischen den einzelnen Wörtern. Diese Eigentümlichkeit hatte Helene außer bei ihrer eigenen Handschrift noch bei keiner anderen in der Art festgestellt. Zudem schien ihr die Schrift druckvoll, was für Helene ein Zeichen dafür war, dass ihre Mutter nicht an Altersschwäche litt.

Noch immer zögerte sie die Lektüre des Briefes hinaus, so als ob sie auf den richtigen Augenblick warten würde.

Die Zeit stand still. Dann begann sie zu lesen:

Sehr geehrte Frau Doktor Brand!

Lange habe ich überlegt, wie ich Sie denn anreden soll. Mit »Frau Doktor Brand« oder mit »Helene«? Wie spricht man die eigene Tochter an, die eine Fremde ist, und zu der man, außer dass man sie zur Welt gebracht hat, ein ganzes langes Leben lang keinerlei Verbindung hatte? Von der man bislang nichts, rein gar nichts wusste, nicht wo sie lebte, wie sie lebte, wer sie war?

Ich habe mich wohl ab dem Zeitpunkt Ihrer Geburt in die Überzeugung geflüchtet, dass Sie es bei Ihren Zieheltern gut hätten, besser jedenfalls, als Sie es bei mir damals hätten haben können. Dass Sie in Ihrem Schreiben nun meine hoffnungsvolle Annahme bestätigen, ja noch positiv verstärken, indem Sie Ihre Kindheit sogar als »glücklich« bezeichnen, erfüllt mich mit großer Erleichterung.

Ich habe weder Namen noch Wohnort Ihrer »Eltern« je erfahren. Lilli sowie Ihre und meine Mutter hatten mir damals nur versichert, dass das Ehepaar, dem Sie nach der Geburt anvertraut wurden, die liebevollsten Menschen wären. Nur zu gerne habe ich es geglaubt.

Sie schreiben, wir sollten der Vergangenheit ins Auge schauen, jetzt, wo die Zeit drängt. Sie wissen, was Sie da von mir, einer beinahe 90-jährigen Frau, verlangen: Erfolgreich Verdrängtes und Vergessenes an die Oberfläche zu befördern, ist ein anstrengendes, kräfteraubendes Unterfangen, besonders in meinem Alter. Nun, da Sie das stille Wasser in meiner Seele schon einmal aufgewühlt haben, stelle ich mich dieser Herausforderung, wohl auch deshalb, um mir bei meinem Ableben nicht auch noch den Vorwurf machen zu müssen, meine Tochter erneut – und diesmal ohne zwingenden Grund – abgewiesen zu haben.

Nun, wie ich eben zusicherte, werde ich mich auf unser gemeinsames Abenteuer einlassen. Einige Regeln müssen allerdings dabei auf Grund meiner speziellen Lebenssituation eingehalten werden, ich hoffe, Sie werden das verstehen. Ich weiß nicht, inwieweit Sie über meinen Gesundheitszustand im Bilde sind, wahrscheinlich haben Sie bemerkt, dass ich schon seit geraumer Zeit das Haus nicht mehr verlassen habe. Vielleicht haben Sie auch in Erfahrung gebracht, dass ich von einer 24-Stunden-Pflegerin betreut werde, was zur Folge hat, dass ich so gut wie nie allein im Haus bin. Das wiederum bedeutet, dass Sie mich nicht besuchen werden können. Denn dass ich die Existenz einer verheimlichten Tochter nicht unbedingt publik machen möchte, werden Sie sicher verstehen.

Ich weiß nicht, was Sie von mir wissen wollen, mein Leben dauert schon zu lange, als dass ich eine Zusammenfassung davon abliefern könnte. Fragen Sie mich doch einfach, was Sie wissen möchten! Ich werde Ihre Fragen so gut ich kann nach bestem Wissen und Gewissen beantworten. Das verspreche ich Ihnen.

Was Sie betrifft, interessiert mich natürlich alles, Sie entscheiden, was Sie mich wissen lassen wollen. Eine Bitte an Sie habe ich jedoch: Könnten Sie Ihrem nächsten Brief – sofern Sie sich durch dieses Schreiben nicht von einem Antwortbrief abschrecken lassen – ein Foto von Ihnen beilegen? Das wäre schön!

Nun bleibt zu hoffen, dass Sie mir nun, da wir uns zum gegenseitigen Kennenlernen durchgerungen haben und Sie einen ersten Eindruck von mir gewinnen konnten, noch gewogen sind.

Seien Sie herzlich gegrüßt,
Hildegard Glas

Helene las den Brief ein zweites und ein drittes Mal, erst dann begriff sie den Inhalt des Schreibens in seiner ganzen Dimension, die weit über die bloßen darin enthaltenen Fakten hinausging. Der Brief offenbarte den Charakter der Verfasserin, zumindest vermeinte Helene in und zwischen den Zeilen selbstgerechte und egozentrische Züge auszunehmen, die eine Frau kennzeichneten, die selbst in hohem Alter noch daran gewohnt war, die Zügel fest in den Händen zu halten und den zu beschreitenden Weg vorzugeben.

Das erste Gefühl, das nach den Minuten der Starre in Helene hochkam, war Dankbarkeit. Dankbarkeit dafür, dass sie als Kind nicht der Strenge und Kälte, die dieser Brief auf sie ausstrahlte, ausgeliefert war. Wenn sie eines nun mit Bestimmtheit sagen konnte, dann das, dass sie niemals innerhalb der undurchlässigen Mauern des Hauses der Familie Glas mit dem Berg im Rücken hätte aufwachsen wollen. In ihrer Kindheit war der Himmel hoch und unbegrenzt, der Horizont in weiter Ferne gewesen.

Helene kam die Vorgabe der Mutter, den Ablauf des gegenseitigen Kennenlernens auch in Zukunft auf schriftliche Kommunikation zu begrenzen, entgegen. Doch die kompromisslose Art und Weise der Direktive empörte sie. Ja, Empörung löste unvermittelt das Gefühl von Dankbarkeit ab. Was bildete sich diese Frau eigentlich ein? Niemand, auch nicht oder gerade nicht diese Frau, hatte das Recht, sie zu dominieren, ihr Vorschriften zu machen, getarnt als Vorschlag.

Helene spürte, dass ein alter Schmerz übermächtig zu werden drohte, und zwang sich zu gedanklicher Disziplin. Sie erinnerte sich an die Therapiestunden vor vielen Jahren, als sie mit ihrer Herkunft konfrontiert worden war. Was hatte ihr die Therapeutin damals geraten? Die meisten der von ihr empfohlenen Techniken hatte Helene nicht im Gedächtnis behalten, sie hatte sie als nicht zielführend abgetan. Am Ende hatte sie sich doch ganz allein aus dem Sumpf, der zu einem Gutteil aus Selbstmitleid bestand, ziehen müssen. In einem Punkt hatte die Therapeutin jedoch mit Sicherheit Recht gehabt: Sie durfte den direkten Kontakt zur Mutter nicht scheuen, sie konnte den Stachel nur dann ziehen, wenn sie ihn zu fassen bekam. Zu glauben, dass er sich unter der Haut von selbst auflösen würde, wäre ein Irrtum.

Und sie würde ihn zu fassen bekommen. Sie würde der Mutter zurückschreiben. Sie würde sich ihr annähern, sachte und überlegt würde sie vorgehen und dabei dafür sorgen, dass der Mutter keine andere Wahl blieb, als sich mit der Existenz ihrer Tochter auseinanderzusetzen. Wie auch immer.

Sie hatte es geschafft. Die Papierbögen in ihrer Hand hatten zu zittern aufgehört, sie war wieder ganz Helene Brand, Dr. Helene Brand, eine Frau, die wusste, was zu tun war.

Was hatte sie denn von diesem ersten Brief der Mutter erwartet? Darin Zeichen von Überschwang oder gar Glückseligkeit zu entdecken? Hochgefühle, die die Mutter angesichts einer quasi aus dem Nichts aufgetauchten Tochter nun erfüllten? Nein, das hatte Helene nicht erwartet. Erhofft vielleicht, erwartet nicht. Dass dem Schreiben jedoch absolut keine Gefühlsregung ihrer eigenen Tochter gegenüber zu entnehmen sein würde, das hätte Helene nicht für möglich gehalten. Hildegard Glas' Mitgefühl galt einzig und allein ihr selbst: Sie war die Leidtragende, die sich nun, so spät im Leben, vom Schicksal – oder besser gesagt der Tochter – gezwungen sah, Totgeschwiegenes wieder lebendig werden zu lassen.

Helene musste sich jedoch auch eingestehen, dass der Brief der Mutter zugleich Wesenszüge offenbarte, die, selbst wenn diese ganz bestimmt nicht ihr Herz erwärmten, sie doch auf gewisse Weise beeindruckten. Die Selbstsicherheit, Geradlinigkeit, Beharrlichkeit und unverminderte Schärfe des Denkens trotz des hohen Alters imponierten Helene, ob sie wollte oder nicht. Dieser offenkundige Eigensinn ließ Helene jedenfalls auf ein verlässliches und konsequentes Verhalten schließen. Hildegard Glas würde den Briefverkehr, zu dem sie sich nun einmal entschlossen hatte, weiterführen.

Ein Baum hat viele Äste, dachte Helene, vielleicht würden sie und die Mutter am Ende doch noch auf einen gemeinsamen Zweig kommen.

*

Fünf Jahre später.

Rosi war mit ihrer Weisheit am Ende. Sie wusste nicht mehr, was sie ihrer Freundin raten sollte.

Der Inhalt der letzten Briefe von Helene Brand an Hildegard schrie nach Veränderung, und fatalerweise genau nach jener Veränderung, die Hildegard unter allen Umständen hatte verhindern wollen. Was über nunmehr beinahe fünf Jahre ruhig dahinplätschern durfte, ganz im Sinne Hildegards, hatte sich durch Helenes Leichtsinn mit einem Ruck in gefährliches Terrain verwandelt. Über die Jahre hatten sich Mutter und Tochter tatsächlich über unzählige Briefe angenähert und einander, wenn schon nicht lieben, so doch kennen gelernt. Für beide war der regelmäßige Briefkontakt zur Routine geworden, er stellte eine Möglichkeit dar, sich alles von der Seele zu schreiben und dabei sicher zu sein, dass es niemand außer ihnen erfahren würde. Alles spielte sich wie in einer geschützten Werkstatt ab.

Nun drohten die Dämme rund um Mutter und Tochter nicht mehr lange dicht zu halten.

So unermüdlich Rosi auch nach einer Lösung suchte, sie sah immer nur Hildegards starre, ratlose Gesichtszüge vor sich, die auch durch gutes Zureden nicht aus der Verkrampfung zu lösen waren. Die Augen starrten groß auf Rosi, die Brauen, über der Nasenwurzel hochgezogen, bildeten ein spitzes Dach über dem rundlichen Gesicht, dem buchstäblich die Kinnlade heruntergeklappt war.

»Du musst es ihm sagen«, war schließlich Rosis Weisheit letzter Schluss. Mit ihm war Wieland gemeint, denn an ihm kam Hildegard in dieser delikaten Angelegenheit nicht vorbei. Wieland erledigte alle Bankgeschäfte für seine Mutter, er verwaltete auch ihre Sparbücher und ihr Bankkonto.

»Außer ich entscheide mich dagegen!« Nun hatte Hildegard die Sprache wiedergefunden, der Gedanke, Wieland von der Existenz seiner Halbschwester in Kenntnis setzen zu müssen, war schon schlimm genug, doch schier unzumutbar schien ihr, ihn von einer geplanten Überweisung eines großen Geldbetrags an diese Frau zu unterrichten. Diese Zukunftsvision reanimierte sogar die Gesichtsmuskulatur. Die Augenbrauen senkten sich, der Mund klappte zu.

»Du erwägst also, deine Tochter hängen zu lassen?« Das Missfallen in Rosis Frage war nicht zu überhören.

»Was heißt, ich lass sie hängen?« Jetzt begann Hildegard, sich zu ereifern. »Sie hat sich doch ganz allein in diese missliche Situation gebracht. Wieso soll ich ausbaden, was sie durch sträflichen Leichtsinn angerichtet hat?«

»Ja, aber …«

Hildegard ließ Rosi erst gar nicht ausreden. »Und den hat sie ganz gewiss nicht von mir, diesen Leichtsinn. Den muss sie von ihrem …«, sie hielt kurz inne, bevor ihr das nächste Wort über die Lippen kam, »…

Vater haben. Der hat sich ja auch nicht im Geringsten darum geschert, was wohl aus mir werden würde, nachdem er mich geschwängert hatte. Ein verantwortungsloser Egoist war dieser Mann, der offenbar keinen einzigen Gedanken an die Zukunft verschwendet hat.« Der Luftzug eines langen Seufzers streifte Rosi. Dann hörte sie Hildegard sagen: »An meine Zukunft.«

So grimmig hatte Rosi Hildegard noch nie über dieses Thema reden hören.

»Aber Hilde, deinen Erzählungen nach wusste doch dieser junge Mann gar nichts von seinem Vaterglück«, warf Rosi ein.

»Vaterglück? Mir ist jetzt wirklich nicht zum Scherzen zumute. Und bitte keine Verteidigungsreden für Mike!«

Nun hatte sie ihn doch tatsächlich beim Namen genannt! Dieses ›Mike‹ war ihr im Strudel der Gefühle einfach so herausgerutscht, als die Gedächtniszensur durch das Wirrwarr der Emotionen offenbar kurz außer Kraft geraten war.

»Rosi, er war nach unserer … Begegnung in dieser Absteige … wie vom Erdboden verschluckt. Und wie du verstehen wirst, war mir beileibe nicht danach, mich auf die Suche nach diesem Kerl zu machen. Außerdem hätte ich ihn ohnehin nicht aufgespürt!« Wieder holte Hilde tief Luft.

»Hilde«, Rosi kam nicht umhin, sie musste das jetzt einfach loswerden, »vielleicht würde dir eine bescheidene Portion von diesem Leichtsinn, den du Mike und auch deiner Tochter so sehr ankreidest, ganz gut tun.«

»Das ist jetzt aber nicht dein Ernst!« Rosi leuchteten vor Erregung gerötete Backen entgegen. »Ein einziges Mal in meinem Leben war ich naiv und dumm genug, ohne Rücksicht auf Verluste jugendlichem Erlebnishunger einfach nachzugeben und mich jeder Warnung der Vernunft zu verwahren. Ein unverzeihlicher Fehltritt. Und wie du siehst, muss ich bis heute dafür büßen.«

Rosi bemerkte ein leichtes Zucken um Hildes Mund, es hätte sie nicht gewundert, wenn sie die Freundin zum ersten Mal in ihrem Leben weinen gesehen hätte. Doch Hildes Augen sahen sie fest und trocken an.

Rosi wollte einfach nicht wahrhaben, dass Hildegard ihre Tochter nach nunmehr fünfjährigem, regelmäßigem Briefkontakt, nur als unglückliches Produkt eines Fehltritts sehen konnte.

»Jetzt sag doch, tut dir Helene denn gar nicht leid? Sie ist immerhin deine Tochter. Und sie hat es im Leben zu so viel gebracht! Siehst du denn nicht auch …«

Wieder unterbrach sie Hildegard, und wieder verhärteten sich ihre Gesichtszüge. »Ich kann mir leid tun! Ich bin aus heiterem Himmel in diese fatale Zwickmühle geraten. Ich kann mir beim besten Willen nicht vorstellen, dass ich den Geldbetrag, den Helene von mir erbittet, jemals wieder zu Gesicht bekomme! Alles, was sie noch hat, sind Schulden!«

Rosi hatte plötzlich keine Lust mehr, weiter zu reden. Hildegards nicht enden wollendes Selbstmitleid und der absolute Unwille, sich auch nur einen Zentimeter aus der Komfortzone heraus zu bewegen, hatten auch Rosis Ausdauer aufgerieben. Mit der Dämmerung erfüllte Stille den Raum.

Als Anyana an die Tür klopfte, was sie in letzter Zeit auf Hildegards Ersuchen hin vor dem Eintreten immer tat, war Rosi erleichtert.

»Du kommst doch morgen wieder?« Hildegards Stimme holte Rosi noch ein, als sie schon an der Haustür war.

*

Hildegard konnte einfach nicht einschlafen. Es waren bestimmt schon zwei Stunden oder mehr vergangen, seit Anyana sie ins Bett gebracht und beim Verlassen des Zimmers das Licht gelöscht hatte. Nur der Spalt zwischen den zugezogenen Vorhängen ließ einen schmalen Streifen Helligkeit erkennen.

Der Brief, dessen Inhalt Hildegard wachhielt, lag in Griffweite. Diesen Brief hatte sie Rosi ausnahmsweise nicht mitgegeben. Er sollte zumindest so lange, bis Hildegard sich zu einer Lösung durchgerungen hatte, bei ihr bleiben. Und dann, dann würde ein Ausquartieren all dieser Briefe ohnehin nicht mehr nötig sein. Über diesen Gedanken könnte sie eigentlich Erleichterung empfinden. Könnte sie.

Anyana müsste nun schon eingeschlafen sein, dachte Hildegard. Sie griff zuerst nach dem Babyphon und schaltete es aus. Die Pflegerin sollte sie keinesfalls hören oder dabei beobachten, wie sie die Nachttischlampe anknipste und die beiden Briefpapierbögen aus dem Rilke-Gedichtband zog, den ihr die Schwiegertochter bei ihrem letzten Besuch mitgebracht hatte. ›Du magst doch Gedichte‹, hatte Sophie gesagt. ›Ich lese keine Gedichte mehr‹, hätte Hildegard ihr antworten können, ›schon gar keine Gedichte von Rilke, weil mich die nämlich melancholisch stimmen‹, und dass sie eine derartige Gemütslage in ihrem Alter und in ihrer aktuell ohnehin belastenden Situation bestmöglich meide, das hätte sie ihr auch noch sagen können. Stattdessen bedankte sie sich, und zwar recht herzlich.

Nun, dieser Gedichtband lag also schon seit Wochen neben dem Bett auf dem Nachttischkästchen. Und Rilke und Sophie sei Dank, bot dieses Buch zwischen seinen Seiten das perfekte Versteck für Helenes Schreiben.

Obwohl Hildegard den Text schon auswendig wusste, übten die beiden vollbeschriebenen Papierbögen auf sie eine Zugkraft aus, der sie sich kaum widersetzen konnte. Sie musste Helenes Schreiben in den Händen halten und Wort für Wort lesen. Wieder und wieder.

Liebe Hildegard!

Unzählige Briefe haben wir einander geschrieben und darin Vergangenes und Gegenwärtiges zu Papier gebracht. Alles im vorgegebenen Rahmen, versteht sich, ausgesprochenen und unausgesprochenen Regeln folgend, die von dir aufgestellt und von mir befolgt wurden, ohne Beschwerde, ohne Vorwurf, ohne Forderung. Wir wussten – besser: ich wusste! – was auszusparen war, nämlich alles, was für dich unbequem hätte werden können. Über Jahre hinweg habe ich mich gefügt, ohne an der Wand zwischen uns zu kratzen, im Wunschdenken, auf tragfähigem Boden zu stehen und in der gewagten Vorstellung, so spät im Leben trotz allem noch so etwas wie eine Mutter-Tochter-Beziehung zu orten. Haben wir denn zu einer Verbundenheit gefunden, in der wir uns nicht nur selbst, sondern auch die andere schadlos zu halten trachten?

Genau das ist die Frage, die nun, durch unglückliche Umstände in den Raum gestellt, endgültig Klarheit in unserer Beziehung einfordert.

Nun, es bleibt mir keine andere Wahl, als mit diesem Brief unser Luftschloss zu verlassen und dich mit harten Tatsachen zu konfrontieren. Die Schonzeit ist vorbei, ob ich das will oder nicht, ob ich Schuld daran trage oder nicht. Ich trage Schuld daran.

Hildegard, willst du mir helfen?

Zu den Fakten: Ich habe dir nie mitgeteilt, dass ich kurz nach Lillis Offenbarung dich und mich betreffend einen überaus gewinnbringenden Abend in einem Spielkasino verbrachte. Es war das erste Mal in meinem Leben, dass ich mit dem Glücksspiel in Berührung gekommen war, und ich muss gestehen, dass der Kitzel des Spannungsmoments und der darauffolgende schnelle Gewinn meine Endorphine explodieren ließen. Der Gutschein für den Kasinobesuch war ein Geschenk von Freunden, die dachten, der Kick des Spielens könnte mich aus dem quälenden Gedankenkarussell, in das ich mich durch das neugewonnene Wissen um meine Herkunft verstrickt hatte, befreien. Und, wie du meiner Darstellung entnehmen kannst, hatten meine Freunde recht gehabt.

Dass es nach dieser angenehmen Spielerfahrung nicht bei diesem einem Besuch im Kasino blieb, ist auch für dich bestimmt nachvollziehbar, zumal mir die Abende dort tatsächlich eine Pause von den lähmenden Grübeleien über dich und mich verschafften.

Als sich jedoch nach einigen Wochen auch Verluste einzuschleichen begannen, war ich vernünftig genug, um zu erkennen, dass meine Glückssträhne nicht von ewiger Dauer sein konnte, und so abrupt ich mit dem Spielen begonnen hatte, so abrupt beendete ich es auch wieder.

Beinahe zwanzig Jahre sollten vergehen, bis ich wieder ein Spielkasino betrat.

Es war wenige Tage nach meinem Pensionsantritt, also jene Zeit, in der ich beschloss, mit dir in Kontakt zu treten und in der du den ersten Brief von mir erhalten hast.

Wieder war es ein Geschenkgutschein von den oben bereits erwähnten Freunden, der mich ins Kasino führte. Die Atmosphäre im Haus war mir noch so vertraut, als ob ich am Vortag erst dort gewesen wäre. Und auch das Hochgefühl, das alles andere rundum sofort in den Schatten stellte, entfaltete sich unversehens.

Was weiter passierte, kannst du dir vermutlich vorstellen. Doch anders als beim ersten Mal zwei

Jahrzehnte davor, hatte ich diesmal nicht die nötige Willensstärke, die ich dem Spieltrieb hätte entgegensetzen müssen. Diesmal geriet alles aus dem Ruder.

Hildegard, ich möchte dir die Beschreibung der verschiedenen Etappen, die von nun an von Spielbegeisterung zu Spielsucht führten, ersparen, denn zu begreifen, wie es dazu kommen konnte, ändert nichts am Ergebnis. Und das Ergebnis lässt sich nur in harten Zahlen angeben.

Im Klartext bedeutet das: Um in meinem Haus weiterhin bleiben zu können, benötige ich 120.000 Euro. Ansonsten muss ich das Haus verkaufen, um meine Schulden abzahlen zu können. Die Bank gewährt mir keinen weiteren Kredit mehr.

Natürlich würde ich dir das Geld, sobald ich kann, zurückzahlen, bin aber realistisch und ehrlich genug, um die Wahrheit auszusprechen: Dass du es nämlich auf Grund deines Alters wohl nicht mehr erleben wirst, den gesamten Betrag zurückerstattet zu sehen.

Dennoch habe ich eine Idee, mit der du dich vielleicht anfreunden könntest: Ich würde, das kann ich dir versprechen, den Betrag in kleinen Raten bis zu meinem Lebensende an deine Enkelin zurück überweisen.

Liebe Hildegard, leider kann ich dir diesmal nicht schreiben, du mögest dir mit deiner Entscheidungsfindung Zeit lassen, denn die Zeit drängt, die Bank sitzt mir im Nacken. Ich bitte dich als deine Tochter, mir beizustehen. Es ist dies meine erste Bitte an dich und es wird auch meine letzte sein.

Lass mich wissen, wie deine Entscheidung lautet.

Sei herzlich gegrüßt,
Helene

Es war wohl schon weit nach Mitternacht, als die Müdigkeit übermächtig wurde und Hildegard von dem Druck auf der Brust, den ihr das Ringen nach einer Entscheidung auferlegt hatte, befreite. Sie schaffte es gerade noch, die Briefbögen wieder zwischen den Buchseiten zu verbergen und das Nachttischlämpchen auszuknipsen.

Für einen Gedanken an das noch immer ausgeschaltete Babyphon ließ ihr der Schlaf keine Zeit mehr.

*

Es war nicht Hildegards Stimme, die Anyana wie sonst immer vor der Morgendämmerung weckte, sondern ihre innere Uhr, auf die durch die jahrelange Konditionierung auch in den Nachtstunden Verlass war. Das Babyphon schwieg und auch der dazugehörige Bildschirm hob sich nicht von der Dunkelheit im Raum ab. Das Überwachungsgerät war ausgeschaltet, daran bestand kein Zweifel. Anyana war mit einem Mal hellwach. Sie musste sofort hinunter und bei Hildegard nachsehen.

Nicht einmal die Schnarchgeräusche, die normalerweise Hildegards Schlaf begleiteten, waren in der Wohnung unten hörbar, und Helene ging so nah ans Bett heran, bis sie den gleichmäßigen Atem der alten Frau und das leichte Steigen und Sinken der Bettdecke ausnehmen konnte. Sie hatte das Licht im Vorraum angelassen, die Helligkeit, die durch die angelehnte Tür ins Zimmer fiel, reichte Anyana, um die On-Taste des Babyphons ertasten und einschalten zu können. Eigenartig, sie war absolut sicher, vor dem Hinaufgehen am Abend den Online-Status des Babyphons noch kontrolliert zu haben. Sie machte das doch jeden Abend.

Ihr Blick tastete noch einmal das Zimmer ab, bevor sie sich entschloss, wieder hinaufzugehen. Leise, um Hildegard nicht zu wecken. Sie schlief ruhig und tief wie selten. Offenbar hatte sie der Nachmittag mit Rosi entsprechend geschafft. Kein Wunder, die beiden Damen schienen sich auch wirklich immer sehr aufgeregt zu unterhalten, und das stundenlang. Das musste für eine Fünfundneunzigjährige schon anstrengend sein. Andererseits, erwog Anyana, waren auch die freien Nachmittage nicht zu verachten, die Rosis Besuche ihr einbrachten, die beiden schickten sie schließlich immer hinauf in ihr Zimmer. Nun ja, Anyana konnte Hildegard die Besuche der Freundin ohnehin nicht verwehren, auch wenn sich diese in letzter Zeit zusehends häuften. Wie sie gestern mitbekommen hatte, sollte Rosi bereits am kommenden Nachmittag wieder auftauchen.

»Heute gut geschlafen, Frau Hilde?«, fragte Anyana, nachdem sie Hildegards spätem Morgenruf übers Babyphon gefolgt war und ihren Pflegling im Bett sitzend vorfand. Ohne eine Antwort abzuwarten, stellte sie die nächste Frage.

»Warum Babyphon ausschalten, Frau Hilde? Kann sein gefährlich, weil ich nicht hören, wenn Sie Hilfe brauchen«.

»Ist doch eingeschaltet«, rechtfertigte sich Hilde mit Blick auf das blinkende Gerät neben ihr auf dem Nachttischkästchen.

»Jetzt schon. In der Nacht war nicht«, sagte Anyana mit Bestimmtheit.

»Aber es kann sich doch nicht von selbst aus- und einschalten«, schloss Hildegard.

»Eben. Daher muss sein, dass Sie ausgeschaltet.«

»Aber warum wissen Sie, dass es in der Nacht ausgeschaltet war?« Hildegard schien nun tatsächlich etwas verunsichert.

»War hier nach Ihnen sehen. Auch ohne Ruf aus Babyphon. Sie schlafen tief und fest, ich wieder einschalten Gerät. Aber egal, jetzt ich machen erst einmal Frühstück, und Sie versprechen, dass nicht mehr ausschalten.« Anyana hatte keine Lust mehr, das Thema weiter auszuwalzen, und auch Hildegard schien bestrebt, der Sache mit dem Babyphon keine weitere Bedeutung zukommen zu lassen.

»Ach, was mir einfällt«, lenkte sie das Gespräch umgehend in eine andere Richtung, »heute Nachmittag möchte ich Rosi oben in der Puppenstube empfangen. Ein Tapetenwechsel tut uns bestimmt gut. Außerdem, vielleicht werde ich Rosi ja die eine oder andere Puppe vererben, mal sehen, ob ihr eine besonders gefällt. Wenn wir also gegen zwei Uhr hinauffahren, haben wir die Prozedur mit dem Treppenlift schon hinter uns, wenn Rosi ankommt, und du schickst sie dann einfach hinauf zu mir. Sie kennt sich ja aus im Haus.«

»Kein Problem, Frau Hilde, sicher gute Idee«, erklärte sich Anyana unverzüglich einverstanden. Der Gedanke, am Nachmittag einmal längere Zeit alleine und ungestört in Hildegards Wohnung verbringen zu können, gefiel ihr.

*

Gut, das wäre erledigt. Die beiden Damen würden den Nachmittag oben in der Puppenstube zubringen. Frau Hilde konnte ohne Anyanas Hilfe ja gar nicht wieder herunter gelangen. Rosi allein schaffte es mit Gewissheit nicht, sie mit dem Treppenlift ins Erdgeschoss zu transportieren.

Anyana schüttelte unwillkürlich den Kopf. Wie konnte eine gestandene Frau, noch dazu eine so nüchterne und kühle Person wie Hildegard Glas, eine geradezu sentimentale Ader für Puppen haben? Immer öfter bestand Frau Hilde darauf, Anyana beim Abstauben der Puppen zuzusehen, was natürlich mit einem erheblichen Mehraufwand für Anyana verbunden war. Dann sah ihr Frau Hilde mit verklärtem Blick zu, wie sie Puppe um Puppe vorsichtig mit dem weichen Mikrofasertuch streichelte. Denn etwas anderes als ein Streicheln war es nicht, Anyana konnte keinen Staub erkennen, der wegzuwischen gewesen wäre. Aber ums Staubentfernen ging es wohl gar nicht, Hildegard lag einzig und allein die Beschäftigung mit den Puppen am Herzen. Und sie wollte in deren Nähe sein. Letztes Mal passierte dann allerdings etwas tatsächlich Verrücktes: Hildegard verlangte nach einer ganz bestimmten Puppe, einer aus der zweiten Reihe, die nicht unbedingt zu den Eindrucksvollsten gehörte. Es fehlten Borten und Rüschen an Bluse oder Rock, Schmuck und Haarband. Einzig und allein das Halstuch, das den kreisförmigen Ring des Kopfansatzes verbarg, stach Anyana in die Augen. Ein Sternenhimmel auf nachtblauer Seide. Frau Hilde nannte diese Puppe Hermine. Während des gesamten Aufenthalts in der Stube gab sie Hermine dann nicht mehr aus den Händen. Versonnen ließ sie ihre Finger über die schulterlange drahtige Haarpracht und das Porzellangesicht gleiten. Als Anyana die letzte der Puppen mit dem Staubtuch behandelt hatte, bat Frau Hilde Anyana unvermittelt um eine Schere. Dann ging alles so schnell und passierte so unerwartet, dass Anyana nicht einmal einen Einwand gegen das, was sich gerade vor ihren Augen abspielte, vorbringen konnte. Es vergingen nur wenige Augenblicke, und Frau Hilde hatte aus der langhaarigen Hermine eine Puppe mit raspelkurzer Frisur gemacht. Nun konnte man auch die kleinen Löcher, aus denen die einzelnen Haare aus dem Kopf sprießten, erkennen.

»Das da bitte wegwerfen«, sagte Hildegard, sie meinte mit ›das da‹ das haarige Häufchen auf dem Fußboden. »Und Helene zurückstellen, in die zweite Reihe.«

Helene? Sie hatte die Puppe Helene genannt! Jetzt war es tatsächlich so weit, Frau Hilde wurde von Phasen der Verwirrtheit heimgesucht. Nun ja, abnormal war das nicht in dem hohen Alter, da konnte man die Namen Helene und Hermine schon einmal durcheinanderbringen.

Dieses eigenartige Ereignis hatte sich also vergangene Woche zugetragen. Und Anyana hätte auch gar nicht mehr daran gedacht, wenn die beiden alten Damen nicht gerade in der Puppenstube säßen, in der sich dieses seltsame Theater abgespielt hatte. Nun ließ sie sich in den gepolsterten Fernsehsessel fallen, der noch immer in Frau Hildes Zimmer im Eck stand, obwohl ihn kaum mehr jemand nutzte. Türen und Fenster standen weit offen, die Räume brauchten dringend einen Luftaustausch. Wenn Frau Glas im Zimmer war, durfte Anyana bestenfalls ein Fenster kippen, weil es sonst zu sehr zog. Noch immer wunderte sich Anyana darüber, dass alte Menschen schon ein Hauch von bewegter Luft irritierte. Dabei sollte Anyanas Empfinden nach besonders in Räumen, die von alten Menschen bewohnt werden, zumindest die Luft jung sein.

Diesen Nachmittag würden die Fenster jedenfalls offen bleiben. Anyana schloss für einen Moment die Augen und lauschte den wenigen Geräusche von draußen. Leise Stimmen aus dem Nachbarsgarten. Vogelgezwitscher, von der Sommerhitze schaumgebremst. Grillenzirpen. Der Lärm der Straße, wattiert.

Rosis und Frau Hildes Stimme konnte Anyana gar nicht hören, Rosi hatte das Fenster der Puppenstube, das Anyana schon am Vormittag geöffnet hatte, wohl wieder geschlossen.

Anyana erhob sich und ließ den Blick durch das Zimmer gleiten. Sie musste die Zeit, in der sie hier allein war, nutzen, um den Dingen nachzugehen. Um zu klären, was hier nicht stimmte. Um herauszufinden, was ihr Frau Hilde verschwieg. Denn dass sie ihr etwas verschwieg, stand für Anyana nach all dem, was sie bereits bemerkt hatte, außer Frage.

Zuerst würde sie noch schnell das Bett neu beziehen, der Duft nach frischer Wäsche würde dann zumindest für ein paar Tage den Mief abgestandener Luft überdecken. Ihr Blick kontrollierte das Babyphon auf dem Nachtkästchen, das jetzt verständlicherweise ausgeschaltet war. In der vergangenen Nacht war das eine andere Sache gewesen. Da hätte es durchgehend eingeschaltet sein müssen, und die einzige Person, die es hatte ausschalten können, war Hildegard. Warum also hatte Hildegard unbedingt unbeobachtet beziehungsweise unbelauscht sein wollen?

Beim Überziehen des Kissens streifte Anyanas Arm das Buch, das nun schon seit dem letzten Besuch von Sophie neben Frau Hildes Bett lag. Es rutschte vom Nachtkästchen, und als Anyana es wieder aufheben wollte, sah sie zwei lose Papierbögen zwischen den Buchseiten hervor lugen.

Anstatt sie an ihren ursprünglichen Platz ins Buch zurückzuschieben, zog sie die Bögen ganz heraus. Sie erkannte sofort die steile, regelmäßige Handschrift, die eindeutig dieselbe war, die sie auf den verschwundenen Briefkuverts schon einmal gesehen hatte. Diese beiden Papierblätter, die sie nun in Händen hielt, mussten mit Frau Hildes so streng gehütetem Geheimnis zu tun haben! Weshalb sonst hätte Frau Hilde dieses Schreiben in einem Buch direkt neben ihrem Bett versteckt?

Schlagartig wurde Anyana auch klar, weshalb Hildegard in der vergangenen Nacht den Babyphon-Kontakt zu ihr nach oben gekappt hatte. Sie wollte sich bei der Lektüre dieses Schreibens nicht belauschen lassen. Die Beschäftigung mit dem Inhalt des Textes musste sie dann allerdings derart erschöpft haben, dass sie das Wiedereinschalten des Babyphones vergessen hatte.

Anyana begann zu lesen und sank neben dem halb bezogenen Kissen auf die noch nackte Matratze. Was sich ihr nun auftat, ließ für Gedanken ans Bettüberziehen keinen Platz mehr. Ihr Erstaunen ging mit jedem neuen Satz, den sie las, in immer noch größere Fassungslosigkeit über. Vieles hatte sie für möglich gehalten, aber dass Frau Hilde eine heimliche Tochter hatte, die noch dazu hoch verschuldet war und für die sie, Frau Hilde, nun aufkommen sollte, übertraf ihre Vorstellungen bei weitem. Helene hieß diese Tochter also. Helene? Frau Hilde hatte doch unlängst ihre Puppe Hermine irrtümlich Helene genannt! Daher also wehte der Wind!

Helene war, wie sie dem Brief entnahm, schon seit mehr als fünfzehn Jahren in Pension, das heißt, Hildegard musste das Kind bekommen haben, als sie noch sehr jung gewesen war, jedenfalls mehrere Jahre vor Wielands Geburt, sicher auch vor der Heirat mit Viktor. Ob Wieland überhaupt von dieser Helene wusste? Und hatte Hildegards Mann je von einer Tochter seiner Frau erfahren?

Bevor Anyana die Papierbögen wieder ins Innere des Gedichtbandes zurücklegte, fotografierte sie mit ihrem Handy jede der beschriebenen Seiten. So war sie jedenfalls auf der sicheren Seite, denn wer weiß, ob nicht dieser Brief wie all die anderen zuvor sich ebenfalls in Luft auflösen oder bei Rosi landen würde.

Helene. Der Nachname wäre interessant. Sie öffnete die beiden Nachttischladen. Die untere war wie erwartet leer, die obere beinhaltete die Dokumentenmappe. Also alles wie gehabt. Instinktiv klappte sie die Mappe auf, und tatsächlich: gleich obenauf lag ein leeres Briefkuvert, beschrieben in derselben Handschrift wie die Papierbögen, adressiert an Rosi Fuchshuber.

Anyana drehte das Kuvert um und las: Dr. Helene Brandt.

*

Da saßen sie nun, zwei alte Frauen, umgeben von den Puppen, an denen die Zeit im Gegensatz zu ihnen keine sichtbaren Spuren hinterlassen hatte. Rosi betrachtete die glatte Oberfläche der großäugigen Schönheiten, die sie selbst vor Jahren – vor wie vielen eigentlich? – alle zwei Wochen auf Hildegards Verlangen hin gepflegt hatte. Dabei hatte sie auch die Möbel in der Stube so sorgfältig entstaubt und poliert wie die Puppen selbst. Damals war ihr Hildegard allerdings noch nicht Freundin, sondern nur Auftraggeberin gewesen, aber das hatte sich ja in den letzten Jahren entscheidend geändert.

Die Sprachlosigkeit der Puppen hatte sich offenbar auf die beiden Frauen übertragen, denn, ganz entgegen ihren sonstigen Gewohnheiten, saßen sie sich eine ganze Zeit lang stumm gegenüber, bis Rosi schließlich das Schweigen brach.

»Und? Hast du ihn schon verständigt?«

Hildegard war klar, dass Rosi mit ›ihn‹ ihren Sohn Wieland meinte. Und mit ›verständigt‹ hatte sie ›angerufen‹ gemeint, auch klar.

»Nein.«

Rosi hatte keine andere Antwort erwartet.

»Was wirst du tun?« Die barocke Märchenwelt der Puppen verlangte offenbar als Ausgleich nach schnörkelloser Nüchternheit. Nach Pragmatik.

»Es ihm sagen. Ich habe keine Wahl. Nur vorher werde ich noch mit Jenni reden. Sie hat ja einen baldigen Besuch bei mir schon angekündigt.«

»Was hat denn deine Enkelin damit zu tun?«

»Sie ist meine Enkelin.«

Rosis Gedanken überschlugen sich. In diese Richtung hatte sie noch gar nicht gedacht.

»Möchtest du nicht nur deinem Sohn, sondern auch Jenni etwas vererben?«

»Auch. Ja. Deshalb muss ich mit ihr reden.«

»Sitzen wir deshalb heute hier? Willst du ihr etwa die Puppen vererben?« Rosi lachte nun, denn sie hatte ihre Frage eigentlich scherzhaft gemeint.

»Nicht alle, aber eine.« Hildegard erwiderte Rosis Lachen nicht, ihre Lippen blieben ein schmaler Strich. Bewegung kam nur in ihre rechte Hand, deren Zeigefinger sich streckte und auf das Regal zeigte, auf dem ganz oben, in der zweiten Reihe, Hermine saß.

»Hol mir die mal runter bitte, die mit den abgeschnittenen Haaren.«

Rosi erhob sich, um die gewünschte Puppe vom Regal zu nehmen. Sie hatte natürlich auch diese Puppe schon oft im Zuge ihrer Aufräumarbeiten in den Händen gehalten, sie erkannte sie sofort, auch ohne die langen Haare.

»Um Himmels Willen, wer hat die denn so zugerichtet?« Rosi fand, dass Hermine mit den abgesäbelten Haaren entsetzlich aussah.

»Ich.«

»Aber warum denn, Hildegard?«

»Es ist mit mir durchgegangen.«

»Was soll das denn jetzt heißen?«

»Die Haare mussten einfach ab.« Hildegard nahm Rosi die Puppe aus der Hand. »Hermine ist eine andere geworden.«

»Hildegard, bitte! Deine Hermine ist eine Puppe und kein Mensch. Du bist doch sonst so vernünftig, und jetzt tust du geradezu, als ob …«

»Nimm sie und schraub ihr den Kopf vom Rumpf.« Hildegard hielt Rosi die Puppe wieder hin.

Rosi löste den Knoten des seidigen Sternenhimmels um Hermines Hals. Wie der Abdruck eines Stricks erschien Rosi der schwarze Kreis rund um den entblößten Halsansatz der Puppe, der Kopf war mit nur einer Drehung vom Rumpf getrennt.

»Und jetzt?« Rosi hielt den Kopf der Puppe in der rechten, den offenen Rumpf in der linken Hand.

»Schütteln!«

Rosi gehorchte, obwohl ihr die Situation mittlerweile mehr als absurd vorkam.

»Nicht den Kopf, nur den Körper!«

Nun kam sich Rosi mit einem Mal wieder vor, wie vor Jahren, als sie für Geld Hildegards Aufträge erfüllte.

»Was hörst du?«

»Hört sich an, wie das Rascheln von Laub.«

Nun lächelte Hildegard zufrieden. »Sehr gut. Genau. Und jetzt schau hinein.«

Rosi konnte im schwarzen Rumpf der Puppe nichts erkennen.

»Dreh sie doch um und zieh eines der Blätter heraus!« Das Lächeln war in Hildegards Gesicht stehen geblieben.

Was Rosi nun aus dem Puppeninneren hervorzog, hatte nichts mit einer romantischen Herbstblättersammlung zu tun, die das weiche Rascheln hatte vermuten lassen. So etwas hätte auch gar nicht zu Hildegard gepasst! Rosi blickte auf eine Eisenbahnbrücke, die auf der Rückseite des Geldscheines abgebildet war. Die Zahl 500 stand drauf. Rosi hatte noch nie einen 500 Euro Schein in der Hand gehabt.

»Wie viele sind da drinnen?« Ein erneutes Schütteln des Puppenrumpfes hörte sich nach einer ganzen Menge an.

»Achtzig.«

»Das sind ja dann …«

»Vierzigtausend.«

Der Schein in der Hand ließ nun auch den Groschen im Kopf fallen, mit einem Mal verstand Rosi, was die Puppe mit Jenni, und, aufgrund der veränderten Situation, mit Hildegards Tochter zu tun hatte. Sogar die abgesäbelten Haare ergaben nun Sinn. Helene hatte kurze Haare, so nun auch Hermine.

Rosi nickte. Hildegard sagte: »Ich sehe, du verstehst.«

»Das ist dann gerade mal die Hälfte, die du flüssig hast«, schloss Rosi, »und die hattest du als Erbe für Jenni vorgesehen. So und so, wenn du deiner Tochter aus der Patsche helfen willst, musst du auf dein Konto zugreifen.«

»So ist es. Und dazu brauche ich Wieland.«

»Das heißt, die Puppe samt Inhalt kann testamentarisch weiterhin an deine Enkelin gehen. Denn ob du Wieland für eine Kontoüberweisung von 40.000 oder 120.000 Euro in Kenntnis setzen musst, ist auch schon egal.«

»Du redest geradezu, als ob ich über Millionen verfügen würde!« Hildegards Gesichtszüge hatten wieder einen leidenden Ausdruck angenommen.

»Nun ja, Viktor hat dich wohl nicht gerade mittellos zurückgelassen.« Rosi zwinkerte ihrer Freundin zu.

»Das Problem ist …«, Hildegard zögerte.

»Wieland. Ich weiß. Aber du wirst das schon regeln.« Rosi spürte ihren Geduldsfaden immer dünner werden, sie hatte nun selbst bemerkt, dass sich in ihre Stimme eine gereizter Nebenton eingeschlichen hatte. Schließlich verfügte ihre Freundin über finanzielle Mittel, von denen andere nur träumen konnten, sie, Rosi, inklusive. Dieses Kapital nun den Notwendigkeiten entsprechend aufzuteilen, müsste doch zu machen sein! Hildegards eigene Lebenssituation würde davon ohnehin nicht im Geringsten betroffen sein. Und dann diese übertriebene Angst vor dem klärenden Gespräch mit ihrem Sohn!

»Den Schmuck hab ich übrigens dir zugedacht.« Das kam unvermittelt. Futter für Rosis Loyalität. Hildegard hatte ganz offensichtlich ein Gespür für den

Moment, in dem die Treue der Freundin ihr gegenüber zu bröckeln drohte.

»Das steht aber ohnehin alles im Testament. Und das liegt in der Dokumentenmappe zwischen der Geburtsurkunde und dem Staatsbürgerschaftsnachweis. Rosi, du sollst das wissen, wenn es dann soweit ist.«

Der in Aussicht gestellte Schmuck verfehlte seine Wirkung nicht. All die Ressentiments, die gerade noch in Rosi aufgekeimt waren, fielen unversehens in sich zusammen. Hildegard war ihre Freundin. Sie vermachte ihr sogar den wertvollen Schmuck.

»Soll ich vielleicht mit Wieland reden?« Nun war Rosi am Zug, eindeutig. Aus Dankbarkeit oder aus Freundschaft, das war schließlich egal, es machte keinen Unterschied.

»Nein, Rosi, danke, das muss ich selbst tun. Aber zuerst rede ich wie gesagt mit Jenni.«

Die Abendsonne, die die Puppenstube in rosarotes Licht tauchte, zeigte den beiden Frauen, dass es spät geworden war. Für diesen Tag war auch alles gesagt. Anyana konnte kommen und Hildegard wieder hinunter befördern.

Hermine saß wieder an ihrem Platz, Rosi fand, dass die Sterne um ihren Hals etwas zu golden strahlten. Aber womöglich sah man das nur, wenn man von dem Schatz in der Puppe wusste.

*

Früher hatte ihm die Hitze nichts ausgemacht. Ganz im Gegenteil, er hatte sie gesucht, sich sogar zum Bearbeiten der Akten in die pralle Sonne auf die Südterrasse gesetzt, ohne ausgefahrene Markise, ohne Sonnenschirm. Hatte die Möglichkeit, neben der Arbeit Urlaubsbräune aufzuziehen, oft genutzt.

Wieland wischte sich mit dem Ärmel den Schweiß von der Stirn. Wie das brannte, gerade waren ihm ein paar Tropfen davon ins Auge gekommen. Die Markise überdeckte die Terrasse zur Gänze, die großen Tontöpfe mit den Zitrusfrüchten – Limonen, Kumquats, Mandarinen – hatte er nah an die Hausmauer gerückt, damit sie auch noch am späten Nachmittag vor direkter Sonneneinstrahlung sicher waren. Hitze ja, Sonne nein, das war Wielands Credo bezüglich der Haltung von Agrumen, denn es entsprach, wenn auch entgegen diversen Ratgebern für Hobbygärtner, seiner langjährigen Erfahrung. Es gab in Wien mit Bestimmtheit keine gesünderen und kräftigeren Zitrusbäumchen als die seinen.

Während Sophie sich um den Rest der vielfältigen Flora auf der Terrasse kümmerte, waren Limonen & Co. Wielands Sache, mehr noch, sie waren sein Spezialgebiet. Er wusste genau über die Menge von Eisen und Kalium Bescheid, die im Flüssigdünger enthalten sein musste, er wusste, wie viel Wasser die Bäumchen brauchten, um weder zu verdursten noch zu ertrinken, und nutzte sogar Feuchtigkeitsmesser, um Staunässe zu vermeiden. Vor dem ersten Frost ließ er die Bäume vom Gärtner zum Überwintern im Glashaus abholen, um sie nach den Eismännern im Mai wieder in seine Obhut zu nehmen.

Schon wieder »Apache«. Zum dritten Mal. Diesmal konnte er das Telefon, das er im Wohnzimmer abgelegt hatte, nicht mehr ignorieren. Das Instrumentalstück der Shadows hatte seit Wielands Jugend zu seinen Lieblingsstücken gezählt, deshalb hatte er es auch als Klingelmelodie für sein Handy ausgewählt. Ein fataler Fehler. Denn seither assoziierte er das Musikstück nur mehr mit dem Eingang eines Anrufs, und Anrufe empfand er meist als Ruhestörung.

»Glas?«, sagte er, nachdem er den Anruf entgegengenommen hatte. Wieland hatte sich nicht abgewöhnt, am Telefon zuallererst seinen Namen zu nennen, obwohl der Anrufer oder die Anruferin doch wohl bei vollem Bewusstsein die Nummer der gewünschten Kontaktperson gewählt hatte und somit über deren Identität keine Zweifel haben dürfte. Wieland sagte dieses »Glas« zudem mit lang gedehntem und nach oben gezogenem a, so als ob er die Nennung seines Familiennamens als Frage verstünde. Dass die Anruferin Anyana war, hatte er auf dem Display des Telefons natürlich auch schon gesehen.

»Herr Doktor Glas, Anyana hier, Entschuldigung die Störung.« Anyanas Stimme klang aufgekratzt.

»Kein Problem«. Wielands antrainierte Höflichkeit überdeckte seinen Unwillen. »Ist etwas mit meiner Mutter?«

»Nein. Also, nicht direkt, nicht gesundheitlich«, wand sich Anyana. »Es ist nur, müssen Ihnen etwas sagen, Herr Doktor, ist wichtig.«

Wieland stieg von einem Fuß auf den anderen. Er spürte, wie der Nacken sich zu verspannen begann und Schmerz von der rechten Schulter zur Schläfe aufstieg. Er würde dann gleich eine Tablette nehmen, um die Schmerzleitung noch rechtzeitig zu unterbrechen. Es war nicht nur die Hitze, die ihm das plötzliche Unwohlsein bescherte, es war auch Anyanas Anruf, der ihm offenbar schon Kopfzerbrechen bereitete, bevor er noch wusste, worum es diesmal überhaupt ging.

»Hat sie wieder einmal was durcheinander gebracht? Das ist doch nicht tragisch, Frau Anyana, wir haben darüber doch schon gesprochen. Ein wenig Demenz ist in Mutters Alter ganz normal.« Obwohl er noch nicht wissen konnte, was ihm die Pflegerin eigentlich berichten wollte, hielt er es für angezeigt, ihre Mitteilung bereits vorab zu entschärfen. Sie machte nun mal gerne aus einer Mücke einen Elefanten, und sein Kopf war für aufgebauschte Dramen heute wirklich nicht prädestiniert.

»Das ist es nicht. Ganz und gar nicht. Frau Hilde nicht dement. Frau Hilde haben Tochter.«

Diese Meldung ließ Wieland sein aufkeimendes Kopfweh vergessen und ihn laut auflachen.

»Sohn, Frau Anyana. Meine Mutter hat einen Sohn, keine Tochter. Aber macht nichts«, er unterdrückte nun sein Lachen, denn es schien ihm plötzlich zu unbeherrscht, »deutsche Sprache schwere Sprache, und die Gegenteile liegen im Sprachzentrum nah beieinander, kann also ohne weiteres passieren, dass …«

»Sie Sohn, aber Frau Hilde haben auch Tochter«, unterbrach Anyana Wielands Vortrag mit einer Schärfe, die zu erkennen gab, dass sie Wielands Annahme missbilligte, sie hätte in ihrer Deutschschwäche die Wörter Sohn und Tochter verwechselt.

»Wie?« Nun stellte Wieland die Gießkanne, die er noch immer in der linken Hand hielt, auf dem Wohnzimmerboden ab. Er würde nicht so schnell wieder zu seiner Tätigkeit auf der Terrasse zurückkehren können. Anyana schien zu fantasieren, wenn das so weiterging, musste er die Agentur verständigen. Dabei war Anyana nun schon an die fünf Jahre die erste Wahl gewesen, seriös und absolut verlässlich.

»Herr Doktor Glas«, redete sie hastig weiter, wohl in der Befürchtung, dass Wieland ihre Mitteilung nicht ernst nahm, »es gibt Beweise.«

Das Wort ›Beweise‹ verfehlte seine Wirkung nicht, in seinem Berufsleben hatte Wieland auch mit Beweisen zu tun gehabt, und an Beweisen gab es kaum etwas zu rütteln.

»Welche Beweise?« Es gab kein Zurück mehr, er musste Anyanas Behauptung Gehör schenken.

»Briefe. Briefe von Helene an Hildegard Glas. Stehen alles drinnen und noch viel mehr.« Hektisches Atmen drang an Wielands Ohr, Anyana schien äußerst aufgeregt.

»Langsam, Frau Anyana.« Die berufsbedingte jahrzehntelange Programmierung auf nüchtern durchdachtes, emotionsfreies Erwägen der Fakten überlagerte die persönliche Betroffenheit, Wieland war unvermittelt wieder ganz Jurist, dessen vorrangige Aufgabe es war, die Wahrheit ans Licht zu bringen. »Was also führt Sie zu der Überzeugung, dass diese Helene die Tochter meiner Mutter ist?«

»Stehen alles in Brief. Ich Foto gemacht, für den Fall, dass Brief wieder verschwinden. Kann Ihnen schicken auf Handy.«

»Ja, tun Sie das bitte, Frau Anyana.« Das Tempo, das Anyana in der Übermittlung ihrer Entdeckung vorlegte, war rasant. Damit hatte Wieland nicht gerechnet. Schon hörte er den Klick, auf seiner WhatsApp war Post eingelangt.

»Schon weg:« Stolz war aus Anyanas Stimme herauszuhören.

»Danke einstweilen, Frau Anyana«, sagte Wieland, »ich werde alles in Ruhe lesen. Dann melde ich mich nochmal bei Ihnen.«

»Noch was. Das stehen nicht in Brief, ich aber gefunden, Absender auf Kuvert. Ihr Nachname ist Brand. Doktor Helene Brand.«

*

Die Gießkanne stand noch immer halb leer auf dem Wohnzimmerparkett und die Tür zur Terrasse halb offen, als Sophie ihren Mann am späten Nachmittag vor seinem Laptop sitzend vorfand. Eine fette Wespe – oder war es eine Hornisse – prallte immer wieder im Flug gegen die Fensterscheibe. Den befreienden Türspalt schien sie nicht zu finden. Wieland, der normalerweise nicht einmal eine Stubenfliege im Zimmer duldete, schien das herumschwirrende und penetrant brummende Insekt nicht wahr zu nehmen.

Außer dem Zeigefinger der rechten Hand, die auf der Computermaus lag, schien er völlig bewegungslos.

Selbst seine Pupillen bewegten sich keinen Millimeter vom Monitor weg, als Sophie den Raum betrat.

»Hallo! Ich bin wieder da! Hast du denn mein Läuten nicht gehört? Ich habe den Schlüssel nicht gleich gefunden und ihn erst aus den Tiefen meiner Handtasche hervorkramen müssen.« Sophie sah sich im Raum um. Das Frühstücksgeschirr, das Wieland an Tagen, an denen sie Dienst hatte, sonst immer in den Geschirrspüler räumte, stand noch auf dem Esstisch, Hemd und Jeans hingen über der Sessellehne, Wieland selbst war noch in Boxershorts und T-Shirt, ganz so, wie sie ihn am Morgen verlassen hatte.

Mit dem Zuklappen des Laptops löste sich sein Blick vom Monitor.

»Ich habe dich bei etwas Wichtigem gestört?« stellte Sophie als Frage getarnt fest. Bei welchen Gelegenheiten sind Männer derart abwesend, dass sie alles andere vergessen? Ausblenden? Überhaupt nicht wahrnehmen? Nicht das Läuten an der Haustür? Nicht das Nachhausekommen der eigenen Frau? Sie hatte Wieland zwar noch nie beim Anschauen eines Pornos ertappt, aber sie hielt es für wahrscheinlicher als unwahrscheinlich, dass er diesbezüglich keine Ausnahme unter den Männern darstellte.

»Es macht mir nichts aus, wenn du dir im Internet anschaust, was dir Vergnügen verschafft«, sagte sie und kam sich dabei sehr liberal vor, selbst wenn ihre Aussage nicht ganz der Wahrheit entsprach.

»Waaaas?« Sophie sah in perplexe Augen, die an ihr vorbei auf die Uhr an der Wand schauten. »Es ist schon fünf Uhr?«

Wielands Fassungslosigkeit, stellte sie fest, bezog sich gar nicht auf ihre in den Raum gestellte Vermutung, sondern vielmehr auf seine plötzliche Erkenntnis, dass der Tag an ihm vorbeigezogen war, als hätte es ihn gar nicht gegeben.

»Ich habe eine Schwester.« Er sagte es in die Zeit hinein, die jetzt doch stehen geblieben schien, in den Raum hinein, der vor seinem Wissen von der Existenz Helenes genauso ausgesehen hatte wie jetzt, und in dem sein Blick nun irgendwo hängenblieb, an einer Stelle, die Sophie nicht festmachen konnte. Das brummende Insekt durchkreuzte weiter im Zickzackkurs das Zimmer.

»Schatz, geht es dir gut?« Sophie war nun ganz Krankenschwester. Der Pornoverdacht spielte keine Rolle mehr, er hatte sich erübrigt. Wieland war völlig durch den Wind, soviel stand fest. Alles, was Sophie bezüglich plötzlich auftretender Verwirrtheit in ihrer Ausbildungszeit gelernt hatte, stand mit einem Male wieder vor ihrem geistigen Auge: Verwirrtheit konnte auf Vieles zurückzuführen sein, von Flüssigkeitsmangel, Drogen, Vergiftung, Medikamentenmissbrauch, akuten Hirnerkrankungen angefangen bis hin zu Demenz und psychischen Störungen. Keine dieser möglichen Ursachen beruhigte sie.

Die Hand, die Sophie prüfend auf Wielands Stirn legte – sie fühlte sich kühl an, was Fieber ausschloss – schüttelte er unwillig ab.

»Ich habe eine Schwester.« Er wiederholte seine Aussage im selben Tonfall, wie er auch gesagt hätte: Ich habe Hunger. Oder: Mir ist langweilig. Oder: Es regnet. Er sagte es so, wie man eine unumstößliche Tatsache einfach in Worte fasst, wobei die artikulierten Worte an der Tatsache selbst nicht rütteln können und auch nicht wollen.

Unwillkürlich ging Sophie in die Küche und kam mit zwei randvoll mit Wasser gefüllten Gläsern zurück. Den Inhalt eines dieser Gläser trank sie in einem Zug.

»Trink das«, sagte sie und drückte Wieland das zweite Glas in die Hand.

»Du hast also eine Schwester?« Sophie bemühte sich, ihre Stimme gütig und gleichmütig klingen zu lassen, man sollte ja, wie sie gelernt hatte, Menschen mit Wahnvorstellungen unaufgeregt begegnen und nicht widersprechen, sondern ernsthaft auf deren Aussagen eingehen.

»Ja. Und es besteht kein Zweifel.« Er klappte den Laptop wieder auf und gab das Passwort ein. Im Bilder-Ordner öffnete er das letzte Foto, das er von Anyanas WhatsApp-Nachricht auf den PC heruntergeladen hatte. Ein in Handschrift vollbeschriebenes Blatt Papier erschien unverzüglich auf dem Monitor. Sophie ging mit dem Gesicht so nahe an den Laptop heran, dass sie den Brief auch ohne Brille mühelos lesen konnte:

Liebe Hildegard!

Unzählige Briefe haben wir einander geschrieben und darin Vergangenes und Gegenwärtiges zu Papier gebracht. Alles im vorgegebenen Rahmen, versteht sich, ausgesprochenen und unausgesprochenen Regeln folgend, die von dir aufgestellt und von mir befolgt wurden, ohne Beschwerde, ohne Vorwurf, ohne Forderung. Wir wussten – besser: ich wusste! – was auszusparen war, nämlich alles, was für dich unbequem hätte werden können. Über Jahre hinweg habe ich mich gefügt, ohne an der Wand zwischen uns zu kratzen, im Wunschdenken, auf tragfähigem Boden zu stehen und in der gewagten Vorstellung, so spät im Leben trotz allem noch so etwas wie eine Mutter-Tochter-Beziehung zu orten. Haben wir denn zu einer Verbundenheit gefunden, in der wir uns nicht nur selbst, sondern auch die andere schadlos zu halten trachten?

Genau das ist die Frage, die nun, durch unglückliche Umstände in den Raum gestellt, endgültig Klarheit in unsere Beziehung einfordert.

»Ja, aber …«, Sophie hielt im Lesen inne. »Wie kommst du drauf, dass diese Hildegard, an die dieses Schreiben gerichtet ist, unbedingt deine Mutter sein muss? Es gibt Tausende von Hildegards. Und wie kommst du überhaupt zu diesem Schreiben?« Eine fiebrige Aufgeregtheit hatte Sophies Sorge um Wielands Geisteszustand ersetzt. »Es ist doch schlichtweg unmöglich, dass deine Mutter, also deine Mutter …«

»Lies weiter!« Wieland klang nun ungeduldig und aufgekratzt, keine Spur mehr von es regnet oder mir ist langweilig – Lethargie.

Zu den Fakten: Ich habe dir nie mitgeteilt, dass ich kurz nach Lillis Offenbarung dich und mich betreffend einen überaus gewinnbringenden Abend in einem Spielkasino verbrachte. Es war das erste Mal in meinem Leben, dass ich mit dem Glücksspiel in Berührung gekommen war, und ich muss gestehen, dass der Kitzel des Spannungsmoments und der darauffolgende schnelle Gewinn meine Endorphine explodieren ließen …

… Liebe Hildegard, leider kann ich dir diesmal nicht schreiben, du mögest dir mit deiner Entscheidungsfindung Zeit lassen, denn die Zeit drängt, die Bank sitzt mir im Nacken. Ich bitte dich, als deine Tochter, mir beizustehen. Es ist dies meine erste Bitte an dich und es wird auch meine letzte sein.

Lass mich wissen, wie deine Entscheidung lautet.

Sei herzlich gegrüßt,
Helene

»Noch immer Zweifel?« Diesmal war es Wieland, der in ein fassungsloses Gesicht schaute. Er hatte die Fassung wiedergefunden, jetzt, wo die Katze aus dem Sack und er nicht mehr ihr alleiniger Hüter war. »120.000 Euro!«, wiederholte Sophie das eben Gelesene, sie hauchte diese Zahl mehr als sie sie sprach, danach schien sie die Sprache verloren zu haben, was sonst so gut wie nie vorkam. Jetzt war er der einzig Bewegte im Raum, Sophie verharrte in der dem Bildschirm zugeneigten Haltung, ihren empfindlichen Bandscheiben zum Trotz, und selbst das dicke Insekt klebte stumm und scheintot an der Fensterscheibe, vom Flug erschöpft.

*

Etwa zur selben Zeit, zumindest am selben Abend, an dem Wieland und Sophie damit beschäftigt waren, die brisante Neuinformation zu verdauen, hievte Jenni ihren Koffer aus dem 4er-Bus, der sie vom Bahnhof in die Riedenburg befördert hatte. Diesmal wollte sie länger bleiben. Sie hatte ihr baldiges Kommen zwar angekündigt, der Großmutter das genaue Datum jedoch nicht mitgeteilt. War ja auch nicht nötig.

Die vergangenen Wochen waren anstrengend gewesen, die römische Hitze drückend, die Lehrveranstaltungen und Korrekturen der Seminararbeiten mühsam, das Privatleben nicht gerade berauschend. Der richtige Zeitpunkt für einen Salzburgaufenthalt, wie sie befand.

Sie stieg auf ihren Koffer, um mit den Fingern an die Fensterscheibe im Erdgeschoss heranzureichen. Die Großmutter sollte als Erste ihre Ankunft mitbekommen, nicht Anyana. Die Großmutter würde ihr drei Mal drei Mal Klopfen mit hundertprozentiger Sicherheit erkennen, das war schon seit jeher ihr Geheimzeichen.

»Jenni, wie schön!«, hörte sie die vertraute Stimme auch schon durch das Glas hindurch. Irgendwie kam in Jenni immer auch ein wenig das Gefühl des

Nachhausekommens auf, sobald sie das Haus in der Felsengasse betrat. Kindheit und Heimat haben einen gemeinsamen Nenner, der die Summe aller möglichen Komponenten sein konnte. In Jennis Fall überwogen jedenfalls, das Haus in der Felsengasse betreffend, die erfreulichen.

»Diesmal haben wir viel vor«, sagte die Großmutter mit wachem Blick und ohne Umschweife und Jenni schien, als ob sie nur so darauf gewartet hätte, ihre Vorhaben an Ort und Stelle und unverzüglich in die Tat umzusetzen. Es fehlten selbst die sonst gleich nach der Ankunft unumstößlichen Fragen, wie die Reise war, ob sie Hunger hätte, müde wäre, sich erst etwas ausruhen wolle. Nein, nichts dergleichen, sie hätten viel vor, sagte die alte Frau stattdessen und saß Jenni dabei sehr aufrecht in ihrem Rollstuhl gegenüber.

»Oma, es geht dir gut, wie ich sehe, das freut mich«, sagte Jenni, erleichtert, die Großmutter in offenbar recht vitalem Zustand anzutreffen, denn auch Jenni war sich der Tatsache bewusst, dass es bei ihrer Großmutter einmal schnell gehen konnte mit dem Schlechter werden, wie ihr Vater es formulierte. ›Wir müssen auf alles gefasst sein, in ihrem methusalemschen Alter kann es schnell gehen‹, so seine Worte. Jenni hatte daraufhin im Internet recherchiert und in Erfahrung gebracht, dass Methusalem laut Bibelbericht 969 Jahre alt geworden war. Das machte Hoffnung.

»Wissen deine Eltern, dass du bei mir bist?«

»Noch nicht, aber ich werde sie gleich anrufen und Bescheid geben.«

»Nicht nötig. Ich meine: Lass dir Zeit damit«, die alte Frau zwinkerte ihrer Enkelin zu, »sie müssen ja nicht immer alles wissen.«

Die Großmutter überraschte sie.

»Ich möchte dir etwas …« Bevor Hildegard Glas das Wort »sagen« ergänzen konnte, platzte Anyana ins Zimmer.

»Haben gekocht, Hühnersuppe. Haben sicher Hunger von langer Reise?« übernahm sie diesmal Großmutters Rolle im Fragestellen und nahm Jenni auch gleich am Ellbogen, um sie ins Nebenzimmer an den Esstisch zu befördern.

»Suppe kann warten!« Hildegards Bestimmtheit ließ keinen Zweifel daran, dass in diesem Moment sie das Sagen hatte, nicht die Pflegerin. »Ich muss mit Jenni vorher noch etwas besprechen.«

»Ich muss dir etwas sagen, Jenni«, begann sie ihre Rede erneut, sobald sie wieder allein im Zimmer waren. Sie schaute die Enkelin mit runden Augen an, Jenni kam es so vor, als ob sogar der Wimpernschlag aussetzte.

»Ich habe eine Tochter«, fiel sie mit der Tür ins Haus. Sie artikulierte diese Feststellung in derselben Tonlage wie Wieland sein an Sophie gerichtetes »Ich habe eine Schwester«, nicht wissend, was sich zeitgleich in Wien im Haus ihres Sohnes abspielte.

»Einen Sohn, Oma. Du hast einen Sohn. Aber das weiß ich natürlich genauso wie du.« Erste Bedenken den Geisteszustand der Großmutter betreffend regten sich in Jenni.

»Einen Sohn habe ich selbstverständlich, wie wir alle wissen. Aber eben auch eine Tochter.«

»Duuuu? Du hast neben Papa noch ein Kind? Wie lange denn schon? Weiß Papa davon?« Eine Andeutung von Belustigung blitzte nun in Jennis Augen auf, nein, Hildegard hatte sich das nicht eingebildet, eine Reaktion, die zugleich unerwartet wie auch entwaffnend war. Hildegard fühlte unvermittelt einen Teil des Drucks abfallen, der sich in den letzten Wochen und Tagen beinahe unerträglich in ihr aufgebaut hatte. Der Blick entspannte sich, ebenso die Körperhaltung. Zum ersten Mal hatte sie das Gefühl, dass die Lage nicht ausweglos war, denn Jennis Worten und Blicken entnahm sie Staunen und Aufgeregtheit, aber keine Spur von Anklage.

»Ja, ich. Seit 74 Jahren. Und nein, Papa weiß nichts von seiner Schwester.« Drei Antworten auf drei Fragen. Die Großmutter war geistig topfit, Jenni konnte von der Richtigkeit ihrer Aussagen ausgehen.

»Das heißt …«, jetzt war Jenni am Rechnen, »du warst gerade einmal zwanzig Jahre alt, als du deine Tochter zur Welt gebracht hast. Also einige Jahre, bevor du Opa …«

»Ja, klar«, fiel ihr die Großmutter ins Wort, »ich war ja noch nicht einmal mit der Lehrerbildungsanstalt fertig. Den Opa habe ich überhaupt erst ein paar Jahre später kennengelernt.«

»Aber warum …«

Wieder unterbrach die Großmutter sie, bevor sie die Frage ausformulieren konnte, denn sie wusste, dass es nicht bei einem ›Warum‹ bleiben konnte, in Jenni mussten nun Unmengen von ›Warums‹ auftauchen.

»Weißt du was, Jenni? Wir essen jetzt erst mal die Hühnersuppe, und dann haben wir den ganzen Abend Zeit für deine Fragen und meine Antworten. Ich werde dir alles erzählen, was du über Helene wissen willst.«

»Helene heißt also meine Tante? Schöner Name, finde ich.«

*

Gerne hätte er noch einmal mit Rosi gesprochen, bevor er zu der unbekannten Frau, die seine Schwester sein sollte, den persönlichen Kontakt suchen würde. Aber Rosi hatte sein Vertrauen verspielt, sie hatte ihm bei ihrem letzten Treffen in Salzburg ins Gesicht gelogen, ihn dumm sterben lassen. Sie hatte nicht nur die Unwahrheit gesagt, sie hatte gleichzeitig wissentlich und vorsätzlich die Wahrheit verschwiegen. Er hätte ein Recht auf die Wahrheit gehabt. Jeder hat ein Recht auf die Wahrheit, umso mehr, wenn die Wahrheit die eigene Familie betrifft. Rosi hatte ihn vorsätzlich getäuscht. Unverzeihlich. Der Beweis lag auf der Hand, es gab nicht mehr den geringsten Zweifel, dass Rosi schon lange von Helene gewusst hatte und seiner Mutter komplizenhaft zur Seite gestanden war. Sie hatte den jahrelangen Briefwechsel überhaupt erst ermöglicht, die Briefe erreichten die Mutter über Rosi, Helene Brand hatte sie an Frau Rosi Fuchshuber adressiert. Er hatte ja geahnt, dass irgendetwas im Busche war, als Jurist hatte er schließlich ein feines Sensorium für solche Dinge, aber wer hätte ahnen können, worum es sich um dieses Irgendetwas handelte.

Er hätte dieser Ahnung vom Anfang an konsequent nachgehen müssen, aber etwas in ihm hatte ihn zurückgehalten, zu einer Nachlässigkeit verführt, die sonst überhaupt nicht seine Art war.

Auch wenn Sophie meinte, man müsse Rosis Verhalten verstehen, Rosi stünde doch unter der Fuchtel ihrer früheren Arbeitgeberin und fühlte sich zudem zu lebenslanger Loyalität verpflichtet. ›Du kennst doch deine Mutter‹, hatte sie gemeint, ›die hat doch schon immer die Strippen gezogen und die Menschen nach ihrer Pfeife tanzen lassen. Und‹, hatte sie ergänzt, ›wenn du schon wütend bist, dann richte deine Wut in erster Linie gegen deine Mutter. Sie ist schließlich diejenige, die dir dein ganzes Leben lang deine Schwester vorenthalten hat.‹

Ja, kannte er denn seine Mutter? Nein, er kannte sie ganz und gar nicht, da war er sich nun so sicher wie nie zuvor, er kannte nur ihre Fassade, was sich dahinter abspielte, hatte er nie hinterfragt, auch nie zu hinterfragen gewagt. Mutter hatte, wenn man es genau betrachtete, seiner Kenntnis nach zu kaum jemandem eine vertrauliche oder gar herzliche Beziehung aufgenommen, mit einer Ausnahme: Jenni. Ihr gegenüber war sie anders. Da war sie so, wie er sie gerne als Kind erlebt hätte. Zugewandt, fürsorglich, verständnisvoll, humorvoll. Zwischen ihm und seiner Mutter stand jedoch zeitlebens eine undurchdringliche Wand, die Kälte ausstrahlte. Wieland war kältescheu, er hielt den Sicherheitsabstand zu dieser eisigen Wand strikt ein. Der Blick hinter die Fassade blieb ihm folglich verwehrt.

Aber zurück zu Rosi, die durfte er in seinen Reflexionen nicht außer Acht lassen, denn zu ihr hatte die Mutter zweifellos eine eigene Art von Nahbeziehung, eine andere als zu Jenni, versteht sich, aber Rosi war von Mutter nicht wegzudenken, jetzt schon gar nicht mehr. Sie dürfte nach Jenni ihrem Herzen am nächsten stehen, und wenn schon nicht ihrem Herzen, dann ihrer Bedürftigkeit jenseits der altersbedingten Leiden, deren Linderung in Anyanas Aufgabenbereich fiel.

Noch einmal lief das letzte Treffen mit Rosi im Café Bazar vor Wielands geistigem Auge ab, mit einer Schärfe, die ihn selbst überraschte, und mit der Erkenntnis, dass er Rosis dubiose Rolle in der Angelegenheit nolens volens schon damals bemerkt hatte. Denn als er Rosi direkt auf die angeblichen Briefe in der Nachttischlade seiner Mutter ansprach, hatte sie erst irritiert reagiert und dann alles sehr schnell und scheinbar leichthin auf Anyana geschoben. Anyana hat wohl fantasiert, vielleicht um sich wichtig zu machen, hatte sie die Sache abgetan, mit einem Blick, der das Weite gesucht hatte, von Wieland weg durch das Fenster auf die gegenüberliegende Häuserfront am Salzachufer. Das hatte ihn natürlich stutzig gemacht, denn dieses Verhalten entsprach ganz und gar nicht der Offenherzigkeit jener Rosi, die Wieland seit Kindheitstagen kannte. Und spätestens in dem Augenblick, als Rosi sein Angebot, sie nach dem Kaffeehausbesuch nach Hause zu fahren, ablehnte und stattdessen zum Taxistand eilte, hätte er seine Bedenken als Tatsachen akzeptieren müssen. Eine Rosi, die vor ihm das Weite suchte, hatte etwas zu verbergen. Ein Faktum, dem er sich nicht hätte verschließen dürfen.

Wieland hatte jedoch seine Ahnungen einfach weggewischt, in der Annahme, dass Wegschauen die beste Lösung für ihn wäre, jedenfalls die Lösung, die seine Komfortzone am wenigsten tangierte. Was ich nicht weiß macht mich nicht heiß. War das nicht ein Spruch, den er in seiner Kindheit von seiner Mutter gehört hatte? Nun, da er wohl oder übel ein Wissender war, konnte er auch die Hitze nicht mehr abwenden, sie zwang ihn, zu handeln.

Auf herold.at fand er Dr. Helene Brands Telefonnummer.

*

»Frau Doktor Brand? Hier spricht Wieland Glas.«

Es war so still in der Leitung, dass Wieland schon dachte, die Leitung wäre tot, denn nicht einmal der Hauch eines Atemzuges war auszunehmen.

»Hallo? Können Sie mich hören?«

Noch immer Schweigen im Telefon. Wieland war schon im Begriff, den Anruf zu beenden, als ihn gerade noch Helenes Stimme ereilte.

»Ja. Ja, ich kann Sie hören. Ich war nur … mir hat es für den Moment die Sprache verschlagen. Ich habe Ihren Anruf nicht erwartet. Entschuldigen Sie meine Unbeholfenheit.«

Wieland hatte eine völlig andere Stimme erwartet. Ja, welche Stimme hatte er denn erwartet? Eine altersgemäß brüchige? Oder eine, die der der Mutter ähnlich war, kühl und glatt? Helene Brand war, objektiv betrachtet, eine alte Frau. Allerdings verschob Mutters hohes Alter die Relationen, an der Mutter gemessen war Helene Brand nicht alt. Ihre Stimme jedenfalls klang alterslos, warm und fest, trotz des Zustands der Überrumpelung, den Wieland durch seinen unerwarteten Anruf ausgelöst haben musste. Die Stimme war ihm sympathisch. Bestimmt hatten sich ihre Patienten in dieser Stimme gut aufgehoben gefühlt.

»Entschuldigen Sie meine Offensive, ich muss mich bei Ihnen für meinen Überfall entschuldigen«, sagte Wieland entgegen seiner ursprünglichen Intention. Eigentlich hatte er dieser Fremden sachlich und emotionslos begegnen wollen, zielorientiert, aber die Sache war, dass sie ihm nicht fremd vorkam, sich nicht fremd anfühlte, und das, obwohl sie erst wenige Sätze ausgetauscht hatten.

»Ich nehme an, Sie sind über alles im Bilde. Und jetzt ganz ehrlich: Ich bin richtig froh darüber, dass unsere Mutter endlich mit Ihnen gesprochen hat.«

Bevor Wieland noch einwenden konnte, dass es nicht die Mutter gewesen war, die ihn in Kenntnis gesetzt hatte, fuhr Helene schon fort: »Es war auch schon höchste Zeit. Die Angelegenheit, die ich sofort ansprechen will, weil sie mich wirklich beschämt, ist die Sache mit ... mit meiner finanziellen Misere, für die alleine ich die Verantwortung trage. Ich bedaure so sehr, dass wir einander nicht ohne dieses unleidliche Thema im Hintergrund kennenlernen dürfen.«

»Frau Doktor Brand, oder darf ich Helene sagen ...?« Das war Wieland jetzt einfach herausgerutscht, obwohl er sonst immer so großen Wert auf Zurückhaltung legte. Beinahe erschrak er über seine gewagte Distanzlosigkeit.

Ein befreites Lachen war die Antwort.

»Ich freue mich, Wieland. Der Vorname bedingt ja dann auch das Du, oder?«, meinte sie.

»Würde ich auch so sehen«, sagte er und war sich sicher, Helene würde das Lächeln, das sein Gesicht automatisch aufgezogen hatte, auch in seiner Stimme orten.

»Was ich noch sagen wollte …«, fügte er hinzu, wie nebenbei, »ich weiß nicht von meiner Mutter von dir. Es war Anyana, die dein letztes Schreiben an Mutter in ihrer Nachttischlade vorgefunden hat, die beschriebenen Briefseiten mit dem Handy abfotografiert und mir über WhatsApp geschickt hat. Soweit die Informationskette.«

»Du lieber Himmel! Dann weißt du ohnehin bereits vieles. Unsere Mutter lässt mich ja mit ihrer Antwort noch immer warten. Ich dachte bei deinem Anruf erst, sie hätte mit dir gesprochen und nun …«

»Nein, Mutter spricht selten mit mir über Wichtiges. Eigentlich nie.« Das Lächeln war aus Wielands Gesicht gewichen, Helene musste in seinem Tonfall das Fallen des Stimmungsbarometers wahrgenommen haben.

»Das kann ich mir vorstellen. Du hast es sicher nicht leicht gehabt mit ihr. So bizarr es klingen mag, aber da war es vermutlich für mich in den vergangenen fünf Jahren – so lange halten wir den Kontakt zueinander schon aufrecht – einfacher mit ihr. Ich habe sie, wie ich denke, recht gut kennen gelernt, sie hat sich im Schreiben offenbar leichter getan als im Reden, sich zu offenbaren. Unsere Abmachung, den Kontakt auf brieflicher Ebene zu belassen, hat ihr wohl die notwendige Sicherheit gegeben, sich zu öffnen. Unsere Mutter …« Helene zögerte, sie schien nach den richtigen Worten zu suchen, »nun ja, der Weg zum Herzen dieser Frau ist …«, wieder rang sie nach dem entsprechenden Ausdruck, »ist ein verschlungener.«

The long and winding road, schoss es Wieland durch den Kopf und er wunderte sich wieder einmal, wie sehr ihn doch die Songs seiner Jugendjahre geprägt hatten. So sehr, dass ihm je nach Situation immer wieder eine entsprechende Textzeile einfiel.

»Hat sie denn ein Herz?«, hörte er sich fragen. »Hast du den verschlungenen Weg bis zum Ziel geschafft?«, griff er Helenes bildliche Ausdrucksweise auf.

»Um ehrlich zu sein: Ob ich es überhaupt in die Nähe ihres Herzens geschafft habe, kann ich nicht sagen. Aber dass sie ein Herz hat, besser gesagt, mehrere Herzen, konnte ich aus den vielen Briefen schon schließen. Ein großes jedenfalls für Jenni, das geht aus vielen ihrer Schreiben hervor. Ein kleineres, aber doch regelmäßig schlagendes, für Rosi. Und dann noch ein ganz großes für ihre Puppen.«

»Für die Puppen?«, entfuhr es Wieland.

»Ja, die Puppen sind ein eigenes Kapitel. Aber darüber erzähle ich dir, wenn wir einander treffen. Das werden wir doch, oder?«

»Wo treffen wir uns und wann?« Wieland hatte es eilig. Worauf sollten sie warten? Er wollte die Schwester kennlernen. Face to face.

Eine Frage lag ihm schon auf der Zunge, nämlich ob auch er in Mutters Briefen vorkam. Ob es da noch ein Herz gab in Hildegard Glas, eines, das Helene nicht erwähnt hatte. Schnell schluckte er diese Frage hinunter, er wollte sich nicht selbst den Tag verderben. So schnell er sich gegen seine Frage entschieden hatte, so schnell stimmte er Helenes Vorschlag zu, sich schon in der kommenden Woche zu treffen. Und zwar zu einem ersten gemeinsamen Spaziergang.

»Beim Gehen redet es sich leichter. Maria Plain wäre schön. Treffen wir uns doch auf dem Parkplatz ganz oben, du kennst ihn doch? Von dort aus können wir losziehen und haben dabei immer die Stadt zu unseren Füßen.«

Und ob er den Plainberg kannte! Der Albtraum seiner Kindheit! Jeden Sonntag hatten seine Eltern auf den gemeinsamen Nachmittagsspaziergang bestanden, der zumeist über diesen Hügel im Norden der Stadt führte. Im Gottesdienst, einer Pflichtveranstaltung am Vormittag, hatte er Gott regelmäßig um ergiebige Wolkenbrüche oder andere Naturkatastrophen angefleht, die den Spaziergang mit den Eltern verhindern würden.

»Gerne«, antwortete er Helene, denn diesmal würde der Plainberg unter einem völlig anderen Stern stehen.

»Freitag um 14 Uhr?«

»Freitag um 14 Uhr«, wiederholte er Helenes Worte und fügte hinzu: »Außer die Sintflut kommt über uns oder eine andere Naturkatastrophe.«

Er bildete sich ein, Helene leise Lachen zu hören, bevor es in der Leitung still war.

*

Der erste Schritt ist getan. Meine Güte, noch so eine Aufregung in meinem Alter! Aber ich muss darauf achten, dass hier nichts aus dem Ruder läuft, so eine Aktion braucht genaueste Durchplanung, da darf nichts einer Eigendynamik überlassen werden.

Meine Entscheidung, zuerst mit Jenni zu reden, war goldrichtig. Ich wusste ja, Jenni ist ein verständiges Mädchen, dabei macht sie weder mir noch sich selbst etwas vor. Ihre Freude über die Existenz ihrer Tante war echt! »Ihre Tante«, so hat sie Helene gleich einmal genannt. »Du hättest sie mir ruhig schon längst vorstellen können, schon als ich noch ein Kind war, dann hätte ich auch etwas gehabt von ihr!« Das war aber auch schon ihr einziger Beitrag zum Thema, in dem so etwas wie ein Vorwurf an mich mitschwang, nämlich der, ihr die Tante vorenthalten zu haben. Ansonsten war sie von neugieriger Aufgeregtheit erfasst. Alles wollte sie wissen! Wer Helenes Vater war, wie es denn zu meinem Verhältnis mit ihm gekommen war, ob ich denn überhaupt nichts von ihm wüsste außer dem Namen, der gar nicht sein richtiger sein musste, ob ich denn überhaupt nichts über Helene erfahren hatte, nachdem ich sie gleich nach der Geburt abgegeben hatte, ob ich mich denn nicht erkundigt hätte, wer ihre »Eltern« waren, ob es mir denn nicht gefehlt hätte, mein Mädchen, wie das denn überhaupt alles so war, als ich jung war … Lieber Himmel, das ist doch alles ein dreiviertel Jahrhundert her, habe ich ihr geantwortet, da ist doch schon meterhoch Gras über die Sache gewachsen, hab ich ihr gesagt, und dann doch noch alles aus meiner Erinnerungskiste hervorgekramt, was verfügbar war. Das Erinnern ist harte Arbeit, wer nicht so alt ist wie ich es bin, der hat ja gar keine Vorstellung, wie anstrengend das Durchstöbern der Vergangenheit ist, einer Vergangenheit, die schon eine Ewigkeit zurückliegt. Die Erinnerung stützt sich auf das, was man schon hundert Mal erzählt hat, da erinnert man sich vielmehr an das oftmals Erzählte als an das tatsächlich Vorgefallene, aber alles, was mit Helene zusammenhängt, habe ich ja, bis auf ein einziges Mal, niemals in Worte gefasst. Nur Rosi gegenüber habe ich über die Geschehnisse dieser Zeit gesprochen. Und Fotos, die dem Erinnern auf die Sprünge helfen könnten, gibt es selbstredend keine. Wäre ja auch kontraproduktiv gewesen, genau die Ereignisse, die man zu verheimlichen trachtet, auf Fotos festzuhalten. Und dann erst Gefühle wieder an die Oberfläche zu befördern! Die schwierigste Aufgabe überhaupt! Wie ich mich gefühlt hätte als junge Frau, der das Baby weggenommen wurde, auf diese Frage hat sich Jenni geradezu fixiert, immer wieder ist sie darauf zurückgekommen, wohlgemerkt, auch hier ohne Vorwurf in der Stimme, aber doch mit Nachdruck. »An das Gefühl kann ich mich beim besten Willen nicht mehr erinnern«, sagte ich ihr wahrheitsgetreu, »aller Wahrscheinlichkeit nach war ich erleichtert, ich war ja noch einmal glimpflich davongekommen, meiner Zukunft stand nun nichts mehr im Wege, eine ungeheure Last war von mir abgefallen, ich fühlte mich wahrscheinlich befreit …« Da hat mich Jennis ungläubiger Blick gestreift und mich vom Weiterreden abgehalten.

»Oma, das glaub ich dir nicht«, sagte sie zu meiner Überraschung.

»Was glaubst du mir nicht?«, fragte ich nach.

Dass mein Gefühl damals ausschließlich aus Erleichterung bestand, wollte sie partout nicht gelten lassen. Ganz gewiss war da auch eine große Portion Traurigkeit dabei, tiefe Traurigkeit über den Verlust des Kindes, meinte sie. Daran könne ich mich nur nicht mehr erinnern, weil mein Geist diese Traurigkeit verdrängt hätte, verdrängen musste, zum Selbstschutz, denn mit dieser Traurigkeit an der Oberfläche des Bewusstseins hätte ich nicht gut weiterleben können, erklärte sie. Daher die Verdrängung ins Unbewusste. »Aber«, sagte sie und hob dabei den Zeigefinger »Das Unbewusste vergisst nichts.«

Ich habe ihr dann gesagt, dass es nun genug wäre mit dem Psychologisieren und mich in meinen Ausführungen wieder den realen Lebensbedingungen der damaligen Zeit zugewandt.

Die Jungen von heute können sich ja gar nicht mehr vorstellen, wie das damals war, gleich nach dem Krieg, da ist Jenni auch keine Ausnahme. Sie hat meinen Erzählungen gelauscht, so, als ob ich von einem anderen Planeten berichtet hätte. Es war ja auch ein ganz anderes Leben, auch für mich, rückblickend.

Seit wann ich denn eigentlich schon die Puppen sammle, hat sie mich dann unvermittelt gefragt. Jetzt erst verstehe sie meine Passion für die Puppen, hat sie sich weiter in ihren Gedanken versponnen, sie hätte nie ganz nachvollziehen können, weshalb ich so viel Zeit und Mühe in die Anfertigung der unzähligen Puppenkleider und überhaupt des ganzen Rundherum investiert hatte, sie hatte diese Liebhaberei nie ganz verstanden, denn sie hätte in meinem Haus, wenn sie es nicht besser gewusst hätte, niemals eine

Puppenstube vermutet. Noch dazu eine, in der sie als Kind nicht hatte spielen dürfen, die Puppen waren nicht zum Spielen da, sie hatten eine andere Funktion, meinte sie, und in diesem Punkt hatte sie auch recht. Jetzt wäre ihr ein Licht aufgegangen, meinte sie weiter. Und »Das Unbewusste findet immer seinen Weg«, sagte sie wortwörtlich, so wie sie vorher im Gespräch über Helene »Das Unbewusste vergisst nichts« gesagt hatte.

Naja, heutzutage sucht und findet man für alles eine psychologische Erklärung. Dafür muss alles heraus, auch wenn es ein Dreivierteljahrhundert zurückliegt, muss es ans Licht, auch wenn die Beleuchtung nicht stimmt. Wie dem auch sei, Jenni ist eben ein Kind dieser Generation. Ich werde nächstens mit ihr eine Zeitlang bei den Puppen oben verbringen, dann wird sie von ihrer krausen Theorie wieder ablassen. Am besten morgen schon.

Aber die Puppen sind ja im Moment nicht das Thema, sondern Hermine. Pardon, natürlich nicht Hermine, Helene wollte ich sagen. Blöder Versprecher! Nur weil ich jetzt so lange gedanklich bei den Puppen hängen geblieben bin.

Apropos Hermine: Von Hermine und dem darin verborgenen Geld habe ich Jenni noch nichts gesagt, genau so wenig wie von Helenes Geldforderung an mich. Geldforderung stimmt auch wieder nicht: Bitte um Geld, das ist die richtige Formulierung. Helene fordert nicht, sie ersucht. Ach, Helene. Ich sollte ihr endlich antworten, bald, ja sehr bald schon werde ich ihr schreiben und ihr so Gewissheit verschaffen.

Aber jetzt bin ich müde. Ich werde Anyana rufen. Ich brauche meine Schmerztablette, die Knochen tun weh. Ich bin nicht der Jammertyp, wirklich nicht, das kann mir niemand vorwerfen, dabei gäbe mir mein Körper genug Grund zur Klage, weiß Gott. Was soll's, jammern hilft nicht. Die Tablette schon. Besser ich nehme zusätzlich noch eine Schlaftablette, morgen erwartet mich ein langer Tag, mit Jenni oben bei den Puppen. Darauf freue ich mich.

*

Da hatte sich Jenni gründlich getäuscht. Eigentlich war sie nach Salzburg gereist, um den Kopf freizubekommen, wieder einmal an gar nichts denken zu müssen, einfach nur dem Tag zuzuschauen, wie er ging. Die Felsengasse war für derartige Ruhetage bislang der richtige Ort gewesen, am Ende war ihr dann sogar meistens derart langweilig geworden, dass sie gerne wieder in ihr umtriebiges Leben in Rom zurückgekehrt war.

Diesmal jedoch war alles anders, Jennis Gedanken schwirrten in ihrem Kopf nur so herum und hielten Ruhe oder gar Schlaf meilenweit auf Abstand. Es machte keinen Sinn, die Lichtstriche, die die Straßenbeleuchtung durch die schmalen Spalten zwischen den Jalousielamellen auf die Dachschräge warf, weiter zu fixieren.

Sie knipste die Nachttischlampe an und setzte sich auf. Sie musste Ordnung in ihr Denken bringen. Es war doch wirklich nichts Beunruhigendes oder gar Schlimmes, was sie da gerade von Großmutter erfahren hatte, ganz im Gegenteil, die Existenz einer weiteren Verwandten empfand sie als Bereicherung, offenbar in krassem Gegensatz zur Großmutter. In ihrer Familie waren ohnehin alle Einzelkinder, sie selbst, die Mutter, die Großmutter und, wie sie bis jetzt angenommen hatte, auch der Vater. Die Eltern der Mutter hatten mehrere Geschwister gehabt, da die Großeltern mütterlicherseits jedoch bereits starben, als Jenni noch nicht einmal in die Schule ging, verloren sich auch die Spuren zu diesen entfernten, der Vergangenheit angehörigen Verwandten. Familie Glas war eine

Kleinstfamilie, sie konnte Erweiterung vertragen. Jenni musste Helene kennenlernen, so bald wie möglich.

Wo aber steckte dieser widerspenstige Stachel, der sie nicht einschlafen ließ? Es war die Großmutter, bei der sie danach suchen musste!

Das vorangegangene Gespräch hatte ein neues Licht auf sie geworfen, mit Strahlen, die Wesensmerkmale dieser Frau beleuchteten, die für die Enkelin bislang unsichtbar gewesen waren und die sie am liebsten weiterhin ignoriert hätte. Aber etwas passte nicht ins Bild. Jenni hatte die Großmutter immer als verlässliche und über jeden Zweifel erhabene Frau erlebt, als einen Fels in der Brandung, sogar noch in ihrem hohen Alter. Eine Respektsperson, besonders für den Vater, noch immer. Für Jenni war die Großmutter jedenfalls stets ein Zufluchtsort ohne Wenn und Aber gewesen. Ja, für Jenni!

In der Nüchternheit jedoch, mit der die Großmutter gerade erst über die Umstände nach Helenes Geburt berichtet hatte, hatte Jenni keinen Anflug von Gefühlsregung aufzuspüren vermocht, schon gar nicht irgendwelche Emotionen Helene geltend. Je hartnäckiger sie die Großmutter diesbezüglich mit ihren Fragen bedrängt hatte, umso unmissverständlicher hatte die ihren Unwillen signalisiert, weiter über ihre damalige Gemütslage zu sinnieren. Es waren die Fakten, die zählten.

Diese gewisse Erhabenheit der Großmutter anderen gegenüber hatte Jenni natürlich schon immer wahrgenommen, die elegante Dame hielt die Menschen seit jeher auf Abstand. Sie hatte Vornehmheit ausgestrahlt, heute würde Jenni Grandezza dazu sagen, andere hatten in der Vornehmheit womöglich Arroganz gesehen. Jenni hatte diese Rolle der Großmutter nie gestört, zumal sie selbst die Auswirkungen nicht zu spüren bekommen hatte. Sie war, soweit sie zurückdenken konnte, Omas Liebling, für den andere Regeln galten als für den Rest der Menschheit, nämlich so gut wie keine: Im Haus in der Felsengasse hatte sie sich frei und gleichzeitig geborgen gefühlt, bis heute. Sie, die Enkeltochter, hatte sich seit jeher innerhalb dieses schützenden, unsichtbaren Kokons befunden, den die Großmutter um sich herum gewebt hatte, um sich vor der Welt abzuschotten. Auch vor dem eigenen Sohn.

Es war ein diffuses Licht, das sie erst von der Trübung befreien musste, wollte sie die Großmutter wieder so sehen wie vor deren Offenbarung. Jenni hoffte, ihr würde dies gelingen.

Die Großmutter hatte gemeint, Fotos könnten der Erinnerung auf die Sprünge helfen, oder so ähnlich hatte sie es formuliert, und dass es natürlich keine Fotos von Helene oder von ihr gab, hatte sie gesagt, aber von späteren Jahren, ja, da gab es viele. Ein ganzes Bücherregal voller Fotoalben gab es, im ersten Stock, im Zimmer neben Anyanas Wohnbereich. Diese Alben waren chronologisch geordnet, am Buchrücken stand sogar die jeweilige Jahreszahl. Die Fotosammlung startete mit der Zahl 1955 und somit mit der Hochzeit von Hildegard Ruttner und Viktor Glas. Jenni hatte natürlich all diese Fotos schon mehrmals gesehen, die Großmutter hatte, schon als Jenni noch ein Kind war, gelegentlich eines davon aus dem Regal gezogen und mit ihr gemeinsam durchgeblättert. Jenni hatte einen kurzen Blick auf die Bilder geworfen, aber bald Interesse und Geduld verloren.

Jetzt würde sie eine völlig neue Sicht auf die Fotos haben, den Gesichtern Stimmungen und dem Ambiente Geschichten entlocken. Jenni schlich von ihrem Zimmer im Dachgeschoss hinunter in den ersten Stock. Sie wollte Anyana auf keinen Fall wecken, ein bisschen kam sie sich vor wie ein Eindringling in fremde Privatsphäre, obwohl sie bloß den Nebenraum von Anyanas Schlafzimmers betrat. Denn auch wenn der Pflegerin nur dieses eine Zimmer zugeteilt war, so war sich Jenni doch sicher, dass sie das gesamte erste Stockwerk – bis auf die Puppenstube – mitbenutzte. War ja auch okay so.

So lautlos sie nur konnte nahm sie den ersten Stapel Fotoalben vom Regal, von 1955 bis 1965. Mehr als zehn Bücher auf einmal konnte sie ohnehin nicht mit nach oben nehmen. Zehn Alben sollten reichen für nur eine Nacht.

So schnell sie all diese Fotos früher ermüdet hatten, so sehr weckten sie nun ihr Interesse. Das abgebildete Mobiliar, die Kleidung, die Frisuren, die Anlässe, all das erinnerte sie an alte Schwarzweißfilme, mit ihrer Großmutter in der Hauptrolle. Fotografiert wurde nicht der Alltag, sondern besondere Anlässe: Urlaub, Fasching, Taufe, Ostern und Weihnachten, und überall war die Großmutter im Zentrum des Geschehens: Perfekt gekleidet, frisiert, positioniert. Der Großvater war wohl zumeist der Fotograf, er war nur auf wenigen Aufnahmen zu sehen. Ihr Vater, den sie von 1957 bis 1965 im Schnelldurchgang vom Säugling zu einem achtjährigen Buben heranwachsen sah, wirkte immer adrett und ordentlich, selten nur sah sie ihn gemeinsam mit anderen Kindern, meistens war er von der Mutter flankiert. Sie lächelte in die Kamera, Viktor schaute ernst drein. Nie berührte die Mutter den Sohn, er stand einfach neben ihr, oder besser gesagt, er war dort hingestellt worden, wie es Jenni vorkam. Die Bilder gaben wenig Aufschluss über Wielands Alltag als Kind.

So sehr sich Jenni auch anstrengte, auf den vielen Fotos im Gesichtsausdruck der Großmutter unterschiedliche Stimmungslagen zu erkennen, es gelang ihr nicht. Jenni irritierte dieses festgefrorene Lächeln. Es strahlte etwas aus, was Jenni nicht wahr haben wollte. Etwas Artifizielles. Etwas, das dem Lieblingsfoto, das nun in Rom auf ihrem Memoboard über ihrem Schreibtisch klebte, gänzlich fehlte. Das Foto in Rom zeigte die Großmutter mit Jenni als Gymnasiastin, wohl in den Sommerferien, im Garten vor dem Haus, Großmutter auf der Gartenbank und Jenni über ihr auf der Banklehne sitzend. Die Großmutter schaute nicht in die Kamera, sondern zu Jenni. Sie hatte nicht dieses künstliche Fotolächeln der alten Schwarzweißfotos aufgesetzt, sondern sie lachte, ein offenes und befreites Lachen war das, Jenni konnte, wann immer sie dieses Foto anschaute, die Unbeschwertheit des Sommertages noch einmal nachempfinden. Die Hand der Großmutter umfasste Jennis Knie, so als könnte sie das Mädchen damit festhalten, sollte es von der Lehne kippen.

Es war genau diese Frau, die Jenni in ihrer Großmutter weiterhin sehen wollte. Auch wenn ihr nun vor Augen geführt wurde, dass Hildegard Glas mehrere Gesichter hatte, auch unliebsame, so entschied sie sich doch, an jenem festzuhalten, dessen Blick auf sie gerichtet war. Und dieser Blick war ein liebevoller.

Die Durchsicht der weiteren Fotoalben würde sie sich sparen.

*

Wieland hatte Sophie pro forma vorgeschlagen, ihn nach Salzburg zu begleiten. Ihre Ablehnung kam so schnell wie erwartet, mit der Begründung, die beiden, Bruder und Schwester, wollten bei ihrer ersten Begegnung sicher ungestört sein. Sie, Sophie, störe doch nie, hatte Wieland wieder der Form halber erwidert, und Sophie hatte mit ›Du weißt, was ich meine‹ den Wortwechsel beendet.

Diesmal zog sich die Autofahrt besonders. War es die Aufregung, Ungeduld oder Vorfreude, die ihn, kaum hatte er eine seiner Musik-CDs eingelegt, gleich wieder die Stopptaste drücken ließ. Er hielt heute einfach keine Musik aus, sie lenkte ihn zu sehr von seinen vorauseilenden Gedanken ab, die sich passend zu Helenes Stimme die dazugehörige Person auszumalen versuchten. Woran würde er sie erkennen? Vielleicht war sie ja die einzige Frau oben auf dem Parkplatz, die Chancen standen nicht schlecht, es war ein Wochentag und eigentlich viel zu heiß zum Herumwandern in der prallen Sonne. Er hätte doch seine Schirmkappe mitnehmen sollen, aber die würde er ohnehin nicht aufsetzen. Jenni hatte vor kurzem erst gemeint, er sehe damit aus wie Donald Duck.

Es war kurz nach Mittag, als Wieland in die schmale Auffahrt auf den Plainberg einbog. Nur noch wenige Minuten trennten ihn von der Schwester. Sie würde doch hoffentlich da sein und nicht etwa in letzter Minute kalte Füße bekommen haben, schoss es ihm da gerade noch durch den Kopf, als er sie auch schon mitten in der Einfahrt zum Parkplatz stehen sah. Sie winkte ihm zu. »Es gibt genügend Parkplätze!«, rief sie und zeigte dabei auf die weitgehend freie Parkfläche.

So, wie Wieland die Stimme seiner Schwester vor wenigen Tagen erst am Telefon überrascht hatte, so erstaunte ihn nun ihr Erscheinungsbild: Hätte er es nicht besser gewusst, er hätte diese Frau nicht nennenswert älter eingeschätzt als er selbst war. So, wie sie dastand, salopp in Sommerhose, T-Shirt und Turnschuhen, um die Schultern einen kleinen Lederrucksack, schaute sie eher aus wie eine Salzburg-Touristin als eine Pensionistin. Auf ihr Gesicht fiel der Schatten des Schirms ihrer Sonnenkappe. Donald Duck, dachte Wieland und bedauerte gleichzeitig, seine Kappe aus Eitelkeitsgründen zuhause gelassen zu haben.

»Es wird heiß heute«, hörte er sich sagen, nachdem sie sich zur Begrüßung die Hand gereicht hatten und dann gleich losmarschiert waren. Eigentlich hätte er etwas anderes sagen wollen, etwas Gewichtigeres, und nicht einen derart unnötigen Kommentar zur Tagestemperatur, die ohnehin spürbar war.

»Hast du mich denn gleich erkannt?«, fragte er, nachdem Helene seine Meldung zum Wetter unkommentiert gelassen hatte und ihn stattdessen mit Seitenblicken musterte, wie er aus dem Augenwinkel heraus genau bemerkte. Dass auch diese Frage entbehrlich gewesen wäre, war ihm schon klar geworden, bevor er sie noch gestellt hatte.

Sie lachte. Für Wieland ungewöhnlich geräuschvoll. Es war aber kein Auslachen, sondern ein amüsiertes Lachen. Sie blieb stehen, schaute ihm frontal ins Gesicht und ließ ihm somit keine andere Wahl, als den Blickkontakt zu erwidern.

»Wieland, du warst weit und breit der Einzige hier oben, noch dazu hast du ein Wiener Kennzeichen, noch dazu hab ich dich erwartet, also, es war nicht gerade schwer …«

Jetzt lachten sie beide. Das Eis war gebrochen.

»Außerdem«, fuhr sie fort, »ich habe einen Vorsprung dir gegenüber.«

»Einen Vorsprung?«

»Genau. Für mich warst du keine Überraschung, ich meine, dein Äußeres war für mich nichts Unbekanntes. Vom Sehen kenne dich schon seit …«, sie schien nachzurechnen, »seit mehr als zwanzig Jahren.«

»Wie?«

Helene erzählte ihm von ihrem wiederholten »Stalking«, wie sie nun mit der zeitlichen Distanz ihre Mutter-Beobachtungstouren von damals nannte.

»Und dabei hast du auch mich gesehen?«

»Sicher, ich hab ja eure Besuchszeiten bald schon genau gekannt. Mein Gott, Jenni war damals noch ein kleines Mädchen, süß hat sie ausgesehen, mit ihrem Pferdeschwanz. Und du und Sophie, ja, wie jung ihr damals noch wart!« Wieder sah sie ihn prüfend an. Wieland räusperte sich.

»Ich hätte dich dennoch gleich wiedererkannt, auch ohne vereinbarten Termin und ohne verräterisches Wiener Kennzeichen«, beantwortete sie Wielands Räuspern. Er erwiderte ihr Lächeln.

»Du hast mich aber damals nicht sonderlich interessiert«, fuhr sie fort, »meine Fixation galt einzig und allein meiner leiblichen Mutter, ich suchte nach Ähnlichkeiten, nach Sicherheiten, nach etwas, das ich an ihr besonders mögen könnte, nach einem Wunder wahrscheinlich. Aber darüber bin ich hinweg, das ist Geschichte. Gott sei Dank!««

»Und unsere Mutter hat von ihrer Beschattung überhaupt nichts bemerkt?«

»Absolut nichts. Ich bin ihr überhaupt nicht aufgefallen, was mich damals richtig verletzte, weil ich meinte, sie müsse doch spüren, dass es ihre eigene Tochter ist, die da ganz nah an ihr vorbeigeht, die sogar den Augenkontakt sucht. Aber nein, sie hat meistens an mir vorbeigeschaut, und auch wenn ich zufällig einmal ihren Blick einfangen konnte, so war da nur Unbeteiligtheit in ihren Augen zu sehen, jedenfalls bestimmt kein Erkennen.«

Helene setzte sich auf eine der Bänke, die am Wegesrand nebeneinander aufgereiht waren. Wieder bedauerte Wieland, seine Sonnenschutzkappe nicht dabei zu haben, die Nachmittagssonne schien unbarmherzig auf den südlich gelegenen Hang. Auch die Bäume hinter den Bänken halfen nichts, ihr Schatten fiel in die verkehrte Richtung, nämlich nach Norden. Sie sahen auf die südlich gelegene Bergkette, die die Stadt in dieser Richtung begrenzte. Helene schien die Hitze nichts auszumachen.

»Sieh mal«, sagte sie und schien gedanklich schon wieder weit weg von Mutter und Vergangenheit, »ist dieser Ausblick nicht immer wieder schön?« Wieland sah in ein, wie ihm schien, sorgloses Gesicht. »Da war ich schon fast überall oben. Magst du es auch, die Welt von oben zu betrachten?«

Wieland überlegte. »Doch, das Herunterschauen von oben mag ich schon, aber nicht so sehr das Hinaufsteigen«. Er erinnerte sich an die Seilbahnfahrten auf den Untersberg, die er als Kind mit seinen Eltern unternommen hatte. Auf dem Gaisberg war er natürlich unzählige Male gewesen, man konnte schließlich mit dem Auto mühelos bis ganz hinauffahren. Aber selbst die Namen der meisten Berggipfel, die sie von hier aus sehen konnten, waren ihm unbekannt.

»Ich nehme dich mal mit«, sagte Helene heiter, und Wieland deutete ein Nicken an. Er ließ seinen Blick von der Bergwelt auf Helenes Gesicht gleiten. Gab es da irgendwelche Hinweise auf die gemeinsame Mutter?

»Jetzt prüfst du, ob du in meinem Gesicht Ähnlichkeiten zu unserer Mutter entdeckst, stimmt's?« Wieder klang ihre Stimme vergnügt. »Du wirst nicht fündig werden«, fuhr sie fort. »Du kannst dir nicht vorstellen, wie oft ich schon danach gesucht habe. Nein, ich sehe wohl eher aus wie mein Vater, aber auch das lässt sich nicht mehr verifizieren.«

Tatsächlich war Helene optisch das glatte Gegenteil von Mutter. Kantig wirkte sie mit den hohen Wangenknochen und dem markanten Kinn, nicht rund wie Mutter, und ihre Gestalt war schlank und sportlich und hatte so gar nichts Matronenhaftes an sich. Sogar die unterschiedliche Gesichtsfarbe fiel Wieland auf: Auf Mutters Gesicht hatte sich noch nicht einmal ein Altersfleck verirrt, Helenes Gesicht hingegen war mit Sommersprossen besprenkelt. Wahrscheinlich hatte sie einmal rötliche Haare gehabt, mutmaßte Wieland. Jetzt sah er nur ein paar graue Haarspitzen unter dem Kappenrand hervorblitzen.

»Es gibt aber doch etwas, das unsere Mutter und ich gemeinsam haben«, sagte Helene.

Wieland sah sie fragend an.

»Die Handschrift«.

Tatsächlich. Wieland war die Ähnlichkeit der beiden Handschriften auch aufgefallen, als er den von Anyana fotografierten und ihm via WhatsApp zugeschickten Brief wieder und wieder gelesen hatte: Der ihm vertraute steile Schriftzug. Und der ungewöhnlich große Abstand zwischen den einzelnen Wörtern. Diese Besonderheit hatte er außer bei seiner Mutter noch in keiner Handschrift vorgefunden.

»Genau«, sagte er, »besonders der Abstand zwischen den Wörtern ist ungewöhnlich.«

»Genau«, sagte auch sie.

Wieland stand auf. Hier in der prallen Sonne konnte er unmöglich noch länger sitzen bleiben, wollte er keinen Sonnenstich riskieren.

»Komm, wir gehen hinauf. Oben im Gastgarten ist es schattig, und etwas trinken ist bei der Temperatur sicher auch kein Fehler.« Mittlerweile war er schweißgebadet, das Hemd klebte am Rücken.

»Gute Idee«, meinte Helene, sie schien von der Hitze noch immer unbeeindruckt.

Der Gastgarten wirkte, wie auch der Parkplatz, verwaist. Außer einem älteren Paar war niemand zu sehen. Die hohe Temperatur zog wohl alle, die Zeit hatten, an die umliegenden Seen oder ins Freibad. Wieland war schon für den Schatten unter den alten Kastanienbäumen dankbar.

»Weißt du«, sagte Helene, »ich beneide dich nicht um deine Kindheit.«

Diese Feststellung kam so unvermittelt wie unerwartet.

»Um ehrlich zu sein, ich muss unserer Mutter im Grunde genommen dankbar sein, dass sie mich weggegeben hat, denn ich habe es wirklich gut erwischt mit den beiden, die meine Eltern werden sollten. Lilli hat eine gute Wahl getroffen.«

Wieder betrachtete Wieland Helenes Gesicht, wieder stachen ihm die Gegensätze zu Mutters Gesicht ins Auge. Und dennoch, sie war seine Schwester, genau genommen seine Halbschwester. Zum ersten Mal an diesem Nachmittag dachte er an die 120.000 Euro, um die Helene Mutter bat.

»Du bist sicher, deine Spielsucht besiegt zu haben?« Das war ein abrupter Themenwechsel, doch offenbar hatten Helenes Gedanken zeitgleich mit Wieland den Schwenk ins Unvermeidliche vollzogen.

»Unsere Mutter um Geld zu ersuchen heißt genau genommen, dich darum zu bitten.«

Wielands Frage hatte Helenes Feststellung akustisch zugedeckt – oder umgekehrt, ihre zeitgleiche Feststellung hatte seine Frage unverständlich gemacht.

»Gleichzeitig! Wir dürfen uns etwas wünschen!« Helene versuchte ein Lächeln, kindlich, wie Wieland befand.

»Das dürften wir nur, wenn wir exakt dasselbe gesagt hätten, haben wir aber nicht.« Wieland versuchte erst gar nicht zu lächeln. Dafür wiederholte er seine Frage.

»Da kannst du Gift drauf nehmen«, antwortete Helene und wiederholte dann auch ihre vorhin für Wieland unverständliche Feststellung: »Unsere Mutter um Geld zu ersuchen heißt genau genommen dich darum zu bitten.«

»Jaaaa«, gab ihr Wieland recht, zog zur Bestätigung das »a« in die Länge und nickte heftig, denn natürlich war bei der Lektüre des Briefes, den ihm Anyana zugespielt hatte, auch sein erster Gedanke gewesen, dass mit dem Schrumpfen von Mutters Vermögen auch sein Erbe dahinschwand. Dieser Gedanke verlor trotz der aufkeimenden Sympathie seiner Schwester gegenüber nicht an Brisanz. 120.000 Euro waren keine Peanuts, auch nicht für Wieland, der freilich über genügend Geldreserven verfügte, um sich und Sophie einen finanziell gut abgesicherten Lebensabschnitt zu sichern. Trotzdem. Schließlich war ja da noch Jenni, sie sollte bei der Erbschaft auch gebührend bedacht werden, also sie wäre ebenso Leidtragende, sollten diese unsäglichen 120.000 an Helene gehen.

»Hm«, machte er und verzichtete fürs Erste darauf, Helene seine Schlussfolgerungen zu erläutern.

»Ich kann verstehen, was dir durch den Kopf geht«, sagte Helene, für Wieland hörte es sich an, wie der Zuspruch einer Ärztin, den sie einem Patienten zukommen ließ, dessen Lage ernst aber nicht hoffnungslos war. Dabei – das war sein nächster Gedanke – in diesem Fall wäre schon er der Arzt und sie die Patientin.

»Wir werden eine Lösung finden«, sagte er, ohne auch nur die geringste Ahnung zu haben, wie diese Lösung ausschauen sollte. Rechtlich gesehen hatte Helene natürlich keinen Anspruch auf das Geld, rechtlich gesehen gab es keine Tochter von Hildegard Glas, aus basta. Die Behauptung müsste sie schon durch einen DNA-Test belegen, dafür müssten beide Beteiligten zustimmen, auch Hildegard Glas. Tat sie das nicht, war ein Gerichtsverfahren nötig und das war langwierig. Das wusste Helene natürlich auch. Deshalb machte sie ja auch keinerlei Anspruch geltend, sondern drückte auf die moralische Taste.

Wieland hatte eine Lösung vollmundig in den Raum gestellt, nun fühlte er sich unter Zugzwang.

»Es tut mir so leid, dass ich dir Kopfzerbrechen bereiten muss, Wieland. Ich weiß, du möchtest es allen recht machen. Ein schwieriges Unterfangen.«

Helene hatte ihn durchschaut. Schon während seines Berufslebens war er stets um Kompromisse bestrebt gewesen, anzuecken oder sich gar jemanden zum Feind zu machen, war ihm seit jeher zuwider. Er war, wie Sophie es nannte, konfliktscheu.

»Weißt du«, fuhr sie fort, »auch ich habe in der Zeit, in der ich vergeblich auf eine Antwort unserer Mutter gewartet habe, meine Situation Tag und Nacht in meinem Kopf hin und her gewälzt. Schlussendlich hat die zermürbende Grübelei dann doch auch zu einem Ergebnis geführt, führen müssen! Ich weiß nur noch nicht, wie ich damit zurechtkommen werde. Aber genauso wenig kann ich jetzt schon einschätzen, wie ich mit der Alternative leben könnte.«

»Inwiefern?«

»Das Resultat, zu dem ich gelangt bin, steht absolut konträr zu dem, was ich mir so sehnlichst gewünscht hatte: Eine Entscheidung unserer Mutter, letztendlich eine Entscheidung für mich, für mich als ihre Tochter. Die Entscheidung, mir das nötige Geld zu geben, oder besser gesagt, es mir vorzustrecken, wäre für mich gleichbedeutend gewesen mit ihrem Entschluss, zu mir zu stehen. Wenn du verstehst, was ich meine.«

Wieland verstand. Und er verstand nur zu gerne, denn er interpretierte ihr Denkergebnis dahingehend, dass sie – aus Stolz, Selbstachtung, Resignation oder woraus auch immer – auf die Geldzuwendung der Mutter zu verzichten gedachte, sie zumindest nicht erzwingen wollte.

Er atmete befreit durch. Wie schön es hier oben war! Helene hatte recht gehabt, der Ausblick war überwältigend.

»Ich verstehe dich sehr gut«, sagte er, und es kam aus tiefstem Herzen. Dabei dachte er an Sophie und wie er ihr bei seiner Rückkehr aus Salzburg berichten würde, wie er es geschafft hatte, Helene von ihrem irrwitzigen Ansinnen abzubringen. Lass dich nicht von ihr einwickeln, hatte ihm Sophie auf seine Reise nach Salzburg mitgegeben, Schwester hin oder her, bei so einem Geldbetrag hört sich die Verwandtschaft auf, noch dazu eine halbe Verwandtschaft! Und für ihr finanzielles Dilemma ist diese Frau wohl selbst verantwortlich, so Sophies Worte.

Er schaute auf die Armbanduhr.

»Oh, schon so spät! An diesen Sommertagen hat man gar kein Gefühl für die Tageszeit! Es ist taghell bis spät am Abend«, sagte er.

»Ja, du solltest aufbrechen«, sagte Helene und trank das restliche Bier im Glas in einem Zug aus.

»Wie sagt man, wenn man sich von der Schwester, die man gerade erst kennengelernt hat, verabschiedet?« fragte er, es klang leichthin gesagt, irgendwie floskelhaft.

»Mich auch«, sagte Helene und erhob sich.

Wieland schaute sie fragend an.

»Du wolltest doch sicher sagen: Hat mich gefreut. Oder nicht?«

»Doch. Doch, sicher«, antwortete Wieland und stand auch auf. In der Ferne war leises Donnergrollen zu hören. Vielleicht war es aber auch eine Sprengung irgendwo. Der Himmel war wolkenlos, soweit der Blick reichte.

»Wir sehen uns«, sagte Wieland, bevor sie beide in ihre Autos stiegen, »und solltest du etwas brauchen, melde dich!«, rief er ihr noch nach.

»Sicher!«, rief sie zurück, ohne sich noch einmal umzudrehen.

*

Hab ich's nicht gewusst: Selbst ist die Frau! Auch wenn sie steinalt ist. Ja, mein Körper ist ein Wrack und auf fremde Hilfe angewiesen, da lässt sich nichts dran ändern, der körperliche Verfall schreitet unaufhaltsam voran, da können sie mich noch so sehr mumifizieren. Dabei: verglichen mit meinen Altersgenossinnen geht es mir gut. Die sind nämlich schon alle tot, und ich lebe. Objektiv betrachtet ist sogar meine Tochter schon alt. Aber an mir gemessen verschieben sich die Relationen.

Was ich eigentlich sagen wollte: Auch wenn mein Körper abgewirtschaftet ist, mein Geist ist noch immer topfit und hellwach. Das hat er jetzt eindeutig bewiesen. Ja, ich habe in der Tat eine Lösung für das Problem gefunden, das mich nun schon so lange belastet und das Helene heißt. Bin ich froh, keine Pferde scheu gemacht, sondern Nerven und Geduld bewahrt zu haben. Nur so ist es mir gelungen, Wieland samt Sophie aus der Sache herauszuhalten. Mein Gott, das wäre was gewesen, wenn Wieland plötzlich mit der Existenz einer Schwester konfrontiert gewesen wäre! Wo er doch ein Mensch ist, der über die Maßen empfindlich auf jedwede Änderung in seinem Lebensumfeld reagiert! Übrigens ein Wesenszug, den er von seinem Vater geerbt haben muss.

Und wenn es nur irgendeine Schwester gewesen wäre, mit der Wieland sich hätte arrangieren müssen, es wäre schon dramatisch genug gewesen. Aber dann gleich eine mit einem hohen Schuldenberg, unvorstellbar! Bestimmt hätte er alle nur vorhandenen Erbschafts-Paragrafen strapaziert, alles leere Kilometer, weil Helene ja gar keine Ansprüche geltend machte, geltend machen konnte! Genaugenommen bat sie mich um finanzielle Unterstützung und appellierte dabei mit Nachdruck an meine mütterliche Verantwortlichkeit! Außerdem hätte mein Sohn nie verstanden, wie seine Mutter damals nur …

Und dann erst Sophie. Die hätte ihm ordentlich zugesetzt. Er dürfe sich unter keinen Umständen das Erbe streitig machen lassen, hätte sie ihm eingeschärft. Denn ob ich eine Tochter hätte oder nicht, wäre für Sophie unbedeutend, nicht aber 120.000 Euro.

Aber lassen wir das. Denn mit all diesen vorhersehbaren Konsequenzen, die mein Outing – so nennt man das doch heute? – als Helenes Mutter nach sich gezogen hätte, muss ich mich dank meines Denkvermögens und meiner Spitzfindigkeit erst gar nicht auseinandersetzen.

So kann Helene ein Geheimnis zwischen mir, Rosi und Jenni bleiben.

Auf Jenni ist Verlass. Sie möchte ihre Tante kennenlernen, hat sie gesagt, das ist verständlich und da habe ich auch gar nichts dagegen. Das wird nichts an ihrer Verschwiegenheit ihren Eltern gegenüber ändern, da kann ich sicher sein. »Acqua in bocca«, hat sie gemeint, als ich sie gebeten hatte, meine Information an niemanden weiterzugeben. Dabei hat sie ihren Zeigefinger wie einen Schlüssel auf die geschlossenen Lippen gelegt. Das heißt so viel wie »Wasser im Mund«, hat sie mir erklärt, und mit Wasser im Mund könne man bekanntlich nicht sprechen. Naja, die Italiener hatten schon immer eine sehr bildhafte Ausdrucksweise. Jenni liebt es, italienische Redensarten in ihre Gespräche einzuflechten. Wie gesagt, auf Jenni kann ich vertrauen, sie ist da genau wie ich, ein Geheimnis bleibt ein Geheimnis.

Obwohl, Jenni ist mir ein wenig verändert vorgekommen, als ich gestern Nachmittag mit ihr bei den Puppen oben war. Irgendwie befangen hat sie auf mich gewirkt, nicht ganz so gelöst wie gewohnt. Vielleicht waren es die Puppen um uns herum, die erst einmal ihre ganze Aufmerksamkeit eingefordert haben. Die Puppen waren für Jenni ja mehr oder weniger Fremde, sie hatte bislang kaum Gelegenheit gehabt, sich mit ihnen anzufreunden. Meine Schuld, ich weiß schon. Die Puppenstube ist immer Sperrgebiet gewesen, auch für Jenni.

Ich bin jedenfalls nicht gleich mit der Tür ins Haus gefallen, sondern habe ihr die nötige Zeit gegeben, mit den Puppen warm zu werden. Sie haben ja wirklich alle ihre ganz eigene Persönlichkeit, ohne Ausnahme.

»Oma«, sagte sie schließlich und ließ dabei den Blick von einem Puppengesicht auf das andere gleiten, »Ich weiß, warum dir die Puppen so sehr am Herzen liegen.«

Ich ahnte Schlimmes, nämlich eine ihrer psychologischen Deutungen, wie tags zuvor, als ich ihr von Helene erzählte. Und tatsächlich versuchte sie mir dann auch lang und breit zu erörtern, woher meine Leidenschaft für die Puppen herrührte. Kompensation war das Schlüsselwort. Und die Worte Trauma und Traumabewältigung sind auch mehrmals gefallen, aber da hab ich sie einfach reden lassen und mich gedanklich ausgeklinkt. Ich musste mich schließlich auch auf meine Pläne konzentrieren.

»Kompensation wofür?«, hakte ich dann doch noch schnell nach, als mich Jenni fragte, ob ich ihr denn überhaupt zuhörte.

»Für Helene, natürlich«, kam es wie aus der Pistole geschossen zurück. »Schau, Oma«, und nun hatte sie einen ganz milden Ton in der Stimme, wie eine Lehrerin, die eine schlechte Note verkünden musste, ihre Schülerin aber dabei nicht entmutigen oder gar verschrecken will. »Die Sache ist die: Man kann so etwas, wie du es mit Helene gemacht hast, nicht einfach ungeschehen machen, indem man sich vornimmt, es zu verschweigen, mehr noch, es zu vergessen. Wie ich dir gestern schon gesagt habe, das Unbewusste vergisst nicht.«

»Du meinst, weil ich Helene nicht haben wollte oder besser gesagt nicht haben konnte, habe ich mir die ganzen Puppen als Ersatz für meine Tochter zugelegt?« Ich hatte schon verstanden, worauf Jenni hinauswollte.

»Ganz genau. Und du hast diese Unmenge von Puppenkleidern eigentlich für Helene geschneidert, nicht für diese leblosen Puppen. Helene würde sich sehr freuen, wenn sie wüsste, wieviel Zeit du indirekt für sie aufgewendet hast.«

Das war dann schon eine sehr gewagte These, die Jenni da in den Raum stellte. Aber was willst du gegen eine psychologische Interpretation sagen? Dass sie so nicht stimmt? Das lässt sich nicht beweisen. Genauso wenig wie sich Jennis Theorie beweisen lässt. Und ehrlich gesagt, bei genauerer Betrachtung war mir Jennis Erklärung gar nicht unsympathisch. Jenni kommt mit dieser Betrachtungsweise sicher viel besser zurande als im Glauben an eine herzlose Großmutter, an der die Weggabe des eigenen Kindes spurlos vorübergegangen war. Jenni ist ein Seelchen. Das soll sie auch bleiben.

»Vielleicht hast du recht«, sagte ich daher und Jenni sah mich so an, dass mir wieder warm ums Herz wurde. Die Befangenheit mir gegenüber war aus ihrem Blick gewichen.

»Du solltest Helene das unbedingt sagen, das wäre so wichtig für sie«, meinte Jenni und stand auf. Zielstrebig ging sie auf das Regal zu, in dem in zweiter Reihe Hermine stand.

»Du hast ihr die Haare abgeschnitten, weil Helene auch einen Kurzhaarschnitt hat.« Triumphierend nahm sie die Puppe aus dem Regal und hielt sie wie einen Pokal in die Höhe. Jenni musste die Verbindung von Hermine zu Helene auf Grund des Fotos hergestellt haben, das ich ihr bei unserem Gespräch vorgestern gezeigt hatte. Es ist übrigens das einzige Foto, das ich von meiner Tochter besitze, und auch das ist nicht gerade das aktuellste. Helene hatte es auf meinen Wunsch hin einem ihrer ersten Schreiben an mich beigelegt.

Nun ja, jetzt wo Jenni ohnedies von ihrer Theorie der Traumabewältigung mit Hilfe der Puppen felsenfest überzeugt war, sah ich auch keinen Grund mehr zu versuchen, sie von ihrem Glauben abzubringen. »Eine klassische Übertragung«, hat sie weiter erklärt, und als ich nicht gleich etwas darauf sagte, belehrte sie mich weiter. »Oma«, sagte sie, »du bist der Klassiker.« »Der Klassiker?«, wiederholte ich fragend ihre Worte.

»Ja, du hast deine verdrängten Gefühle für deine Tochter auf die Puppen übertragen. Und diese hier«, wieder streckte sie die Hand, in der sie Hermine festhielt, in die Höhe, »repräsentiert unumstritten Helene. Allein schon die Namensähnlichkeit! Hermine, Helene. Unglaublich!«

Jenni wirkte beinahe euphorisch, wie eine Wissenschaftlerin kam sie mir vor, die gerade eine weltbewegende Entdeckung gemacht hat, noch dazu eine, die mit ihrem Wunschdenken im Einklang war.

Wie gesagt, Jennis These passte auch mir recht gut. Je mehr ich mir ihre Mutmaßungen durch den Kopf gehen ließ, umso besser gefiel ich mir in dieser Rolle.

»Du hast recht, Kind«, gab ich ihr daher ohne weiteren Einspruch recht.

Die Belohnung waren Jennis Lippen an meinem Ohr.

»Sei froh, Oma«, flüsterte sie, »dass es jetzt heraußen ist. Jetzt braucht es dich nicht mehr zu belasten. Du musst es nur noch Helene sagen.«

»Was muss ich Helene sagen?« Ich wusste nicht gleich, was Jenni meinte.

»Dass du sicher mehr als tausend Stunden für sie Kleider genäht hast.«

»Ja«, sagte ich erleichtert, »das werde ich sie wissen lassen.«

Nun war der ideale Zeitpunkt für mein Vorhaben gekommen, Jenni und ich waren wieder ein Herz und eine Seele.

»Jenni«, sagte ich, »du kannst Hermine gleich in deiner Hand lassen. Schraub ihr bitte den Kopf ab. Geht ganz leicht. Nur das Halstuch musst du ihr vorher abnehmen.«

»Was soll ich?« Sie sah mich irritiert an.

»Tu einfach, was ich sage.« Eine unbändige Vorfreude stieg in mir hoch, denn gleich würde ich Jennis Überraschung und Begeisterung erleben.

»Und jetzt?« Noch immer war Verunsicherung in ihrer Stimme. Das Halstuch war schon einmal weg.

»Kopf abschrauben.« Ich glaube, meine Stimme hat etwas gezittert.

»Jetzt schütteln.«

»Da ist was drinnen«, stellte Jenni fest.

»Genau. Das holst du jetzt heraus. Es gehört dir.«

Ich weiß nicht, wer von uns beiden sich mehr gefreut hat, als die acht Röllchen mit jeweils zehn Fünfhunderterscheinen vor uns auf dem Tisch lagen.

»Lass sie beisammen, so kannst du sie gut zur Bank bringen. Es sind vierzigtausend, du brauchst nicht nachzuzählen.«

»Aber … aber …« war alles, was meine sonst so eloquente Enkelin herausbrachte, so gelungen war meine Überraschung.

»Kein Aber«, sagte ich, um erst gar nicht den Gedanken in ihr aufkommen zu lassen, sie müsse mein großzügiges Geschenk zumindest vorerst einmal anstandshalber ablehnen.

»Oma«, sagte sie jedoch nach einer Nachdenkpause, »möchtest du das Geld nicht lieber Helene geben? Schließlich hast du es in Hermine aufbewahrt.«

Ich hätte mir denken können, dass Jenni diesen Schluss ziehen würde, wo doch ihre Gedanken gerade auf der Psychoschiene fuhren.

»Nein«, sagte ich entschieden, »Helene wird auch auf ihre Kosten kommen.«

»Wie denn?« Jennis Gesichtsausdruck zeigte Erleichterung und Neugierde zugleich.

»Du wirst schon sehen«, sagte ich. Und dass sie ihren Rucksack von unten heraufholen solle, um die Geldscheine darin in Sicherheit zu bringen, Anyana brauche nichts davon zu wissen, sagte ich weiter. Ja, und dass sie dann auch gleich Anyana rufen solle, um mich hinunterzubefördern. Das rief ich Jenni auch noch nach.

*

Rosi hatte seit mehreren Tagen nichts mehr von Hildegard Glas gehört, als das Klingeln ihres Telefons sie aus der Küche ins Wohnzimmer eilen ließ. Die Funkstille der vergangenen Tage war ihr wohl etwas eigenartig vorgekommen, denn normalerweise verging kaum ein Tag, an dem sie und Hildegard nicht zumindest ein kurzes Telefongespräch miteinander führten. Aber echte Sorgen hatte sie sich auch nicht gemacht, denn im Ernstfall hätte Anyana sie sicher kontaktiert.

Außerdem war Rosi ein wenig verstimmt, weil ihre Freundin partout nicht einsehen wollte, dass sie mit ihrer Vogelstraußpolitik keinen Schritt weiterkommen konnte. Hildegard sollte schon auch einmal zu spüren bekommen, dass sie sich Rosis Ratschlägen nicht derart verschließen konnte. Als Postbotin war sie ja auch gut genug. Es war schon gut, dass sie, Rosi, diesmal nicht selbst angerufen hatte, sondern Hildes Anruf erwarten konnte.

»Hallo Rosi! Wie geht es dir?« Hildes Stimme klang heiter wie schon seit Ewigkeiten nicht mehr. Keine Spur von Verstimmtheit. Keine Spur von Probleme-Wälzen.

»Grüß dich. Alles in Ordnung bei dir?« Rosi klang nicht ganz so fröhlich.

»Was ist los? Du klingst so förmlich«, meinte Hilde, wartete jedoch keine Antwort ab, sondern fuhr gleich fort. »Rosi, ich habe Jenni alles erzählt. Bist du jetzt zufrieden?«

»Ja, schon gut, aber du tust ja gerade so, als hättest du mir damit einen Gefallen getan, mir könnte das alles doch eigentlich völlig egal sein.« Rosi fühlte zwar eine gewisse Genugtuung, dass Hilde auf ihr Drängen hin zumindest einmal diesen ersten Schritt aus der Geheimniskrämerei heraus gemacht hatte, aber für Rosi wäre Wieland der Erstgereihte in der Informationskette gewesen und nicht Jenni, und außerdem sollte Hilde ihren Unmut schon mitbekommen. Sie sollte sich zumindest ein wenig anstrengen, ihre Gunst wieder zurückzugewinnen.

»Ja Rosi, sag nur, du bist beleidigt?«

Hilde hatte also ihre Reserviertheit registriert.

»Schon gut«, lenkte Rosi ein, sie wollte ja nicht nachtragend sein. Das war sie noch nie gewesen. »Was hat sie denn zu den vierzigtausend Euro gesagt?«, mit ›sie‹ meinte sie Jenni.

»Ach das Geld! Darüber haben wir nicht gesprochen. Das ist auch gar nicht mehr wichtig.«

»Hilde, bitte! Das Geld ist doch der springende Punkt! Um genau das geht es, wenn es um Helene geht, also, wenn du sie vor dem finanziellen Ruin retten willst. Und dafür nützt dir Jenni nichts, dafür musst du Wieland in dein Geheimnis einweihen …«

»Nein, eben nicht!«, unterbrach Hilde Rosis Redestrom resolut. »Es gibt noch eine andere Lösung. Und die kann ich ohne Wielands Wissen in die Tat umsetzen.«

»Aha.« Rosis Skepsis war unüberhörbar.

»Du glaubst mir nicht? Rosi, ich bin nicht übergeschnappt, ich weiß genau, was ich tue.« Das kam in einer Schärfe, die jeden Widerspruch im Keim erstickte.

»Willst du mir sagen, wie das gehen soll?« fragte Rosi.

»Natürlich. Ich brauche dich doch dazu. Du weißt, ohne dich bin ich hilflos.« Ein Seufzen drang an Rosis Ohr. Ja, sie war Hildes beste Freundin. Ihre einzige.

»Gut«, sagte Rosi, »dann lass mal hören.«

*

Es ist vollbracht. Und ich bin richtig stolz auf mich. Es war schließlich keine leichte Geburt. Gerade erst hat sich Rosi verabschiedet. Sie ist gleich nach vollbrachter Tat zu mir gekommen, um mir über ihre Mission zu berichten. Rosi wird auch nicht leer ausgehen, das hab ich nun fest beschlossen und ihr auch gleich mitgeteilt. Ich werde ihr meinen gesamten Schmuck schenken, bald schon, noch vor meinem Abgang. Hat die sich gefreut! Ja, wenn man rechtzeitig schenkt, hat das den Riesenvorteil, dass man die Freude des Beschenkten noch miterleben darf. Und die Dankbarkeit.

Aber zurück zum gestrigen Tag, als Jenni noch da war und mich in meinem Unterfangen unterstützt hat. Das ist das Schöne bei Jenni, sie fragt dir keine Löcher in den Bauch, sondern hilft, ohne Umschweife. Gut, sie hat mir auch nur Papier und Schreibzeug bringen und bei mir im Zimmer bleiben müssen, bis ich mit meiner Arbeit fertig war. Denn wenn Jenni bei mir im Raum war, konnte ich sicher sein, dass Anyana fernblieb.

Jenni hatte es sich auf meinem Hochbett bequem gemacht, las oder spielte auf ihrem Telefon herum, während ich meine gesamte Aufmerksamkeit auf mein Schreiben richten musste. Auf meine beiden Niederschriften, genau genommen. Denn ich hatte zwei wortgleiche Abfassungen zu Papier zu bringen, eine für Helene und eine für Wieland. Und nicht zu vergessen: einen Zusatz für Helene. Wieland soll das für ihn bestimmte Schreiben erst nach meinem Tod in die Hände bekommen, wie das bei einem Testament ja auch der Regelfall ist. Helene ist schließlich ein ganz anderes Kapitel, daher brauchte es da auch eine andere Chronologie.

Nun, meine Aktion hat wohl mehrere Stunden in Anspruch genommen, denn Anyanas Klappern mit dem Geschirr aus der Küche nebenan wurde immer lauter und schließlich klopfte sie dann an die Tür.

»Ja, ja, Anyana, ich gebe Bescheid, wenn Oma zu Abendessen will. Noch hat sie keinen Appetit«, beantwortete Jenni Anyanas »Hallo! Alles in Ordnung?«, ohne auch nur von ihrem Telefon aufzuschauen. So ist meine Jenni, absolut loyal und geistesgegenwärtig.

Es war tatsächlich eine Herausforderung für mich, beide Schreiben in gestochener Handschrift zu verfassen. Es lag mir schon viel daran, meine vermutlich letzte offizielle Niederschrift nicht in zittrigen Altweiberbuchstaben, sondern fest und flüssig zu erstellen. Was den Inhalt betraf, musste ich mir keine Gedanken mehr machen, der war in meinem Kopf schon Wort für Wort verankert. Wie ich bereits sagte, mein Hirn funktioniert noch bravourös.

»Jenni«, sagte ich, nachdem der Punkt nach dem letzten Buchstaben gesetzt war, »hol mir bitte zwei Briefkuverts. Die sind im Küchenschrank gleich neben der Tür, zweite Lade von oben«.

Anyana war wieder in ihr Zimmer entschwunden, Jenni konnte mir demnach unbemerkt die Kuverts aus der Küche besorgen. Auf einen der Briefumschläge schrieb ich »Für Dr. Wieland Glas«, auf den anderen »Für Dr. Helene Brand«. In Wielands Kuvert schob ich nur ein von mir beschriebenes Blatt Papier, in Helenes waren es zwei zusammengefaltete Papierbögen.

»Jenni«, wandte ich mich dann wieder an meine Enkelin, »nimm du bitte dieses Kuvert an dich.« Ich reichte ihr das Kuvert mit nur einem Papierbogen drinnen. »Es ist für deinen Vater nach meinem Tod. Es soll vorher niemand sonst in die Hände bekommen.«

Jenni nahm es an sich und schenkte mir einen festen Blick. Ich weiß, ich kann ihr vertrauen.

»Und jetzt noch eine letzte Bitte«, sagte ich. »Hol mir Hermine herunter. Du weißt ja wo sie ist.«

Jenni ging ohne Nachzufragen nach oben und war wenige Augenblicke später auch schon wieder mit der Puppe zurück.

»Anyana hat nichts mitbekommen«, beruhigte sie mich noch bevor ich meine Befürchtung äußern konnte. »Ich hab sie durch die Wand telefonieren gehört, auf Rumänisch.«

»Bitte Kopf abschrauben«, bat ich Jenni, es ging schnell, sie machte es ja schon zum zweiten Mal. Ich gab ihr dann das Kuvert mit der Aufschrift »Für Dr. Helene Brand« und bat sie, es im Puppenrumpf zu verstauen.

»Aha«, meinte Jenni mit wissender Miene, »du hast ihr geschrieben, dass du dein halbes Leben lang Kleider für sie genäht hast, auch wenn sie ihr niemals passen können. Aber darum geht es jetzt nicht mehr.«

Da war ich doch tatsächlich gerührt. Meine Enkelin sieht ein großes Herz in mir. Vielleicht sieht sie mehr als ich.

»Ja, das hab ich ihr auch geschrieben«, sagte ich und erwiderte ihren festen Blick.

»Und was noch, Oma? Was hast du ihr noch geschrieben?« Jenni hatte jetzt doch noch die Neugierde gepackt.

»Das ist fürs Erste einmal nur für Helene bestimmt«, antwortete ich.

»Verstehe«, sagte Jenni und schraubte der Puppe den Kopf wieder an.

»Stell Hermine bitte wieder an ihren Platz zurück. Dann kannst du auch gleich Anyana rufen, sie soll das Abendessen richten.«

Jenni ist dann nicht mehr zum Essen geblieben, sie müsse sich die Füße vertreten, hat sie gemeint, und dass sie unterwegs eine Kleinigkeit essen und dann bald in ihr Zimmer gehen würde, weil sie ja am nächsten Tag schon früh raus müsse, um den ersten Zug zurück nach Rom zu erwischen.

Und ich war ehrlich gesagt mit meinen Kräften ohnehin am Ende. Kein Wunder, nach derartigen Anstrengungen. Erst jetzt, nach getaner Arbeit, spürte ich das volle Ausmaß der Erschöpfung. Ich ließ mich von Anyana gleich nach dem Abendessen zum Schlafen fertig machen.

Und heute Morgen, oh Wunder, bin ich frisch wie ein Fisch im Wasser aus erholsamem Schlaf erwacht. Voller Vorfreude. Denn ich wusste, Rosi würde schon am Vormittag bei mir sein und meine Mission zu Ende führen.

So kam es dann auch. Es war noch nicht einmal neun Uhr, Anyana war gerade mit meiner Morgentoilette durch, als es schon an der Haustür klingelte. Anyana verzog sich dann auch gleich, als Rosi bei mir war. Ich muss noch erwähnen, dass mir in der letzten Zeit Anyanas ungewohnte Zurückhaltung auffällt, aber vielleicht ist es gar keine Zurückhaltung, sondern eher Scheu. Nein, falsch, Scheu ist kein Wesenszug, der Anyana eigen wäre. Schuldgefühl, das ist es. Ich habe zwar keine Ahnung, weshalb sie ein Schuldgefühl entwickelt haben sollte, aber etwas in mir sagt, dass dieses für Anyana so untypisch stille Verhalten nur auf ein Schuldgefühl zurückzuführen sein kann. Nach dem Motto »Wenn ich nicht auffalle, fallen auch meine Taten nicht auf.« Nun ja, vielleicht liege ich auch ganz falsch, und außerdem tut Anyana nun ja wirklich nichts zur Sache. Also zurück zu Rosi und den wesentlichen Dingen.

So sehr Rosi sich auch bemühte, sich ihre unbändige Neugierde nicht anmerken zu lassen, es gelang ihr nicht, den hektischen Lidschlag und die aufglühenden Wangen vor mir zu verbergen. Ich hatte ihr am Telefon zwar schon mein großzügiges Geschenk an sie angekündigt und ihr auch mitgeteilt, dass ich die »Helene-Lösung« gefunden hatte, Wieland dafür nicht benötigte, sondern nur sie, Rosi. Meinen Plan, soweit er Rosi betraf, schilderte ich ihr erst jetzt, da sie mir gegenüber Platz genommen hatte, um zuzuhören, ohne mich zu unterbrechen, wie ich mir vorher ausbedungen hatte. Was ich ihr gegenüber vorerst noch nicht erwähnte, war meine Schenkung an Jenni, das für Wieland bestimmte Schreiben, sowie den neuen Inhalt des Puppenrumpfes. Also genau genommen wusste Rosi fürs Erste nur, dass sie Hermine zu meiner Tochter bringen sollte.

»Rosi«, bat ich sie also, so wie ich erst gestern Jenni ersucht hatte, »holst du jetzt bitte Hermine herunter?«

Klarerweise hat sie nun angenommen, ich wollte Helene gemeinsam mit der Puppe 40 000 Euro zukommen lassen.

»Damit wird sie nicht weit kommen«, meinte sie daher lakonisch.

»Doch«, sagte ich und schenkte ihr ein Lächeln, »sogar bis zu ihrem Lebensende. So weit wird sie damit kommen.«

Rosi schüttelte den Kopf, weiß Gott, was jetzt darin vorgehen musste, vielleicht, dass ich nicht ganz dicht wäre. Dennoch befolgte sie meine Anordnung.

»Das hört sich komisch an«, sagte sie, als sie mit Hermine wieder bei mir war und die Puppe heftig durchschüttelte. »Anders als zuletzt. So, als ob kaum was drinnen wäre. Und leichter ist sie auch.«

»Soso«, sagte ich und konnte mir ein Lächeln nicht verbeißen. »Ganz richtig erkannt«, bestätigte ich Rosis Beobachtung und schaute in ein wahrhaft verblüfftes Gesicht.

»Die Geldscheine sind von Hermine an Jenni übergegangen, ich hab ihr sozusagen ihren Erbanteil noch vor meinem Abgang zukommen lassen. Wobei, später einmal, nach Wielands Ableben, beziehungsweise nach Helenes Tod, je nachdem, wird ja auch mein Haus an sie übergehen.«

»Wie? Hilde, du sprichst in Rätseln! Was hat Helene mit dem Haus zu tun, das ja ohnehin Wieland zukommen wird? Und was bleibt nun noch übrig für deine Tochter? Etwa ein mütterliches Trostbrieflein in einer Puppe?« Wieder schüttelte Rosi die Puppe. Sie war ganz außer sich. Es war auch kein Wunder, dass Rosis Denken nur diesen letzten Schluss ziehen konnte. Mich hat schließlich die ganze Angelegenheit auch ganze Tage und Nächte gekostet. Die Lösung ist mir nicht einfach zugefallen, sie hat vielmehr meinen vollen Denkeinsatz gefordert. Gut Ding braucht eben Weile und Anstrengung. Beides zusammen hat zum Ziel geführt. Einem wirklich guten Ziel, auf das ich wahrlich stolz sein kann. Denn allen, mir inklusive, kommt meine Entscheidung entgegen. Eine Win-win-Situation, wie Jenni sagen würde. Und ich muss nichts tun, niemandem Rechenschaft ablegen, auch nicht Wieland. Eigentlich bleibt, zumindest für mich, alles wie es ist, solange ich noch lebe.

»Nicht!«, sagte ich streng, als Rosi sich daran machen wollte, Hermine den Kopf abzuschrauben.

Nun war Rosi bockig. Sie ließ sich auf den Sessel mir gegenüber fallen und legte mir Hermine in den Schoß.

»Dann eben nicht«, sagte sie und schaute stur zum Fenster hinaus.

So saß sie vor mir wie ein störrischer Esel, nicht gewillt, sich auch nur einen Millimeter von der Stelle zu bewegen.

»Rosi«, sagte ich daher mit betont sanfter Stimme, »jetzt sei doch nicht gleich eingeschnappt. Natürlich darfst du meine Mitteilung an Helene lesen, bevor du sie ihr zustellst.« Es blieb mir schließlich nichts anderes übrig, als Rosi auch in meinen letzten Schachzug einzuweihen, wollte ich sie dazu bringen, den Botengang für mich zu erledigen.

Der gerade noch beleidigte Gesichtsausdruck war augenblicklich einem neugierigen gewichen, der Blick vom Fenster zurück auf die Puppe gewandert.

»Also, mach schon«, ermunterte ich sie.

Rosi schraubte in Sekundenschnelle den Puppenkopf ab, zog die beiden Kuverts aus Hermines Rumpf und entnahm ihnen die vollbeschriebenen Papierbögen.

»Lies bitte laut vor, ich möchte ohnehin alles auch einmal hören«, sagte ich, lehnte mich entspannt zurück und genoss Rosis Vortrag.

Ich hatte gar nicht gewusst, wie harmonisch Rosis Stimme klingen konnte.

Mein letzter Wille.

Hiermit verfüge ich, Hildegard Glas, dass mein gesamter Besitz – Haus, Grundstück, finanzielle Mittel – nach meinem Ableben an meinen Sohn Dr. Wieland Glas übergeht.

Jedoch wünsche ich, dass Haus und Grundstück zu Lebzeiten von Frau Dr. Helene Brand nicht veräußert werden. Ich verfüge, dass Frau Dr. Helene Brand nach meinem Ableben bis zu deren Tod das uneingeschränkte Wohnrecht in meinem Anwesen hat und mein Sohn Wieland dies für sie im Grundbuch eintragen lässt.

Salzburg, am 3. August 2023
Gezeichnet: Hildegard Glas

Rosi streifte mich mit einem Blick, den ich an ihr noch nie festgemacht hatte und auch nicht recht zu deuten wusste, glaubte jedoch, Verblüffung und auch Bewunderung darin zu finden.

»Und«, ermunterte ich sie, »willst du nicht weiterlesen?«

Wortlos zog sie mein Schreiben aus dem zweiten Briefumschlag und setzte ihren Vortrag fort.

Liebe Helene!

Vermutlich dachtest du schon, ich würde deinen letzten Brief an mich unbeantwortet lassen. Wie du siehst, ist dies nicht der Fall. Im Gegenteil: Ich habe schlaflose und dafür gedankenschwere Nächte in Kauf genommen, um eine Lösung für dich und dein zukünftiges Leben zu finden.

Ich möchte klarstellen, dass ich diese Anstrengung nicht etwa deshalb auf mich genommen habe, weil ich mich als deine leibliche Mutter für dich verantwortlich gefühlt hätte, nein, ich fühle mich dir gegenüber als Mutter nicht in der Schuld, denn ich habe dich, wissend oder unwissend, das spielt de facto keine Rolle, nach deiner Geburt in ein gutes Leben entlassen. Dir hat es, deinen Schilderungen nach, bei deinen »Eltern« an nichts gefehlt, mehr noch, sie haben dir meinem Anschein nach so viel Liebe gegeben, wie ich womöglich erst gar nicht in mir zu verteilen vorgefunden hätte.

Der Grund für meinen Wunsch, dir in deiner misslichen Situation zur Seite zu stehen, ist, dass du mir im Laufe unseres jahrelangen brieflichen Austausches nähergekommen bist als mir ursprünglich bewusst war. Ich habe dich vielleicht durch deine Briefe besser kennengelernt, als man einen Menschen im unmittelbaren täglichen Zusammensein kennenlernen kann. Die Mittelbarkeit des Schreibens dürfte dich sowie auch mich zu einer vorbehaltlosen und vertrauensvollen Offenheit ermutigt haben, die wir uns im direkten physischen Kontakt zueinander womöglich erst gar nicht gestattet hätten. So geschah es, dass du Brief um Brief einen kleinen Schritt weiter in mein Herz hineingetan hast. Jenni meinte neulich zu meiner Überraschung, ich hätte ein Herz, ein großes sogar, sagte sie. Nun ja, Jenni fand auch, ich solle dich wissen lassen, dass ich im Lauf der Jahrzehnte Hunderte von Kleidungsstücken für meine Puppen genäht habe, ohne mir bewusst zu sein, dass ich all diese Kleider eigentlich für dich angefertigt habe. Jenni hat vom Unbewussten gesprochen, das alles abspeichert und nichts vergisst. Wie dem auch sei, du wirst die gesamte Garderobe im Haus vorfinden, sofern du mein Angebot, deinen Lebensabend in der Felsengasse zu verbringen, annehmen wirst. Die Puppenstube soll unverändert bleiben.

Liebe Helene, wahrscheinlich wirst du die volle Tragweite meines »Erbes« an dich noch gar nicht überblicken, zu schwer wiegen deine aktuellen finanziellen Schwierigkeiten. Denn meine Verfügung entbindet dich nicht davon, deine finanziellen Probleme erst einmal selbst zu lösen, und wie ich aus deinen Briefen schließe, wird der Verkauf deines Hauses dafür unumgänglich sein, eine weitere Hypothek auf das Haus wird nicht mehr möglich sein. Du wirst danach vermutlich durch den Hausverkauf schuldenfrei bis zu meinem Tod eine Wohnung in Miete nehmen müssen. Aber sei gewiss, es wird nicht lange dauern, und du wirst erneut ein Eigenheim beziehen dürfen – ich nenne es absichtlich »Eigenheim«, denn das Wohnrecht kommt für dich praktisch gesehen dem Besitz gleich. Wieland wird meinem Letzten Willen nicht widersprechen, da bin ich mir sicher.

Vielleicht liegt Jenni mit ihren Ansichten das Unbewusste betreffend doch nicht ganz falsch, vielleicht schließt sich letztendlich doch der Kreis. Unser Kreis, liebe Helene. Normalerweise ist es die erste Lebensphase, die Menschen im elterlichen Haus verbringen. Fällt jedoch ein Leben aus der Norm, verschieben sich auch die Lebensumstände. Und so wirst du, Helene, wenn es dein Wunsch und

Wille ist, deine letzten Lebensjahre im Haus deiner leiblichen Mutter zubringen. Und dafür wünsche ich dir alles Glück.

Sei herzlich umarmt
Hildegard

P.S.: Wieland wird erst nach meinem Ableben von dir erfahren.

»Ich mach mich gleich mal auf den Weg«, sagte Rosi, während sie die Briefe an Helene eilig zurück in den Puppenrumpf verschwinden ließ und diesen mit dem Kopf verschloss. Sie gab keinen Kommentar ab, warf mir jedoch einen konspirativen Blick zu. Rosi war beeindruckt, das sah ich ihr an.

Dass sich die Zeit derart dehnen konnte! Als Rosi wieder bei mir zurück war, bewies ein Kontrollblick auf die Uhr, dass nur eine knappe Stunde vergangen war, seit sie zu Helene aufgebrochen war. Eine Stunde auf der Uhr, für mich eine Ewigkeit.

»Und? Wie hat sie reagiert? Was hat sie gesagt?« Ich kann mich nicht mehr erinnern, wann ich zuletzt derart aufgeregt war. Rosi war umso ruhiger.

»Sie hat Hermine entgegengenommen und mich auch ins Haus gebeten. Aber du kennst mich doch, Hilde. Ich bin absolut diskret, Diskretion habe ich bei dir Jahrzehntelang geübt. Ich habe ihre Einladung ins Haus natürlich höflich abgelehnt und sie nur darauf aufmerksam gemacht, der Puppe den Kopf abzuschrauben und dem Rumpf den Inhalt zu entnehmen.«

»Und sie hat gar nichts gesagt? Kein einziges Wort?«

»Doch. Danke. Danke hat sie gesagt und dabei Hermine fest an sich gedrückt. Und dass sie Hermines Frisur schön fände, hat sie auch gesagt, und stell dir vor, sie hat sogar diese von dir so erbärmlich abgeschnippelten Haare ganz zärtlich gestreichelt. Ja, und dann hat sie noch gemeint, dass sie nicht weiß, ob sie es übers Herz bringen wird, einem derart lieben Geschöpf einfach den Kopf abzuschrauben.«

Ja. Das wars mit Rosis Bericht. Jetzt bin ich allein mit meinen tausend Gedanken. Ich habe getan, was zu tun war. Was kommt, das kommt, von nun an ohne mein Zutun. Alles wird gut. Auch dieser Gedanke ist dabei.

ENDE

Elisabeth Escher, geboren in Wels in Oberösterreich, schreibt Romane, Lyrik, Kinderliteratur und Lehrbücher. Nach Abschluss ihres Anglistik- und Romanistik-Studiums an der Universität Salzburg unterrichtete sie am Pädagogischen Institut sowie an einem Salzburger Gymnasium, wo sie bis heute tätig ist. Der literarische Durchbruch gelang ihr mit ihrem dritten Roman »Hannas schlafende Hunde«, der mit Hannelore Elsner in der Hauptrolle für das Kino verfilmt wurde. Auch ihr 2020 im Bernardus-Verlag erschienener Roman »Das Fenster zum Himmel« soll bald verfilmt werden. Escher ist Mitglied der Salzburger Autorengruppe und wurde 2006 mit dem Christine-Busta-Lyrikpreis ausgezeichnet.

Ebenfalls im Eifeler Literaturverlag erschienen

Ulla Dick

Junge Frau von 1944 oder 199 Tage

Aachen-Roman

168 Seiten, 15,00 EUR

ISBN: 978-3-96123-044-0

Aachen 1944: Die vom Zweiten Weltkrieg schwer gezeichnete Kaiserstadt liegt in Trümmern, während immer noch tausende Menschen in ihr leben. Die neunundzwanzigjährige Mathilde Horstmann ist eine von ihnen. Da die Familie in ganz Deutschland verstreut ist, muss sie Verantwortung übernehmen, für sich, für den Erhalt ihres Hauses, für ihre Nachbarn.

Die Hoffnung auf das Kriegsende währt noch nicht lange, als Aachen als erste Stadt des Deutschen Reiches von den Alliierten befreit wird – 199 Tage vor der Hauptstadt Berlin. Mit dem Einzug der Siegermächte kommen neue Herausforderungen: Fremde Gesichter, fremde Sprachen, neue Regeln. Und trotz allem immer wieder der Fliegeralarm und die Flucht in den Bunker.

Kann die junge Frau es in diesen unruhigen und gefährlichen Zeiten wagen, dem Leben eine neue Chance zu geben?

EBENFALLS IM EIFELER LITERATURVERLAG ERSCHIENEN

CHRISTEL L. WAGNER

Marlene fährt nach Köln

Roman

286 Seiten, 15,00 EUR

ISBN: 978-3-96123-022-8

Wenn die Eltern alt werden, die Mutter einen nicht mehr erkennt und der Vater verzweifelt, erscheint das Leben mit einem Mal vollkommen verändert. »Wer bin ich überhaupt?«, fragt man sich dann. »Wo gehöre ich hin? Und was bedeutet Heimat?«

Heimat ist, wenn Oma Irmi vom Krieg erzählt, vom Opa, der von einer Bombe getroffen wurde. Heimat ist, wenn Marlene fragt, ob ihr Vater auch mal ein Kind gewesen sei. Heimat ist Berlin, sagt Marlene, da wo Oma Kathie wohnt. Heimat ist Köln, sagt Frank, da bist du aufgewachsen.

Doch Marlene hat sich in Köln nie heimisch gefühlt, dort, wo immer noch ihre unperfekten Eltern und ihre perfekte Schwester leben. Erst als in Köln nichts mehr geht, Demenz, Verwahrlosung und Schlaganfälle passieren, kehrt Marlene immer wieder an den Ort ihrer Kindheit zurück. Dort findet sie Erinnerungen, gute und schlimme. Begegnungen, verstörende und berührende. Sie sichtet, räumt auf, entdeckt sich selbst.

EBENFALLS IM EIFELER LITERATURVERLAG ERSCHIENEN

REGINE BRÜHL UND
STEPHAN FALK

Kreideherz

Roman

272 Seiten, 15,00 EUR

ISBN: 978-3-96123-049-5

Der Duft von Sonnenmilch und Bastmatten an einem Sommertag im Freibad, die ersten Partys in der Scheune oder Fußballgucken am Samstagabend in der Dorfkneipe, schüchterne Gespräche am elterlichen Festnetztelefon, Tanzstunden mit Damenwahl und schwitzenden, pickeligen Partnern, gemeinsames Trampen zur Rolling-Disco-Show im Nachbarort oder das Einweichen neuer Jeanshosen in der heißen Badewanne – wer sich daran erinnert, hat seine Jugend definitiv in den 1980ern erlebt.

Juliana und Markus erleben die wohl unbeschwerteste Zeit ihres Lebens. Im August 1986 dauern die großen Ferien in der Eifel noch an und gähnend lange Tage gehören für sie ebenso zum Sommer auf dem Land wie unbändiger Leichtsinn und das kribbelnde Gefühl von Schmetterlingen im Bauch. Immer mit dabei sind die legendären Songs dieser Zeit, aus der Musikbox, vom Kassettenrekorder, mit selbst aufgenommenen Kassetten oder dem Walkman.